U0075676

ASATO ASATO PRESENTS | ILLUSTRATION/ SHIRABII | MECHANICALDESIGN

[I M A G E] [design] Ⅰ-Ⅳ

86
— Holy Blue Bullet —
Episode.
TWELVE

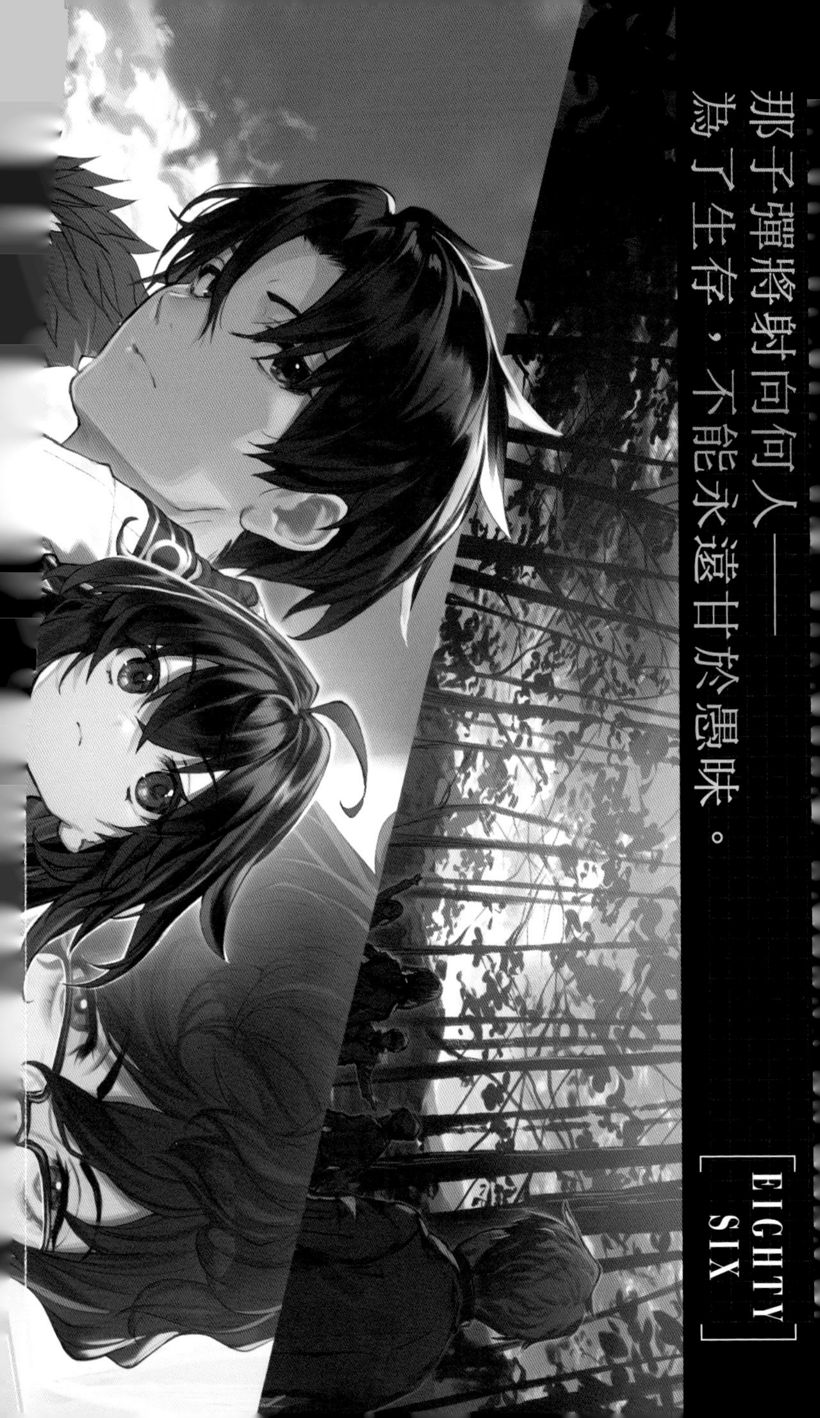
那子彈將射向何人——
為了生存，不能永遠甘於愚昧。
[EIGHTY SIX]

EIGHTY SIX
Our Ladies, Pray for the Miserable Ones
at the Moment of Their Death.
HOLY BLUE BULLET

關於將人造妖精投入戰場的第二個優點。

她們的行為不會超出命令範圍，不會在作戰行動中夾帶畏怯、逃避等名為自我意志的雜質。

換言之，可以稍微掃除戰場上的迷霧。

維克特・伊迪那洛克《人造妖精概述》

序章　藍色瑪莉的聖地

住在齊亞德「帝國」北方的瑪莉勒蘇里亞特別市，年僅九歲的梅勒每天從早到晚都跟住同一個街區集合住宅、年紀相仿的孩子們到處玩耍。

死黨歐托跟他住同一棟同一樓。樓下住著米爾哈與悠諾，隔壁棟住著莉蕾、西斯諾以及大家的大哥凱西。每個街區都有的公園，還有蓋在乾涸河床上的郊外森林公園都是他們的遊樂場。

讓他們這個與帝國國境的戰鬥屬地相鄰，在帝國許多生產屬地當中最靠近邊境地帶的屬地謝姆諾百年以來始終如一的典型農村來看，瑪莉勒蘇里亞市簡直像另一個世界。經過鋪裝的乾淨道路纖塵不染，近代化的一棟棟水泥集合住宅全都有著劃一的外觀與粉刷，還有商品總是琳瑯滿目的大型商店。

Wolfsland

梅勒與歐托他們這一代的城鎮孩童都沒經歷過不穿鞋子的生活。

鞋子也好，高品質的麵包、新鮮的肉類或漂亮的衣服也好，屬地的財富總是優先供應給這座城鎮。在大領主米亞羅納家的威望與鎮上鄉紳羅西家族成員的盡力之下，稀鬆平常的貧困農村搖身一變，成為了富足的先進能源城市；這就是他們美妙的故鄉。

位於郊區的大型發電廠源源不絕地生產為特別市與屬地帶來財富的能源。

在特別市為了紀念將一生奉獻給這種能源的研究，作為發電廠創辦人被稱為藍衣瑪莉（瑪莉·勒蘇里亞）的上上代領主夫人而改為現行市名後，僅剩這座拉什發電廠還保有昔日的村落名稱。發電廠讓梅勒等孩子們的祖父母與父母脫離耕田趕豬的生活，也保障了他們將來在設施從事餐廳人員或清潔工等工作機會。

將治理此地的茶系種貴種——煙晶種特有的煙燻般巧克力色頭髮，用華貴的手編蕾絲緞帶綁在兩邊盤起的少女，在公園入口揮手。

「梅勒，還有大家。原來你們在這裡啊。」

「啊，小姐。」

「小姐來了。」

「諾艾兒小姐！」

梅勒等孩子們歡呼著跑向少女。諾艾兒小姐是羅西家老爺的千金。

「米亞羅納家的妮雅姆小姐借給我一部電影，我們一起看吧。」

「電影！我要看！」「好耶——！」

梅勒等孩子們你推我擠，跟在諾艾兒後面。聰慧美麗的諾艾兒是鎮上所有人的小公主，更是梅勒他們可靠的領導者。鎮上沒有人敢不聽諾艾兒的話。

「小姐，這部電影演什麼啊？」

「是鄰國船團國群的怪獸原生海獸（鯨魚）的故事。這種怪獸長得非常大，輕易就能把船團國群的船弄沉喲。」

歐托朝氣十足地舉手發言：

「我知道！聽說以前洛畿尼亞河還在的時候，原生海獸有時會溯流跑來這裡！」

「咦，怎麼會這樣，好可怕！」

個頭嬌小、像是大家的小妹妹的悠諾害怕地縮成一團。但諾艾兒充滿自信地挺胸說：

「別擔心。那種動物，我父親、米亞羅納老爺、少爺還有妮雅姆小姐會幫我們撲滅的！當然我也會一起戰鬥！畢竟我也是高貴的帝國貴族成員之一嘛！」

孩子們神色頓時變得明亮。

「好棒喔——帥呆了！」

「小姐，讓我也跟妳一起戰鬥！」

面對熱情地挺出身子的梅勒，諾艾兒堅定有力地點頭。美麗的眼眸顏色宛如甜蜜的巧克力。

他的小小女王的眼眸。

「當然了，梅勒。只要跟著我，沒有什麼是你們辦不到的！」

那時正值革命發生的半年前，是帝國的最後一段和平時代。

†

大陸北邊，在雷古戚德船團國群的海岸，從晚秋到冬末總有流冰自遙遠的碧海漂流而來。

成群的冰塊將放眼望去所有黑色沙灘與波濤洶湧的岩石海濱封鎖在一片白色之中。在這綿延不斷的純白平原，或者又像是巨龍背鰭般的一連串鋸齒狀斷面，有個東西出現在角落。

那身影好像有點不知所措地東張西望，慢吞吞地匍匐爬行。

宛如透過結霜的玻璃窗看見的月光那樣冰冷凍結的雪色。拖著長長透明薄紗與禮服裙襬的纖柔身姿像是步入禮堂的新娘。與流冰大廳互相輝映下，優美得有如人魚公主——只不過全長豈止不像公主，超過三公尺的個頭比一個魁梧的漢子還要高大。藏在頭紗的陰影下，「胸口」若隱若現的三顆眼球呈現帶金屬光澤的孔雀綠，內部排列著菱形瞳孔。

征海氏族稱牠為音探種（Leuca）——亦即支配碧海的原生海獸族群之一。

頭紗與禮服是覆蓋在鱗甲外側的半透明外套膜，看似頭部的部位是這種扮演主動聲納（Active sonar）角色的物種特有的超音波集束體。這些碧海的致命美人魚（賽蓮）大型成體的最大功率超音波照射，連戰艦的底部裝甲都能用氣泡脈衝折成兩半。

只是現在，這隻在冰上爬行的音探種距離那些可怕成體還早得很，只是一隻小小的幼體。

跟隨流冰離開北方碧海，不慎漂流到這片巨浪海濱——音探種幼體放眼望向對牠來說完全是個未知世界的人類領域。

迷路的人魚幼子像隻小鳥，細小尖銳地「啾咿——」叫了一聲。

EIGHTY SIX

The number is the land which isn't
admitted in the country.
And they're also boys and girls
from the land.

ASATO ASATO PRESENTS
[作者]安里アサト

ILLUSTRATION／SHIRABII
[插畫]しらび

MECHANICALDESIGN／I-IV
[機械設定]I-IV

Kadokawa Fantastic Novels

86

—不存在的戰區—

Our Ladies, Pray for the Miserable Ones
at the Moment of Their Death.

[Ep. 12]

— Holy blue bullet —

Our Ladies, Pray for the Miserable Ones at the Moment of Their Death.

CHARACTERS

齊亞德聯邦軍

「第86獨立機動打擊群」

辛

被聖瑪格諾利亞共和國蓋上代表非人──「八六」烙印的少年。擁有能聽見軍團「聲音」的異能，以及卓越的操縱技術。擔任新設立的「第86獨立機動打擊群」總戰隊長。

蕾娜

曾與辛等「八六」一同抗戰到底的少女指揮管制官。奇蹟般地與奔赴死地的辛等人重逢後，於齊亞德聯邦軍出任作戰總指揮官，再次與他們共同征戰。

芙蕾德利嘉

開發「軍團」的舊齊亞德帝國遺孤。與辛等人一同對抗過往昔的家臣，同時也如親哥哥的齊利亞。在「第86獨立機動打擊群」擔任蕾娜的管制助理。已確定為全軍團停止的「關鍵」。

萊登

與辛一同逃至聯邦的「八六」少年。跟辛有著不解之緣，一直以來都在幫助因為「異能」而容易遭受排擠的辛。

可蕾娜

「八六」少女，狙擊本領出類拔萃。對辛表達心意之後，終於能夠踏出新的一步。

賽歐

「八六」少年。個性淡漠，嘴巴有點毒，而且愛挖苦人。受到斷臂的重傷後離開部隊。

安琪

「八六」少女。個性文靜端莊，但戰鬥時會表現出偏激的一面。擅長使用飛彈進行大範圍壓制。

葛蕾蒂

聯邦軍上校，能理解辛等人的心情，後來擔任「第86獨立機動打擊群」旅團長。

阿涅塔

蕾娜的摯友，擔任「知覺同步」系統的研究主任，和過去同住在共和國第一區的辛是兒時玩伴。

西汀

「八六」之一，在辛等人離去後成為蕾娜的部下，率領蕾娜的直衛部隊。

夏娜

從待在共和國第八十六區時就在西汀隊上擔任副長發揮才能的女性。與西汀正好相反，個性冷若冰霜。

瑞圖

與「第86機動打擊群」會合的「八六」少年。出身於過去辛隸屬的部隊。

滿陽

與瑞圖同樣和機動打擊群會合的「八六」少女。個性認真文靜，就是這樣。

達斯汀

共和國學生，曾於共和國崩壞前發表演說，譴責國家對待「八六」們的方式；在得到聯邦救援後志願從軍。

馬塞爾

聯邦軍人。在過去的戰鬥中負傷造成後遺症，於是改以輔佐蕾娜指揮的管制官身分從軍。

尤德

與瑞圖、滿陽等人一同加入戰線的「八六」少年。沉默寡言但身懷卓越超群的操縱與指揮能力。

奧利維亞

以瓦爾特盟約同盟派遣的新兵器教官身分與機動打擊群會合。外貌如女性的青年軍官。

維克

羅亞·葛雷基亞聯合王國的第五王子，當代先天異才保有者「紫晶」且開發了人型控制裝置「西琳」。

蕾爾赫

半自律兵器控制裝置「西琳」一號機，採用了維克青梅竹馬的腦組織。

EIGHTY SIX

登場人物介紹

The number is the land which isn't admitted in the country. And they're also boys and girls from the land.

第一章　溫柔美麗的瑪麗女王，本來應該美麗溫柔的世界

「妳終究只是個花瓶(吉祥物)——有何必要對將士們產生責任感？」

背負起如果只是站在吉祥物的立場根本不需要背負的責任。

對於這個平靜拋來的疑問，芙蕾德利嘉暗想「終於來了」。

阿德爾艾德勒皇室自從淪為傀儡後豈止臣民，甚至也不在低階貴族面前露面。還在襁褓中就失去父皇而被迫即位的自己，長相不可能被外國的任何一個人認出。

但是眼前的這條蛇是聯合王國伊迪那洛克王室的「紫晶」。芙蕾德利嘉沒天真得會去期望智商高達異能水準的他對她的真實身分能永遠渾然不覺。

為了不被看穿心思，芙蕾德利嘉謹慎地戴起平靜鎮定的面具面對他。

「余乃……」

芙蕾德利嘉表面上的出身背景是某位大貴族的私生女。

出於帝國貴族忌諱混血的價值觀，她是不能公開血緣關係的子女，但仍接受了貴族後嗣必備的教育。她的本家是恩斯特·齊瑪曼大總統的幕後金主，基於這層關係由大總統收養她，並按照

本家的意願讓她隸屬於精銳部隊兼宣傳部隊的第八六獨立機動打擊群（Strike package）。

依照這些設定，芙蕾德利嘉說出事前準備好的回答。身為尚武帝國的貴族女兒，基於成長背景一定會如此回答。

「余芙蕾德利嘉‧羅森菲爾特，乃機動打擊群的唯一一名帝國貴族。縱然不被允許冠父祖姓氏，余仍然是率領士兵投身戰役的帝國貴族之一。雖說余只是個吉祥物，但只要一日從軍，維持士兵士氣就是身為貴族的義務。」

維克緩慢地眨了一下眼睛。

「原來如此，看來妳有不便公開的隱情。」

「！」

「對方都還沒問什麼就連珠炮似的自我辯護，等於不打自招……妳真是不會說謊。」

這次芙蕾德利嘉是真的無言了。

維克冷酷地低頭，看著臉色越來越糟的她。

表情的反應太誠實了。

這麼點套話技巧就能讓她變了臉色。說個謊都還要做好最壞的打算。

既然生為王侯，自幼就該接受控制情緒與表情的訓練。可是芙蕾德利嘉完全沒學會這些。

如果本家只把她當成「這點程度的孩子」，也許內情並不如芙蕾德利嘉自己所想或維克懷疑的那麼重大。

「算了，反正我對妳的隱情並不感興趣，就當作是妳說的那樣好了，不過……」

話講到一半，毒蛇王子忽地偏了偏頭。

說到這個，這個女孩跟辛——雖然出生於共和國，仍是諾贊侯爵家直系血親的辛關係似乎特別親密。

假如她由於出生在「諾贊家族」的末端，而錯把那門第權力與義務當成自己的一部分……

「妳想保護的究竟是眾將士，還是妳那會因為棄士兵們於不顧而受傷的良心？」

「！這……」

「勸妳最好分辨清楚——與其無力保護卻違背不了良心，勉強伸出援手卻又挽救不了只能選擇逃避的話，還不如從一開始就視若無睹。」

†

『——無貌者呼叫統括網路。』

眼睜睜看著祖國滅亡卻無動於衷，這點似乎跟第一次大規模攻勢相同。

光學感應器映照出再次燒燬的國軍本部，自稱無貌者的重戰車型(Dinosauria)——過去曾是瓦茲拉夫・米利傑的「牧羊人」如此心想。

它將砲塔與車身背部轉向在火海中逐漸空虛地崩垮的聖女瑪格諾利亞雕像。

『已掌握聖瑪格諾利亞共和國全境。聖女受難日作戰全階段完成。』

看來這多少帶來了一點滿足感，周圍其他指揮官機的光學感應器朝向無貌者。昔日被稱為八六的少年兵在死於共和國之手後，帶著千仇萬恨化身為「軍團」這一群迷妄固執的重戰車型。

它們現在的名字是……

『無貌者呼叫統括網路指揮官機。各位「羔羊(Agnus)」。』

套用呼號「女主人」的——瑟琳・比爾肯鮑姆的試作機「高機動型」、兩棲突擊戰艦型(Schwertwal)以及陸上戰艦型(Ferdinand)的實驗成果，讓這些指揮官機成功達成永生化。人類長槍已經殺不死這些「復活的羔羊」，即使死了也能重返陽世。

『為殲滅殘存的人類生存圈，即刻著手下一個作戰行動。為攻略齊亞德聯邦——請第一廣域網路傾盡全力自共和國餘黨收集情資。』

†

早就過了就寢時間，蕾娜這天晚上又失眠了，於是在睡裙外面披件外衣，坐在陰暗辦公室裡自己那張辦公桌前心不在焉地想事情。

這座作為機動打擊群本部的軍械庫基地也已經稱不上安全。在深夜這個時刻，辦公室緊緊拉起了窗簾，在燈火管制下陷入一片黑暗。

待在夜深人靜讓人有點透不過氣的沉寂之中，她露出苦笑，看著在昏黃桌燈下顯得受打擾而不得安眠的狄比。

「……你先去睡，沒關係的。」

狄比發出喵嗚一聲，應該是代表某種拒絕吧。大概就像在說「我要有人陪」或是「這樣我睡不安穩」之類。

蕾娜摸摸眨著綠眼抬頭看她、愛撒嬌的黑貓的小腦袋瓜，同時意識再次落入思考的迷宮。

起火燃燒的列車；尖叫、哀號與火焰的色彩。

閉門召開復仇盛宴的祖國，聖瑪格諾利亞共和國；自己選擇逃進鐵幕裡的共和國國民；喝采般的槍聲；火堆般的烈焰；救不到只能棄之不顧，任其崩垮的要塞牆；流血與火災的色彩；嗟怨與苦悶的聲響；了無遺憾地升天般飛上高空的流體金屬蝶群。

選擇憎恨，期望復仇，化為「牧羊人」加入殺戮機器陣營的八六亡靈們。

他們那狂熱嘶吼著不留活口的聲音。

——為妳們報仇。

那種憎恨，那份嗟怨，就是無法讓人聯想到雷夫·阿爾德雷希多中尉的昔日面貌。

他為了拯救妻女，隱瞞白系種的身分共赴第八十六區，在那裡奮戰過。

他在被當成八六最終處置場的第一戰區先鋒戰隊隊舍照顧過「破壞神」與少年兵，每半年就送一批少年走上最後一程。

他心中的怨恨消除了嗎？

以前他覺得即使死在照顧過的少年兵手裡也無所謂。對於只因為身為共和國人就判自己有罪的他來說，被瑞圖誅殺是否成了一種贖罪？

假如就連阿爾德雷希多都得背負身為共和國人的罪孽，那麼被八六們懷恨奪去性命的共和國人是否能以死亡作為贖罪？

假如死去的無數八六，甚至是那位老整備員，最後期望的竟是懷恨而逝、怒火難平的那種地獄光景——……

蕾娜滿腦子都是這種空想，令她無法入睡。

每當她閉上眼睛，共和國人的慘叫與八六的憎恨便重回腦海，令她無法入睡。

這時，彷彿悄悄潛入沉寂的夜晚，她聽見了些微的敲門聲。

狄比耳朵登時豎了起來，不等蕾娜開口詢問就迫不及待地走到門前。

「——蕾娜，妳還沒睡嗎？」

是辛。

會是什麼事？蕾娜不解地站起來。

沉鬱的心情一聽到他的聲音頓時飛揚，這種心境的變化讓蕾娜感到有些內疚。

「嗯，怎麼了嗎？」

開門一看，不知為何辛表情苦澀。就寢時間都過了這麼久，他卻仍然一身領帶打緊的軍常服(Service dress)

裝扮。後面跟著蕾娜的副官伊莎貝拉・佩施曼。

「我聽少尉說了……果然是這樣。」

「咦？」

†

在屏蔽貨櫃裡，瑟琳被禁止與他人接觸已經過了將近一個月。

自從第二次大規模攻勢爆發以來，辛一次都沒來見過她。維克也是，只有大規模攻勢剛結束時見過那一次。負責看管她的情報部人員也已經許久不見人影。

儘管長期待在人類絕對無法忍受的無聲黑暗空間，身為「軍團」的瑟琳即使被斷絕一切感官刺激也不痛不癢。而聯邦軍不會不了解這點，所以應該不是審訊或拷問的一環。

可能單純是在對情報重新進行調查，或是不再把她視為可信情報來源，放棄了這個管道。

……但願不是後者。

在無聲黑暗中，瑟琳以思考抒發憂悶。她是為了不讓「軍團」消滅全人類，為了阻止「牧羊人」漸漸變得以個人復仇為目的而開始忽視帝國遺命，才會甘願淪為聯邦的階下囚。萬一她帶來的情報全遭到質疑，就連「軍團」全機停止的條件都被當作假情報毀棄處理——就太不值得了。

這時，與貨櫃外面進行有線連接的攝影機與麥克風在外部操作下啟動了。

「妳還沒死……不對，妳已經是死人了。妳還沒壞掉吧，瑟琳．比爾肯鮑姆。」

在刻意採用廉價機種的攝影機粗糙畫質中，佇立著一名陌生的青年軍官。

年紀大約二十來歲吧。青年有著夜黑種純血的宛如無星暗夜的漆黑頭髮與眼睛。帝國貴種特有的白皙俊容帶有戰槍般的殘忍，細長的雙眸散發嚴峻眼光，活像是只要碰到一下就會無聲無息地被割傷的鋒利刀刃。

臂章上的部隊章，圖案為白骨手掌握住燃燒鬼火的長劍。

瑟琳產生一種寒意徹骨的敵意。就連理應冰冷機械化的電子語音都流露出一股怨念。

『——是諾贊族人啊。』

掌控了帝國軍政大權的諾贊家族在軍方內部擁有自己的精銳部隊。部隊配備專用機甲，只收家族血親為隊員。這群夜黑種的最強最終王牌使用的部隊徽章正是這個圖案。

「我叫亞特萊．諾贊，是帶領狂骨師團的諾贊家次代家主。」

嗓音符合冷峻的身姿與眼神，聽起來低沉而凜冽。

換作普通人光是聽到這犀銳的聲調就會畏縮不前，但瑟琳無動於衷。

『我沒話好跟辛耶．諾贊以外的諾贊族人說，你這征伐者的後裔。』

既然有人像這樣再來造訪，表示聯邦仍然有意向自己問話。縱然不信任身為「軍團」的瑟琳，他們應該是判斷情報本身仍有夠高的準確性。瑟琳聰敏地看出這點。

既然如此，這點程度的談判應該還能成立。

即使想阻止「軍團」，想彌補自己的過錯，她依然不願意跟「這些人」談話。

亞特萊一副無所不知的神情，冷冷地嗤笑了。

那笑臉讓人心裡發寒。

是一種把他人踩在腳底，踐踏他人毫不心軟的支配者嘴臉。

「我想起來了，妳要算是焰紅種的末席吧，比爾肯鮑姆的女兒。原來如此，那對我們夜黑種當然有一兩句怨言了。」

『……』

對夜黑種的怨念。對你們這些征伐者的恨意、憎惡。

千年以來鬱積已久的受辱之怒──豈是一兩句怨言就能了結？

「但是，現在的妳有什麼資格講這種話？妳這『臭鐵罐』。」

同樣是諾贊血親，那個心地善良的少年絕不會口吐這句對「軍團」的蔑稱。然而眼前的諾贊族人卻毫不介意，講得不屑，好像想讓瑟琳知道「妳已經連人類都算不上，只是個活該被打壞的鐵塊」。

「妳不願意開口也無所謂，廢棄處理就是了……那樣困擾的是妳。保持沉默妨礙的是妳的願望，不是我們的。受良心呵責的是妳，失去的是妳自己的希望。前功盡棄、徒勞無功的可憐蟲只有一個，就是妳自己。」

保持緘默不再是談判的籌碼。

「妳不是先自甘墮落去當臭鐵罐，然後現在又想救人嗎，瑟琳．比爾肯鮑姆？有什麼想招的就現在快招，把妳知道的一切和盤托出。等妳聽話了……」

沉默不語的瑟琳懷抱的心思大概都被他摸透了吧。

諾贊的下一任家主用征伐者血統應有的殘忍、傲慢的臉孔嗤笑。

「我再來檢討妳的情報有沒有價值。」

命令情報部人員不准讓她有所隱瞞，逼她供出「一切」之後，亞特萊走出拘禁室。

隨著西部戰線後撤，瑟琳的拘禁貨櫃也被移往後方，現在安置在情報部作為據點的一座小廢村教堂裡的納骨堂。亞特萊穿過加裝的厚重金屬門，走出用來存放早在十年前去世的她——以收容一個機械亡靈來說，太過諷刺的死者墓室。

一走出來，亞特萊頓時垂頭喪氣地開始抱怨：

「唉——真受不了，搞得我肩膀痠死了。」

而且還半閉眼厭煩地歪著嘴，毫無幹勁與威嚴地彎腰駝背。

連擔任警備隊長的中尉也忘了禮貌，瞪大雙眼盯著他這副前一刻那種峻烈冷酷、作為將門棟梁諾贊家族次代家主的威勢蕩然無存的德性。

對於尉官的失禮態度，亞特萊豈止毫不介懷，根本就沒去留意。

一如舊時代的王侯觀念，老百姓對他來說連小飛蟲都不算。

「埃倫弗里德的三男像吃了炸藥似的，大總統那混帳又還是一樣可怕，然後連布蘭羅特家的臭老太婆都失去了從容，氣氛已經夠糟了，為什麼連我都得來把氣氛搞僵？我從以前到現在有做過什麼大壞事嗎？」

亞特萊已經夠沮喪難過了，在外頭等他的約施卡卻還開口挖苦他：

「總算承認自己是次代家主啦，諾贊……是你自己愛跟瑟琳女士報上名號吧。」

亞特萊很有怨言地噘起下脣。

「誰叫梅茲大哥已經被選為家主後嗣了？我哥只有女兒，托茲卡哥哥又戰死了，梅茲大哥的下一個注定輪到我，我也沒辦法啊，又不是我自願的。」

大概是即使現在已經被迫接受還是覺得很不情願，他特地重複一遍。

事實上，作為從帝國黎明期延續至今的豪門世家，讓人數龐大的家族成員深入軍方、政府與各大企業的諾贊家族，一家之主的地位恐怕沒有外人想像的那樣有魅力。

伴隨著權勢而來的巨大決斷與責任，加上牽扯不清的無數企圖與欲望，還有長達千年的宿怨與屍臭。

「然後去年找到的家主老爺的孫子，結果又確定不參加諾贊家的繼承人競爭。」

約施卡沉吟著雙臂抱胸。

現任家主——塞耶．諾贊的直系男兒不是逃走、病死就是戰死，已經一個都不剩。約施卡同樣身為前貴族的邁卡家成員，也聽說過諾贊家族這幾年來一直為了後嗣問題糾紛不斷。

又聽說好不容易家族內部的權力鬥爭總算告一段落，由塞耶侯爵弟弟的長子梅茲繼承塞耶的衣缽，梅茲的後嗣也即將內定為其么弟亞特萊時，卻又找到了塞耶侯爵的孫子辛，結果再次在檯面下掀起一大騷動。

「那當然啦，辛又沒有靠山，也沒接受過帝國貴族的教育，勉強讓他當繼承人只會白白吃苦吧。」

「如果他願意娶梅茲大哥的哪個女兒，大哥跟我還能當他的靠山耶。」

約施卡一面猜想家裡有適齡女兒的諾贊旁系，或是塞耶侯爵那幾個各自嫁入權貴豪門的女兒一定也提過相同的主張，一面回答：

「辦不到吧。」

因為辛才剛贏得一個美貌女友的芳心。

就算沒有這個女友，帝國貴族那種把婚姻大事視作無關乎情愛的政治手段，認為情夫情婦才是戀愛對象的價值觀，想必很難獲得出生於共和國的辛認同。

亞特萊用鼻子噴氣。

「好像是。家主大人似乎也不想現在才讓孫子背負諾贊的名號。邁卡，你家也差不多吧。」

「……算是吧。看樣子女侯爵只希望辛當個寶貝孫子，自己也只想做個慈祥的祖母。」

約施卡也懂這種心情，無論是葛妲．邁卡女侯爵，還是諾贊侯爵的這份親情。

不用作為一家之主去相處，但確實是自己的骨肉至親。不用視為用來延續家族命脈的棋子，不用教育成為門閥戰力，一個可以盡情疼愛呵護的孫子。

因為出生於舊帝國貴族世家的自己與其他人本來是無緣得到這樣一個孩子的。

然而，亞特萊露出了有些奇怪的表情。

「……不，雖然這應該也是原因之一，但我想恐怕不是家主大人與邁卡女侯爵的出發點。」

亞特萊沒回望看向自己的約施卡。

那雙黑眸……諾贊血統那交織黑暗的黑沉沉的殘忍眼神。

「他是機動打擊群的無頭死神，於聯邦作為決勝關鍵的精銳部隊服役，兼為王牌駕駛員與總隊長——照現在這種戰況，諾贊侯爵與邁卡女侯爵應該都沒老糊塗到會讓『那群』八六英雄的戰王帝背負門第頭銜吧。這才是我想表達的意思。」

†

從共和國那場作戰到現在，過了半個多月。

前線足足後撤了數十公里，遠方砲聲成了軍械庫基地日常生活的一部分；同樣地，專為大隊長或副長級人員開辦的高級指揮官講習也變成了日常課程。

萊登聆聽第二機甲群補給參謀的講課內容，覺得軍官人數的確在漸漸告缺。

第二次大規模攻勢當中有許多基層士兵、士官與軍官戰死，後來為了維持膠著狀態，又有更多軍方人員在各地戰線相繼捐軀。

相較之下，為了輔佐萊登他們這些盡是尉官階級而缺乏權限的大隊長與副長，機動打擊群的幕僚人數比規定名額多出不少。由於不知道這麼多參謀何時會被調派到其他部隊或戰線——為了到時候讓留下的少年兵不致遇到困難，參謀們才會自主提案輪流為大家開辦這些特別講習。

再來說到機動打擊群，到現在還沒接到下一個任務。

其實下一個派遣地點似乎已經決定了，但別說命令，萊登他們連一點相關資訊都沒收到。不知道是跟派遣地點有些事情協調不來，還是在提防洩密之類的問題。

「……應該是不至於對我們失去信任……」

他喃喃自語了一句——弟兄們的戰果功虧一簣，加上半個月前共和國救援作戰以失敗告終。雖說視為最優先作戰目標的救援派遣軍撤退行動完成了任務，嚴密而論不算失敗，但司令官理查．亞納少將的死與共和國的滅亡在萊登看來就是一場挫敗，只是總不至於連聯邦軍將官的判斷都受到那個結果影響吧。

總之，萊登就當這是補放十月沒放到的休假。所幸不像某地的第八十六區，大家文件上的監護人寄來了各種各樣供人消遣放鬆的電影、動畫還有漫畫等等，所以不缺娛樂，戰況也還沒嚴重到影響三餐的分量與品質。大半居民已經疏散的鄰鎮弗頓拉埤德市也有部分咖啡廳、商店或酒館繼續營業，為戰鬥屬地民與機動打擊群的主要人員提供服務。

即使如此……

「也該讓我們行動了吧。」

在共和國的那場作戰——雖說是共和國國民，但不得不對他們見死不救的那場敗逃，以及作戰結束後徒留的苦澀枉然心情……

希望都不要有第二次了。

「像這樣有事做比較能分散注意力，心情會輕鬆很多——」

特別講習的對象除了現任大隊長與副長，作為有一天需要「補充」時的候補人員，小隊長級以上的八六也全數名列其中，可蕾娜與安琪當然也是受訓對象。

話雖如此，畢竟人數不少，加上還有處理終端的日常職務要做，大家被分成了幾個班級，現在上午時段是副長級的上課時間。今天吃過晚餐就輪到她們上課，兩人把發下來的預習講義先看過一遍。她們待在安琪用乾燥花與小擺飾布置得很有品味的個人房間，只有椅子是從可蕾娜的房間搬過來的。

……不久之前連作業都愛做不做的可蕾娜，光是預習功課就夠讓她頭痛了。

早知道就別說什麼怕不怕，應該更認真上課才對，作業與自習也都應該先做的。可蕾娜跟大約一個月前的自己嘛嘴嘔氣。想不到竟然會等到戰況如此告急，時間再多都不夠用的時候才開始手忙腳亂。

她跟著有點原地打轉的思維節奏把筆在手上轉來轉去時，安琪露出苦笑。

「我覺得，妳還是先把基礎教材重新讀過比較好喔。」

「嗯──……也許吧。本來是怕時間不夠，可是好像還是不能偷懶……」

她暫時關閉預習講義，開啟基礎教材的檔案。充滿軍隊色彩，冷冰冰又死板的封面圖案讓她反射性地產生排斥感，但仍忍耐著把它打開。

看著可蕾娜眉頭緊皺把對應項目重新讀過，安琪回到剛才的話題：

「特別講習說不定也是想讓我們有事情忙才不會想東想西。只是……」

「對呀。什麼都沒在想或是當縮頭烏龜當然不好，但也不能因為想分散注意力就把自己忙壞了。」

兩人你一言我一語。

然後同時嘆了口氣。

「……蕾娜。」

「不曉得她要不要緊。」

現在穿的是軍服沒錯，但身旁行李箱裡裝的是便服。然後是身邊一些日常用品與幾本詩集，沒有一樣東西跟軍務有關，再來就是狄比的外出籠。

把這些東西放在身旁，蕾娜垂頭喪氣地說：

「……不好意思。」

「不會，我反而很慶幸能在妳忙出病來之前發現。」

他們在軍械庫基地的附屬機場等候運輸機。辛一手提著狄比在裡面喵喵叫著不知道在主張什麼的外出籠，輕輕搖搖頭。

辛悄悄探頭看一下她那沮喪地垂眉低頭、有些面無血色的臉龐，接著說：

「忽然叫妳休假轉換心情也許很難，妳就把放假也當成是在工作就好。」

「不但故鄉當著自己眼前毀滅，還看到那麼多人被燒死或開槍打死，心裡一定很痛苦吧。就連我們看了都覺得不舒服了。」

「……對呀。現在回想起來感覺還是很糟。」

可蕾娜抿起嘴脣點頭。數不清的群眾被故意折磨般開槍打死——就像她那被故意折磨般開槍打死的爸媽一樣。

在共和國打仗時，以及後來撤退的時候，她都還沒事，甚至完全沒想起那些回憶。

因為當時她專心戰鬥，行軍時把心思放在對周圍的戒備上，完全沒有多餘精神去回想雙親死亡的記憶。

可是回到軍械庫基地——回到不知不覺間已經成為她的歸宿，如同舒適小窩的基地，才剛走進自己的房間喘口氣鬆懈下來，記憶底層的舊傷就復發了。

她夢見雙親的死，睡到一半驚醒。

那惡夢太過可怕，連隔壁房間同一個小隊的少女都被她的尖叫聲嚇到，衝進來關心。

——可蕾娜，妳沒事吧！

嚇得渾身僵硬的可蕾娜連人家關心的詢問都無法回應。放心不下的同袍替可蕾娜沖了熱巧克力——每個房間都有熱水壺這種簡單的設備——可蕾娜喝了才終於平靜下來。

這種狀況持續了好幾天。

本來在想如果惡化到不敢睡覺或根本睡不著，就去找醫療班諮詢，所幸惡夢幾天內就停了。

所以她現在沒事，但……

「我還是不想看著別人死掉……而且得知阿爾德雷希多中尉還有我們不認識的很多人，生前都痛苦到會想做出那種事，感覺也很糟。」

「……是呀。」

親眼目睹跟自己還有大家同樣身為八六的人變得那樣心中充滿恨意，或是看到別人痛苦地慘遭殺害，都讓人不好過。

任何人受苦、死去，都讓人很難過。就算不是發生在自己身上也還是會難過。

這本來就是讓人難過的事。就連八六早該看慣了悽慘死屍和沒死成的痛苦掙扎，都有幾人在作戰後接受心理輔導，診斷結果是需要暫時休養身心。

更別說蕾娜雖然是八六的女王，但共和國是她的故鄉，國民是她的同胞。

「唯一值得慶幸的是辛就在她身邊，及早發現她的胃口變差。」

所以他去跟佩施曼少尉確認情況，同時又得知蕾娜夜裡也失眠。

他知道蕾娜出於本身的個性一定會硬撐，於是就去向葛蕾蒂報告，讓精神醫療班幫她看看。

結果蕾娜被診斷出需要離開軍務休養一個月——今天稍晚運輸機就會起飛，將她送往療養地點。

蕾娜聽到診斷結果似乎大受打擊，後來一直顯得很沮喪。

過了幾天的現在都快要出發了，還是一樣垂頭喪氣。

「……達斯汀還有阿涅塔明明都沒事……就只有我這樣……」

「妳不是有接到報告，說達斯汀也最好暫時離開戰線嗎？所以下次作戰我不會帶著他。麗塔則是根本就沒上戰場。」

唔——蕾娜鼓起了腮幫子。

「辛，你要叫她阿涅塔。」

辛輕聲笑了笑。

「又不會怎樣。」

「不行。阿涅塔。」

「知道了，阿涅塔……這樣就對了，蕾娜。」

聽到這句話，蕾娜才終於淺淺一笑。

「嗯。」

然後她似乎想勉強提振起精神，便拍了一下雙手挺身向前。

「聽說那個軍方療養院附設了牧場，還有體驗教室呢。我會趁這個機會多參與一些活動。說不定還能學會騎馬！辛，你會騎馬嗎？」

「我沒騎過馬……機車的話受訓時是有拿到駕照……」

機車是偵察任務，汽車則是運輸任務有時候用得到，因此即使是多腳機動裝甲兵器駕駛員也必須上課接受簡單講習。

只是還沒專業到可以駕駛大型拖車等車輛，也不會騎乘目前軍中只有儀仗兵與少數地區的偵察兵才會用到的軍馬。

辛忽然對她露出了挖苦的笑容。

「不過，妳在學騎馬之前，難道不該先學會打蛋嗎？」

「我已經會打了！你又不是不知道，我們選修明明就一起上過烹飪課！」

她說的是在弗頓拉埤德市附設的學校，上學當作放假的那段時期的事。

在那間學生人數比機動打擊群成立時多出許多的教室，蕾娜學到打蛋不需要用到鐵鎚，辛則是被發現只要遵照食譜指示就能做出味道不錯的料理。

前提是要遵照指示。

佩施曼少尉走過來淡定地說了。她有著簡單束成馬尾的一頭紅髮與翠綠雙眼，瘦骨嶙峋的身材搭配銀框眼鏡，直挺挺的背脊顯得謹慎剛正。

「我會請對方挑選性情溫馴的馬。還有，聽說療養院院長最擅長的料理就是歐姆蛋，就請人家教教您吧……某位大尉只要沒人盯著就連打散蛋汁的步驟都想省略，您很快就能趕過他了。」

被她像是在說「別這樣嘲笑她」地狠狠一瞪，辛舉雙手投降。儘管還有點勉強，蕾娜也輕聲噗哧一笑。

「一定很好玩。」

「一定的……您要去度假了，上校。祝您玩得開心。」

「我會的。」

「——好好喔，蕾娜要去度假了。」

「你是說認真的嗎？」

「最好是。」

瑞圖仰望著餐廳的天花板隨口講講，坐在斜對面座位的米卡托著臉頰問他。瑞圖當然也不是真心覺得羨慕，所以答得平淡。

換作是他，才不要丟下同袍退到後方，所以蕾娜一定也是同樣的心情。更何況她絕對不會想把辛獨自留在戰場上，離開他身邊。

「我們現在也是被人家要求休息，可是總覺得坐不住。」

就好像總得做點什麼，不找點事來做就覺得坐立難安。

但又覺得不管做什麼都不能改變現況，迷失了方向。

滿陽說：

「越是焦急、混亂……就越是得好好休息，對吧。」

別人要求他們休息，花一點時間吞下跟消除內心的糾葛與焦躁。

「意思就是『你們受傷了，給我好好躺著休息』？」

「能准我們睡大頭覺，已經算很奢侈啦。」

在每個戰隊都常態性地未達人數標準的第八十六區，很多時候即便是傷患或病患也不得不上戰場。更別說什麼精神傷害，才沒有那多餘心力去體諒。

西汀往餐桌一角瞥了一眼。

「克勞德也是，哎，恭喜你啦，趁這次機會找到了老哥老爸。」

「克勞德他本人氣到爆炸就是了——」

「我覺得遇到那種情況，是誰都會生氣……」

克勞德的異母哥哥成了指揮管制官（Handler），負責指揮克勞德那個戰隊卻沒跟他相認，從第一次大規模攻勢以前就透過知覺同步與他並肩作戰，然而大規模攻勢爆發後隨即下落不明。

這個說是沒臉見弟弟所以至今一直未曾出面相認的哥哥，眼看現在共和國已經完全滅國，似乎實在是放心不下，就在志願投入義勇兵行列的同時總算現身了。

不用說也知道，自從大規模攻勢以來一直擔心自己可能已經在不知情的狀況下讓哥哥戰死的克勞德，一放心火氣就都來了。那可真是氣炸了。

聯邦軍安排的第一次見面機會，在克勞德抓狂到誰也安撫不了的狀況下被迫延期。托爾、葛蕾蒂、老婆婆與神父對怒不可遏的他連哄帶騙了一番才終於說動他見個面，可是一到現場，克勞德還是破口大罵，說什麼「你這臭老哥現在怎麼還有臉跑來找我」之類。

克勞德本人在眾人注視下，一張臉越來越臭。

看來現在是只要提到他哥哥就會讓他生氣。

「……好吧，也多虧白痴臭老哥讓我忘掉了不少鳥事啦。」

托爾在他旁邊一臉疲倦地說了：

「我也是～～」

就連這個交情最久的戰友都沒看過克勞德氣成那樣，這段期間一直陪著克勞德看他大發雷霆，會累是當然的。

雖然很累，但就像克勞德說的，也忘掉了不少煩惱。

又是共和國人的大屠殺，又是同胞變成「牧羊人」的強烈憎恨，還有共和國人不講道理的反感，克勞德想必沒那閒工夫去懊惱這些沒意義的問題，托爾也一樣沒空。

喪失祖國的神父以及老婆婆說不定也是故意忙著照顧兩人，省得胡思亂想。

「不過克勞德，你也該原諒你哥了啦。鬧太久以後會找不到台階下，而且要是你哥或你有個萬一，活下來的那個會後悔死的。」

克勞德氣鼓鼓地瞇起眼鏡底下的眼睛。

「你很煩耶……我知道啦，下次我會好好跟他談。」

然後他的月白雙眸朝向瑞圖。

「說到忘記鳥事，瑞圖，你心裡應該還是很不好受吧。是不是該找點事做轉換一下心情？」

被他這麼一說，瑞圖心頭一驚。他是說誅殺了阿爾德雷希多那件事。

「咦，沒有啊……我很好。」

結果留在餐廳裡的西汀、米卡、滿陽與托爾，所有人同時說了。

「就叫你不要硬撐了。」

「你打倒的『牧羊人』，以前不是跟你認識嗎？」

「就像蕾娜，大家也是怕她精神狀態惡化了會更糟糕，才會叫她去休息呀。」

「覺得心累的話休息就是了。不然就是聽克勞德的建議，找事做轉換心情。」

瑞圖想了想之後回答：

「嗯——……好吧，那我大概明天就去申請休假與外出許可好了。去放空散散步什麼的然後到圖書館找找奇怪的書，到咖啡廳吃一堆蛋糕再回來。」

「咦，圖書館有開喔？」

「只有館長爺爺跟他太太留下來繼續開，而且基本上還是可以借書，還代替電影院放映影片，也有為戰鬥屬地民的小孩子舉辦說故事時間。」

「——基地餐廳還有營站的職員也企劃了幾項活動，想轉換心情的話也可以去參加看看。」

蕾娜搭乘的運輸機似乎已經起飛，去送行的辛來到餐廳說道。後面跟著上完講習回來的萊登、顯得有點累的可蕾娜以及神態自若的安琪。

「首先雖然有點遲了，聽說在下次派遣之前會舉辦派對，當成餞別會順便慶祝萬聖節。」

瑞圖一聽，立刻挺出身子。餐廳與營站的職員幾乎都是文職人員，不是軍人。在如今戰線後退而變得更靠近戰場的這座基地，職員們不可能不心驚膽戰，卻還是用這種方式幫忙維持士氣。為了回應這份好意，態度當然必須積極。

「不錯耶，好像會很好玩！隊長的話我知道，當然一定要扮死神嘍！」

「很遺憾，扮不扮裝看個人意願。我不扮。」

「不是，不扮說不過去吧，辛。幫忙炒熱一下氣氛啦。」

「失去笑容就輸嘍。」

「難得有這機會，乾脆也來辦庫丘說過的賞月吧。」

萊登的吐槽讓可蕾娜與安琪小聲地笑了起來。陌生的名詞引起克勞德的反應。

「什麼東西？賞月？」

「要做月餅嗎？」

接著換滿陽微微歪過頭。月餅？大家都愣了一下。

「達斯汀，方便占用一點時間嗎？下次放映會的許願片單整理好了。」

「好，謝謝你。」

馬塞爾叫住正要前往餐廳的達斯汀，把筆記本拿給他。達斯汀道謝並收下。

達斯汀被精神醫療班診斷出需要心理輔導，下次作戰缺席。醫官建議戰鬥訓練也必須暫停，因此先不論腦袋，總之身體是閒下來了，所以最近都在企劃主辦電影放映會。

將每天分別規劃為動作片或愛情片等主題日，然後在空置的會議室擺好一張張折疊椅，把燈光調暗，營造出電影院的氣氛。來自盟約同盟的奧利維亞等派遣部隊人員聽說這事，還跟營站職員一起幫忙擺攤賣爆米花與汽水。

每場上映都吸引了不少觀眾。應部分處理終端熱烈要求所舉辦的砍殺電影祭，達斯汀個人是覺得在那場戰事之後看這種影片好像不太恰當，自己也看不下去，就請那些想看的人加上維克來代辦。結果維克好像也留下來一起觀影。

最後是達斯汀白擔心了，活像熟透番茄被壓爛的各種東西噴滿畫面，看得砍殺電影祭的觀眾開懷大笑，博得滿堂喝采。

好吧。

達斯汀心想或許那也有助於紓壓。

現在的聯邦西部戰線比起機動打擊群開始活動，甚至是兩年前辛等五人受到保護時，又被推回更後方的位置。自從那場幾乎無異於敗逃的共和國救援作戰結束，八六們就一直被留在這座基地裡。

維克的祖國聯合王國，戰線在這一個月內也是節節敗退，雖然通訊沒斷所以已經確定他的父王與王兄皆未罹難，被改造為戰場的南部農地似乎也勉強趕上了收割期，但等到這個冬天過去，就只能走一步算一步了。

就像他自己也是因為忙著企劃放映會，才能暫時忘記憂愁。

順便還利用企劃者的特權，在上映安琪想看的愛情片時替她準備貴賓席，索性自己也坐下來跟她一起看，但也惹來了柴夏與阿涅塔等人鄙夷的眼神就是了。

說到這個……

「我說啊，馬塞爾……這幾天好像都沒看到阿涅塔，你有看到她嗎？」

被這麼一問，馬塞爾想了一下。

「對耶，我也沒看到她。她跑哪去了？」

賽歐現在轉調到聯邦首都聖耶德爾郊外的基地。基地最近來了一批召集受訓的預備役，所以比起一個月前多出了不少人員。他抱著研修資料跟新認識的同袍走在一起時，一個閃過視野邊緣的白銀影子讓他駐足回首。

「怎麼了，賽歐？」

「啊，沒有，只是以為看到熟人……」

本來說以為，但重新一看，還真有個熟悉的面孔。

由於待在鐵灰色軍服的一群聯邦軍人之間，使得一身深藍軍服與那不像軍人的纖柔外貌格外顯眼。那個帶著賽歐至今從未看過的嚴峻側臉往前走去的人是——……

「阿涅塔……？」

她怎麼會在這裡？

快到吃午餐的時候，達斯汀與馬塞爾也來了。第一餐廳開始了熱鬧如常的午餐時段，但阿涅

塔還是沒現身。

餐廳漸漸變得一位難求時，事務工作告一段落的葛蕾蒂與她的副官也走進來，辛隨意舉個手告知這邊有兩個空位。萊登幫忙拉出椅子，托爾與克勞德去替神色疲憊的兩人拿餐盤。

「謝謝你們。」

「不會……上校，妳有看到阿涅塔嗎？她好像都沒出現，也沒來送行。」

辛只是隨口問問，但葛蕾蒂與副官雙雙沉默片刻。

「她去聖耶德爾辦事了……去見幾個年幼的八六，就是那些年紀還不足以上戰場的幼童。」

眾人一時陷入異樣的沉默。

萊登、安琪與可蕾娜，還有西汀、瑞圖與滿陽都困惑地望向葛蕾蒂。

辛也疑惑地回看葛蕾蒂。她在說什麼？

「……第八十六區應該已經沒有那麼小的孩子了。」

忘記是在什麼時候，曾對尚未謀面的蕾娜說過：

——可是八六呢？究竟還剩下多少？

——比我們小兩三歲的人，恐怕就是最後一批了。因為自從實行強制收容政策以來，八六的人口便停止增長了，而在收容當時還是嬰幼兒的人多半也已經死去。

在缺乏醫療資源的第八十六區，無人呵護的嬰幼兒連第一個冬天都沒撐過。極少數倖存者也被賣到鐵幕之中，再也沒有回來。

比辛小三歲的瑞圖以及與他年紀相仿的幾個就是倖存的最年少世代了。在十歲出頭就會被逼上戰場的第八十六區，這個年齡已經可以打仗。

第八十六區早已沒有幼小得不能打仗的兒童。

「是嗎……你們果然是這麼認為的。」

葛蕾蒂輕嘆一口氣。

「可是，『實際上就是有』。雖然一起保護的幾名處理終端也都感到不可思議，說應該沒有那麼小的孩子活下來，還說收容所的環境嚴酷到小孩子不可能活命，但聯邦原本以為說歸說，總還是會有幾個孩子活下來。」

當時他們對第八十六區強制收容所的嚴酷環境就只有這點不夠充分的認知。

沒有真正理解那裡的環境殘酷無情到住過的人都認定嬰幼兒不可能存活。

——不能戰鬥的孩子、無法再戰的孩子，還有不願再戰的孩子都退役了。

受到聯邦保護的八六當中，那些太過年幼無法上戰場的孩子、因戰傷殘的人以及不願在聯邦從軍的人，都是進入專門設施或由聯邦的監護人領養。

本來不存在的幼兒的確都已經被救出，得到了聯邦國內的接納。

葛蕾蒂的紫色雙眸浮現出嫌惡至極的色彩。

「那些沒有死於疾病或受凍的幼兒都被賣掉了，賣到共和國的牆內。」

聖耶德爾的「新爸爸媽媽」的家又大又漂亮，年幼的他住慣了窄小粗糙的強制收容所軍營，待在這裡覺得很不自在。

這個又大又漂亮的家總是讓他想起在被送回強制收容所之前，自懂事以來就已經豢養著他的那個漂亮大房子，讓他時時刻刻心驚膽戰。

這裡很可怕很恐怖，可是如果表現在臉上一定會被嚴厲管教，所以他強顏歡笑，新爸爸媽媽看了似乎也很滿意。

就像「主人」以前一直要求他的那樣。

就像他以前總是聽話，拚命對主人裝出笑容那樣。

脖子後面——後頸部位開始熱得發疼。

『——低賤的小豬。』

某人——理應不存在於這個家中的某人的聲音在耳朵深處響起。他倒抽一口氣，渾身僵直。

他又被拖回那幢又大又漂亮的宅第，主人家中那個狹窄又冰冷的籠子裡。

『低賤的小豬，我可愛又低賤的小豬。你是什麼東西？我要你親口告訴我。』

親口說出在那又大又漂亮的宅第，那個狹窄又冰冷的籠子裡，他被灌輸的那句咒語。

「我是有幸被主人飼養的低賤小公豬。」

他必須這麼回答。

只要被問到，隨時都必須立刻正確地如此回答。

否則就有苦頭吃了。

會被鞭打、被按進冷水裡，或是像妹妹她們那樣被弄死。

……雖然即使回答得一字不差，也還是會很慘。

妹妹她們不久就全都死了，只剩下他一個人。過了一陣子之後又說不要他了，把他送回強制收容所。

共和國在「軍團」的大規模攻勢下戰敗，於是他又被聯邦軍帶離強制收容所，說他年紀還小，讓這個新家領養他。可是……

『很好。那麼——給你下一個命令。』

主人又來命令他了。

被這個家領養後，主人又開始命令他了。

不像那幢宅第，這次只有聲音。主人從不在他面前現身。不現身，只是下令。我要你從父親口中問出這個情報，去央求父親告訴你那個部隊的事情。

假裝去探望那些八六傷患，向他們問話。

只有聲音——下令的主人無論是現在還是之前，都不曾出現在他面前。

然而他自幼就被人從強制收容所賣到共和國內，還不懂事就被人以恐怖教育支配……不被允許反抗的觀念已經深植內心，所以他完全想不到自己現在已脫離主人掌控，得到聯邦的庇護，主人已經碰不到他一根汗毛。

因為被命令了，所以必須聽從。以往他只被允許這種想法，到現在還是只有這單一想法。

「——我很樂意。我什麼都願意做。」

這是他唯一被允許說出的話。

『乖孩子。那麼——……』

主人說了。聲音跟過去飼養過他與妹妹們的主人不一樣，不是同一個人。

可是這個人既然要求他遵從命令，就一樣也是主人。

他必須聽話。

他必須聽話。

他必須聽話。

他必須聽話。

被命令了就必須全部照做，無論是多可怕或多痛的事，任何事情都必須乖乖照做。

『就像平常那樣，去跟你父親問出情報——那些八六，下次要去哪裡的戰場？』

托馬·哈蒂斯是在聖耶德爾國軍本部服務的後勤軍官。

自從第二次大規模攻勢使得前線全數後撤以來，他每天同樣忙於軍務，今天是寶貴的假日。

他睡到飽起床後吃了較晚的早餐，一邊慢慢飲用妻子為他泡的咖啡，一邊把之前看到一半的書從頭讀起。

下午預定跟妻子還有年幼的兒子到百貨公司，稍微提前採購聖誕節所需物品。托馬有兩個已經嫁出去的親生女兒，兒子是大約一年前領養的養子。從共和國救出的八六當中，養子是年紀最小的孩子之一。

這孩子自從被領養，總是在強顏歡笑。他一直在害怕某些事情。

托馬看得出這孩子有過相當痛苦的遭遇，但從來沒過問。光是回想起來或說出口都會造成傷害。他不想那樣去勉強一個年紀還小、活在恐懼中的孩子。

玄關傳來激烈的敲門聲。

「——是怎麼了？」

「有人來訪嗎？」

哈蒂斯家在帝國貴族當中屬於地位較低的世襲騎士階級，在帝國變成聯邦之時連帶失去了爵位與領土，但留下了些許財產與帝都的小間宅第。在這棟完全足夠讓一家三口居住的大房子裡，托馬沿著走廊走向門廳。

「——您是托馬·哈蒂斯上校對吧。」

開門一看，外頭的幾人穿著托馬熟悉的聯邦軍鐵灰色軍服，但都是生面孔。臂章上有著圖形化的ＭＰ二字，是憲兵。這些管理軍事警察機構的人員為何會來到並不位於軍事基地內部的托馬家？

「我是。請問……」

「失禮了。」

一名像是部隊長的軍官態度溫和有禮，卻舉止強硬地推開托馬，踏進屋內。探頭出來看看情形的妻子也被跟著進來的隊員用同樣的方式制止。

憲兵隊長逕自踏進客廳，無聲無息地屈膝跪下——跪在坐在客廳沙發上，被這非比尋常的狀況嚇得渾身僵硬的年幼兒子面前。

「連．哈蒂斯——被這個家庭領養之前的名字是連．華陽對吧？」

「……嗯。」

「檢查一下。」

待命的憲兵讓男孩站起來，用雖不粗魯但不容分說的動作讓他轉過身去。不但接連做出無禮行為，還把這種態度用在幼小的兒子身上，讓托馬怒形於色。

「——你們幹什麼！」

他想上前問清楚，但另外兩名憲兵擋住了他。只聽見鞋跟清脆的「喀」一聲，一名纖瘦的少女從沒關的大門背光處走進屋內。

少女有著白銀色短髮，雙眼也是同一種顏色。身穿雅致短外套搭配裙裝，是一種不常看到的深藍軍服。

那種脫俗的深藍，是共和國的……

那身軍服以及頭髮、雙眸的白銀色，讓兒子童稚的臉蛋染上了前所未有的恐懼之色。

「噫——……！」

男孩的這種反應讓「阿涅塔」難以承受地皺起臉，但她擺脫這份心情，直接開口。

同時伸出指尖，指著被憲兵拉住的年幼八六的脖子後方——細瘦的後頸。

「在這裡，掃描吧。」

憲兵啟動帶來的小型掃描裝置，對著後頸部位。聯邦軍的戰場醫療技術在長達十餘年的「軍團」戰爭當中日新月異，醫護兵的裝備更是成了其中一大支柱。

這件裝置原本是用以迅速發現骨折部位、探測體內槍彈或砲彈破片的位置……

此時它響起了電子音效，顯示出偵測到擬似生物結晶體的訊息。

在西方方面軍聯合司令部的大會議室，西方方面軍參謀長維蘭・埃倫弗里德聽取完報告後，關閉知覺同步抬起頭來。眼前並排坐著西方方面軍的各位將官。

「確認完畢……已排除聖耶德爾的『竊聽器』。」

†

「我應該已經報告過機密外洩途徑並非知覺同步了，埃倫弗里德參謀長。」

「我聽到了。但是，恐怕不一定吧，亨麗埃塔·潘洛斯。」

面對毫不隱藏不解與狐疑反應的阿涅塔，維蘭參謀長繼續說下去。機動打擊群這時被派往船團國群而不在軍械庫基地，兩人夜裡在阿涅塔的辦公室談話。

看「軍團」的動向就知道它們掌握了機動打擊群的派遣地點並進行攔截，造成了有效打擊。

維蘭早已確信洩密者就是共和國。之前有共和國軍人尾隨機動打擊群出現在盟約同盟，不小心提醒了他們這個可能性。

維蘭派人祕密跟蹤並查清那人的背景，不用特地盤問就找到了證據。對方倒還沒誇張到跟「軍團」通敵，似乎就只是疏忽大意讓它們竊聽到無線電。

再來就剩下「聯邦方面的」洩密者，以及使用的方法。

的確，「作戰中的」知覺同步想必不會是原因。

「同步裝置是共和國軍開發運用的設備，再由聯邦軍進行仿造。知覺同步是軍方——只讓軍人運用的技術。這項認知絕對不會有錯嗎？」

「這話是什麼意思──……」

「不受距離與障礙物阻擋，與他人共享五感。這麼先進的技術，不可能只用在戰場通訊上。其他用途隨便想都多得是吧。」

例如拉攏一部分收容者，讓他們監視強制收容所。

例如安全且鉅細靡遺地在人體實驗場觀察致命傳染病的病情發展。

甚至可以偷窺強制收容所上演的「人類」狩獵活動，當成欣賞一場刺激的表演。

「他們恐怕是為所欲為吧。畢竟對共和國人來說，八六是沒有人權的劣等種，是人形家畜──噢，失禮了。我說這些並不是想嘲諷妳。」

看到阿涅塔臉色漸漸變得慘白，維蘭說話時嘴角掛著微笑，卻用冷血透徹的黑瞳不苟言笑地盯著她。事實上，他也並非有意嘲諷阿涅塔，更沒有半點譴責的意思。

眼前的亨麗埃塔·潘洛斯無疑是年紀尚輕的少女，但也是官拜少校的軍人，甚至無懼於眾人白眼志願派駐聯邦。

把她當成看不見現實的柔弱小姑娘，反而是失禮的行為。

「假設有一些非供軍用的同步裝置，很可能以非法途徑植入人體──而且共和國軍至少表面上沒能掌握其流向，妳有辦法追蹤到嗎？或者是有某些技術層面的根據，讓妳可以徹底否定這個可能性？」

阿涅塔臉色慘白、渾身僵硬的反應只維持了極短時間。

在維蘭的注視下，一如他對阿涅塔的觀感，她恢復了平靜。

白銀雙眼陷入沉思。她拋開只會妨礙查證的常識、倫理觀念與現在用不到的罪惡感，高速動腦思考。

「——這個嘛，我想不是不可能，技術層面上也不是辦不到。」

同步裝置確實有可能被運用在戰場以外的地方，也可能被當成竊聽器。

阿涅塔點點頭，抬起臉來。白銀雙眸散發堅硬的光彩。

「我明白了，埃倫弗里德參謀長。我會先查閱研究室過去的資料，如果能找出同步裝置進出或調整作業的可疑紀錄，應該可以循線追查。」

†

「收到——共和國方面的接聽者似乎也已落網。感謝妳的協助，潘洛斯少校。」

憲兵隊長聽完報告後點個頭，關閉知覺同步，向阿涅塔低頭致謝。他們現在已經回到聖耶德爾基地，讓部下在會議室的門口站崗，禁止任何人進出。

從遭到檢舉的每個八六孩童身上都找到了擬似神經結晶體，跟過去共和國第八十六區使用的是同一種同步裝置。

在第八十六區的戰場，被當成「破壞神」的資訊處理裝置（處理終端）植入擬似神經結晶體（同步裝置）的少年兵們，都在受到保護時接受檢查並摘除了結晶體，然而……

「這些孩子原本待在收容所，從年齡來算又絕對沒上過戰場，就跳過沒檢查了。沒想到竟然會在那麼小的孩子身上暗藏同步裝置，當成竊聽器利用。」

在軍中，部隊與兵員的部署、運作狀況屬於機密事項。

更別說從事「軍團」支配區域深處挺進作戰這種高機密任務的機動打擊群，更是任何動靜都必須謹慎隱瞞的部隊。縱然處於能得知部隊派遣地點和任務內容的身分地位也絕不能洩密，就算對方是家人或同袍也一樣。

話雖如此，在自己家裡心情一放鬆，面對家人，總是會有人說溜嘴。

如果問問題的是小孩子，戒心就更輕了。如果這個小孩是獲救逃離迫害的八六幼兒，其中有些大人會以為他們愛聽同樣身為八六的大哥哥、大姊姊的工作情況和精彩表現，就積極地對他們說得太多。

「八六的監護人全都是前貴族或政府高官，作為情資取得來源當然再適合不過——但他們竟然能預料到上流階級會出於責任心接下監護的擔子，在八六受到保護之前的短短期間內躲過我們的目光裝上同步裝置。主導者雖然沒人性，看來是挺能幹的。」

已經懷疑八六為洩密源頭，卻花了點時間才著手檢舉也是因為監護人都是有頭有臉的人物。沒有半點證據，不能輕易拘捕貴族高官的庇護對象。

然而阿涅塔的眼神很冷漠客觀。

「喔……不是這樣的。不是這麼精心策劃的一件事。」

聽到明確流露嫌惡感的口吻，憲兵隊長回望阿涅塔。這位年紀尚輕的女軍官，對他來說就像歲數相差許多的妹妹一樣，還是個少女。

她痛苦地皺起白皙的容顏。

「小孩體內早就植入了同步裝置，這次只是回收再利用而已……回收他們曾經玩膩丟棄的『玩具』。」

白銀色的雙眸難以承受而嚴肅地扭曲。

知覺同步不光是用以通訊的聽覺，五感全都能進行同步。

嗅覺、味覺或觸覺不像聽覺或視覺能發揮軍事用途，派不上用場所以從未運用，但經過設定也有辦法同步。

也能共享面對面談話程度的情緒反應。

將這種用途拿來濫用……

阿涅塔狠狠地咬緊牙關。他們竟敢……

做出這種──不知羞恥的行為。

「他們從第八十六區找來幼兒植入同步裝置，然後拿來玩弄。在拷打、強姦……或是殺害的同時，透過知覺同步享受被虐者的觸覺與情感。等到玩膩了，就把倖存者再丟回強制收容所。」

辛像是遭到電擊般霍地抬頭。時機也太巧了——難道……

「維契爾上校……米利傑上校被後送，難道也是因為這件事？」

葛蕾蒂一聽，非常不開心地嘆了口氣。

辛會這樣懷疑很合理，她也猜得到有人會這樣講，不過……

「只是巧合啦。」

辛依然用疑惑與不信任的眼神盯著葛蕾蒂，而她神色不變。

她看到一向優秀的學生竟然看漏了這麼單純的細節，用溫和沉穩的教師般的口吻接著說：

「真要說的話，諾贊上尉，是你先來向我報告米利傑上校身心出狀況的。我也是接到報告，才會讓精神醫療班為她看診……再說同樣身為共和國軍外派人員的葉格上尉並沒有被調走呀。」

被這麼一說，辛眨了一下眼睛。

眼睛轉去一看，達斯汀輕輕舉起單手回應，就像一隻待在房間角落到現在沒人關心的狗，低調地主張自己也在屋內。

事實上辛的確把達斯汀的存在忘得一乾二淨，被這樣提醒才完全恢復冷靜。

葛蕾蒂提醒得對，是辛向她報告蕾娜的身心出了狀況。至於不在這裡的阿涅塔，葛蕾蒂剛才也說過「她去見年幼的八六了」。聽起來應該是針對此事，協助聯邦軍負責機密維護的機關一起展開行動吧。

「……失禮了。」

他尷尬地漲紅了臉，低頭賠罪。葛蕾蒂帶著一份關愛笑了。

「她恢復健康之後很快就會回來。你別擔心，等她回來就是了。」

「嗯。」擔任西方方面軍司令官的中將在維蘭參謀長正面的座位上點點頭。

「參謀長，那些竊聽者的通訊網還『能用』吧？」

「當然了。『軍團』要等到沒仗好打，看新聞節目解悶時，才會發現情報來源已經沒了。」

「很好。」

為了不讓竊取通訊的「軍團」察知「竊聽器」被檢舉的動向，共和國方面的竊聽嫌犯全在同一時間暗中進行壓制。軍方從通訊密碼、竊聽者之間的關係到每個人的講話方式全掌握得清清楚楚，可望假冒為竊聽者自由運用通訊網。

中將從這句簡短的回答聽出，就連聯邦原本保障的新聞自由也會暫時進行限制。

「關於西部戰線……特別是共和國愛死了的機動打擊群（八六）的動向，你得釋出一些假情報。在實際運用部隊之前的這半個月期間，就讓它們盡量浪費資源用來戒備根本不會出現的機動打擊群好了。防禦地帶的修建與軍隊重組都會在那之前完成吧？」

維蘭參謀長淡然回應：

「包括列車磁軌砲（鬥神孔雀）的追加部署在內，日程沒有延遲。從共和國難民募集的義勇兵，也即將開始部署於戰場第一線——共和國的背叛，首先將由他們的國民用生命付出代價。」

†

於聯邦北部第二戰線布陣的北方第二方面軍，參謀長是一位擁有美麗夜色肌膚與豔麗黑髮的沙漠褐種女少將。

「——現在針對今後的作戰計畫進行確認。」

北方第二方面軍以三個軍團構成，與西方方面軍的五個軍團相比之下，士兵人數與保有機甲都少了許多。

這是因為不同於西部戰線以較難防禦的平原為主戰場，北部第二戰線受到將整個戰場切分為南北兩塊的大河——希阿諾河的防護。河川能夠阻擋陸上兵力的入侵，在渡河時強迫戰力分處於兩邊河岸，是自古以來的天然要塞。

然而如今，受到砲彈衛星轟炸而不得不大幅後撤的北方第二方面軍失去了這個要害。

後撤地點是一片開闊地，原本以河川防禦為前提的部隊目前戰力不多，無法長期抵禦「軍團」機甲部隊的攻勢。問題是聯邦軍目前整體也缺乏兵力，無法期望獲得戰力補充。北部的另外三條戰線、南部與東部的戰線也都是以山岳或大河等天然要塞節省戰力，在第二次大規模攻勢下被迫後撤而陷入兵力不足的危機。

為了突破這個困境……

參謀長開口了。這次會議有方面軍司令官、參謀長與各軍團的軍團長加上眾幕僚與會，但是北部第二戰線目前還沒有多餘心力讓這些忙碌人士齊聚一堂。除了參謀長、司令官與機甲軍團的作戰參謀之外，都是透過通訊線路參加會議，會議室的無人座位上浮現出全像視窗。

「作為最優先目標，我們將在目前的防禦地帶前方『重新構築防禦河川』。同時將交戰區域全域泥濘化，妨礙『軍團』機甲部隊的入侵——我準備實行以第八六機動打擊群為挺進部隊的防洪壩破壞作戰。」

北部第二戰線的無數中隊指揮官之中的一人，出身於帝國貴族最低階級的鄉紳家族，諾艾兒．羅西少尉聽到今天再次來報的戰死消息——領地百姓的死訊，呆站原地。

作為一個月前第二次大規模攻勢的戰死者，已經確定梓梓利、努卡夫與羅萊捐軀。

這一個月來的戰死者名單，今天又追加了金納與埃蘭的名字。

「——我的部隊明明都沒有人死，為什麼其他部隊死了這麼多人……」

諾艾兒咬住擦上淡色口紅的嘴脣，捏緊士兵家屬寄給她的信。悲嘆來自兒子早逝的父親、喪夫的妻子、失去弟弟的哥哥、姊姊喪生的妹妹，以及死了父親的女兒。這些沉痛的聲音透過鎮長代筆的文字，淒切地向她乞哀告憐。

求求您，小姐。治理我們的特別市故鄉，英明的鄉紳羅西家高貴的小姐。

請不要再讓我們的孩子死去，請保護您領土的人民。懇請您除去壓迫我們的苦難、擊退鋼鐵的災厄，突破眼前的困境。

以您統治我們的英明才智、勇氣與仁慈——救救我們這些劣弱的領民。

「……當然了，我可是大家的主人。」

她點點頭，煙燻般的巧克力色雙眼染上悲痛之色。這是煙晶種特有的如煙眼瞳。經過精心保養、綁在兩邊的同色柔細長髮滑落在軍服肩膀上。

我絕不會再讓更多人送命，絕不會讓我珍愛的領民們心碎。

至今已經有太多人犧牲生命。

在這十一年之間的「軍團」戰爭、去年夏天的第一次大規模攻勢，以及一個月前那場燃燒流星的猛烈砲擊與鋼鐵巨浪形成的第二次大規模攻勢。

死了很多人。大量軍官與士官捐軀，傷亡最慘重的基層士兵現在更是告缺。

再這樣下去，就輪到她的其他人民來從軍了。

在革命與戰爭中失去曾經讓城鎮富裕的發電廠，她的領地城鎮的人民……她那些失去了發電廠的工作又無法重操舊業，變得貧困的人民……他們在第二次大規模攻勢時被迫從城鎮疏散，現在為了養活家人不得不從軍。然後，又有很多人會死。

她不會讓那種事發生。

「一定是有人做錯了什麼決定，不然太奇怪了，怎麼會死這麼多人？」

對，太奇怪了。人命傷亡是不尋常的事情。

有這麼多人死掉是不對的。

一定是這個叫聯邦的國家做錯了什麼決定，才會導致這種錯誤的結果。

都怪這個國家、政府、大總統與大貴族們玩忽職守、草菅人命，沒有盡到自己的職責，才會導致這種後果。

既然如此，現在立刻糾正回來就好。

有錯的話糾正就對了。沒錯，就從現在開始，就算只能靠自己……

「應該有什麼事是我能做的——用用妳的腦子，諾艾兒。」

†

新聞到現在還沒報導「竊聽器」的消息，就連聯邦軍內部也沒公開，對嫌疑人物的審訊一律祕密進行。

「……我想，來到我那間病房的應該就是那個叫連．哈蒂斯的孩子。」

「你跟他說了些什麼？」

「我沒跟他說到話。同一間病房的奇吉斯有跟他講兩句話，但只是關心那孩子家裡還有父親的情形，應該沒講到軍方或機動打擊群的話題。」

賽歐一邊回答憲兵的問題，一邊感到脖子後方有種尖銳的刺痛錯覺。在第八十六區為了讓他們拆不掉，會把同步裝置植入他們的脖子後方。

他入院時來探病的那個八六小男生也被植入了同一種東西。

那孩子跟身穿軍服像是養父的男性牽著手，明明不認識賽歐或其他任何人，卻特地過來探病聊天。

當時賽歐心思都放在自己的傷勢上，同房的幾名少年應該也一樣。

現在想想其實很容易就會發現，第八十六區不可能有那麼小的孩子倖存，來給陌生人探病也很不自然。

「利迦也是啊？我那邊也來了個小孩，八成是同一個人。」

「我那間病房則是來了個小妹妹，說是來探望同樣是八六的姊姊。」

被召集到同一間會議室的尤德，以及與尤德在同一所療養設施復健中的安瑪莉接著說了。憲兵問過他們跟對方說了什麼，以及對方想知道哪些事之類的幾個問題，問話就結束了。

「謝謝你們的合作……之後如果又想起了什麼，再跟我們聯絡。」

「啊，我也可以問個問題嗎？落網的那些『竊聽器』小孩，現在怎麼樣了？」

噢──憲兵隨和地點點頭。

「也是，你們當然會關心了。目前已經摘除同步裝置，正在請他們針對下令通敵的共和國人提供資訊。」

憲兵看出賽歐表情的變化，促狹地故意揚起一邊眉毛。

「我是說『提供資訊』，不是訊問。雖說可怕的憲兵在軍隊裡人見人厭，但我們不會對小孩子動粗的。我們回到家裡也不想帶著罪惡感跟家人相處啊。」

尤德語氣平靜地問了：

「他們能回家嗎？」

「送得回去的話……這我不確定。身為養父母的軍人會因為違反勤務規定受懲處。而且被迫協助過竊聽的養子，養父母也不見得會想領回去。不過嘛，至少帝都還有孤兒院，不會讓他們流落街頭，不用擔心。」

「不能由我們領回去嗎？」

憲兵露出淡淡的苦笑。

「妳打算趁著戰鬥空檔玩育兒家家酒嗎？你們是駕駛員（Operator），獵殺『軍團』才是你們的工作，不當一回事就傷腦筋了。」

就像是往亂叫的狗的鼻子上打一下，言詞尖銳且毫無顧忌。

真正讓賽歐等人倒抽一口氣的不是尖銳的言詞，而是那種不假思索的語氣。就像在教訓咬主人的獵犬時，用理所當然的自然動作揮鞭般，那麼刻薄的言詞。

憲兵沒看出少年少女的戰慄與隱藏的戒心，或者是就算看出來了也不會放在心上。

「再來是未經證實為『竊聽器』的八六，目前預定為了安全起見，也會暫時拘捕，重新進行檢查。」

賽歐猛地抬起頭來。

「拘捕……！」

「噢，抱歉，你們從軍人士可以免除。你們早就接受過有無同步裝置的檢查，況且我們知道機動打擊群至今打下的戰果，你們都表現得很好。我說的不是你們，是那些沒有從軍的八六。」

賽歐有話想說但暫時吞回肚子裡保持沉默，憲兵則是照樣說他的，沒看出賽歐、一直沒吭聲的尤德與安瑪莉的內心思緒，或者根本不在乎。

「主要是因為正好在『竊聽器』檢舉的這段時期前後，有幾名八六離開監護人的住處或設施，然後斷了聯繫。他們似乎不是洩密源頭，但怎麼想都很可疑吧？尤其是她與其他人，更需要第一時間『帶回保護』……想跟共和國避難政府抗議，手裡的籌碼也當然是越多越好。」

†

北部第二戰線遭受天降神怒般的激烈砲火，以及隨後大軍進犯的「軍團」猛攻，在傷亡慘重與多人失蹤的狀態下後撤了。

所以說到底，變成這樣究竟是誰的責任？

到底是誰的錯？青年梅勒只是北方第二方面軍的一個小兵，找不到答案。

他只知道自從國家變成聯邦以來，沒有一件事情好轉。

十一年前當聯邦還是帝國時，梅勒年紀尚小，他出生的城鎮蓋了一棟用最新科技打造的發電廠，生活富足安康。後來爆發革命，鎮上的大人們都說很多事情會變得更美好。

可是，根本就沒有變好。

革命與戰爭關閉了發電廠。以前鎮上的孩子都不用去什麼學校，後來變成非去不可。城鎮變得貧困，日子一天比一天難過。

長大之後本來什麼都不用想，只要繼承爸媽的工作就好，後來卻必須自己求職。更何況爸媽本來是在發電廠當清潔工，那份工作也沒了。更不可能再回去做曾祖父母好像從事過的農業。

不得已，他只好選擇從軍，可是進了軍隊又是訓練啊、教育的，有太多不想做卻非做不可的事情。

「……怎麼會變成這樣？」

梅勒呻吟著說。他有琥珀種的麥黃色頭髮，遺傳自祖母的藍眼睛在他小時候曾經被鎮上鄉紳家的小姐稱讚過顏色很美，是他暗自引以為傲的色彩。

這十年來，明明發生了這麼多壞事，為什麼領導革命的恩斯特大總統、那些貴族軍官還有老愛強迫他做這做那的士官們，都沒有人要想想辦法？

明明有這麼多壞事發生，明明知道沒一件好事，卻沒有任何一件能立刻得到解決，豈不是很奇怪？

快想想辦法啊。

誰來都好——總該想想辦法了吧。

「——有辦法。」

忽然間，諾艾兒發現了。

有個辦法。有辦法可以把「軍團」全部燒燬，有辦法可以不讓她的人民去送死。現在立刻就能突破眼下困境的銀色子彈，就像一隻青鳥在她手中散發光彩，等著被人發現。

事情是如此簡單，讓她靈光乍現之後不禁懷疑這麼神奇的妙計，大總統、政府與曾為大貴族的將官們至今怎麼會懶惰得想都沒想到要用。

就在諾艾兒家過去的領地，為了建造那棟設施而接受大領主米亞羅納家的資助，將城鎮改建為最新科技的聖都，瑪莉勒蘇里亞特別市的……

「……核能。」

†

恩斯特身為革命英雄受到聯邦公民的熱烈支持，但面臨第二次大規模攻勢的敗績與人命犧牲，以及這一個月來直線上升的戰亡人數與軍事費用，支持率一落千丈自是無可避免。

「從船團國群與共和國難民召募義勇兵是還好，畢竟是他們志願從軍的——但我反對讓義勇兵打前鋒的作戰計畫。比起這個，應該加強防禦設施的功能才對。設施可以修理，但喪失的人命就討不回來了。」

然而這位大總統本人講話語氣卻跟平常一樣悠閒自在，簡直毫無危機意識。更誇張的是，都什麼時候了還坐在大總統官邸的皮沙發上宣揚邏輯矛盾的理想主義，尊重一條人命勝過戰線維持與國家命脈。

好像在宣稱這才是歌頌正義的齊亞德聯邦該有的正義，論及人類的驕傲與尊嚴時，誰都應該遵守這種理想。

與他面對面的高官實在忍不住要板起臉孔。身為大總統，竟然重視外國民眾的生命勝過國內民眾，而且還……

「照這種方式，死的會是我們聯邦的將士。戰死者增多，加上擴充防禦設施所需的戰時增稅，將會讓閣下的支持率進一步下降。」

恩斯特面不改色。

「支持率當然會下降了，那有什麼問題嗎？」

眼鏡底下的炭色眼睛甚至像是帶有一絲冷笑。

高官終於再也憋不住了。

「閣下——您口口聲聲喊著人類的理想，但閣下您恐怕不是真心想捍衛理想吧？」

完全不把國民支持率下降與保身之道列入考量——跟戰線或國家的命運一樣，彷彿連自己本身都毫無價值。

就連高喊著必須捍衛的理想也不例外。

恩斯特面不改色。炭色眼睛像是厭倦了世事的火龍內心燒剩的灰燼。

高官發出呻吟。面對這個在十一年前的革命並肩戰鬥過的戰友，這十一年來領導聯邦前進的男人——眼前這個曾經跟他是朋友，博得他敬意的怪物。

「閣下，我……我們是凡人，沒辦法做一頭龍的隨侍。你這樣賣弄自己違反人性的部分，要我們如何繼續跟隨你？你如果明知道我們跟不上卻還故意這麼做……就是對我們的背叛。」

†

聽到中隊長要求所有人集合，梅勒與同一個小隊的歐托、凱西、米爾哈、莉蕾與悠諾一起聚在部隊倉庫裡。

即使同樣是特別市出身，有些人被分發到戰鬥兵科或早早就升上士官而被調去其他部隊，分散在軍團裡的各個單位；只有曾為鄉紳的小姐率領的這支中隊全由同胞組成。他們的小姐從小到大都是一樣聰明、美麗且可靠。

分發到其他部隊的人很多都戰死了，唯有這支部隊在小姐的領導下，至今沒有任何人死亡。

「——我找到解決方法了。」

所以當小姐讓梅勒這個運輸中隊以及另外三個運輸中隊的隊員列隊站好，情意懇切地發表演講時，中隊隊員全都毫不懷疑地聽得感動萬分。為了拯救在第一次大規模攻勢陷入危機的聯邦軍，諾艾兒小姐提早從軍校畢業走馬上任，如今已經是受人景仰的中隊長。

圍繞四周的人員包括聽說與諾艾兒同梯的年輕軍官、各個村莊的鄉紳與騎士，以及他們家的少爺與千金。就跟小姐一樣，都是各自率領著以領民組成的中隊參戰的少年英雄。

「我找到能消滅『軍團』，結束這場戰爭的辦法了。軍方高層與政府都沒發現還有這個辦法——或者也有可能是蓄意隱瞞，讓那些大貴族去跳他們最擅長的互相踩腳的議會圓舞曲(華爾滋)。」

梅勒等各個中隊的士兵沒聽過這個本身就帶有濃厚貴族色彩，用來揶揄帝國議會由於黨派之爭太過激烈以至於什麼都決定不了、原地打轉的詞彙，結果……

「……說穿了就是全都怪軍方高層、大總統閣下與那群大貴族不好，是吧？」

大家的理解就跟大哥凱西極其草率的總結一樣。

他們都認為是軍方、大總統與大貴族不好，認為率領部隊的將官、恩斯特、掌控政府與軍方的大貴族就是罪魁禍首，必須為自第二次大規模攻勢以來的苦戰，以及名為「軍團」戰爭的災禍負全責。

凱西彎起薄黃色的眼睛，透出興奮期待的笑意與光彩。

「也就是說，十年前的革命是大錯特錯。但是……這次一定會成功。我們要打倒那些壞蛋，改變這個世界。這次總算能成為大家所說的英雄了。」

諾艾兒開口了，像是要證實凱西、士兵們與抬頭看她的梅勒期待得沒錯。

「現在就必須矯正聯邦的過錯。為了這個目的，我們將開始一場讓聯邦正視現實的正義之戰。高舉指引明路的蒼藍火焰，當著他們的面指破迷津！」

一身承擔救世使命，諾艾兒幾乎是用悲愴的神情堅定地做出宣言。「喔喔！」眾人發出的歡呼讓整間倉庫感受到他們對嬌柔的公主將軍表達的熱烈讚美。

凱西握拳朝天大聲吶喊；歐托、莉蕾、米爾哈與悠諾無不熱情高喊小姐的尊貴名號。面對全世界的危機，小姐和他們似乎就要成就一場大事，這種預感深深打動了他們所有人，梅勒也一樣連聲歡呼。

雖然至今壞事不斷發生，但已經不用擔心了。所有問題都會立刻得到解決。

因為小姐已經把發生壞事的原因告訴他們了，小姐已經指出必須打倒的壞蛋。小姐找出了禍根，證明他們的憤怒、不安與不滿都是對的。

已經沒事了，全部都會順利解決。聰明可靠的小姐會幫他們解決所有問題。

只要遵從小姐的領導就沒事了。

「請大家聽從我的指示，這樣才能捍衛你們的故鄉、家人，以及這個國家。」

這句話讓梅勒志氣昂揚，並且安心得差點沒昏過去。

北方第二方面軍，屬於第九二支援聯隊的四個運輸中隊，同時失去聯繫。

大約就在同一時間，同部隊的士官、部下與長官也在夜裡不見人影——負責人員立刻上報，表示有脫逃的嫌疑。

以軍法來說，從營中脫逃——敵前逃亡是重罪。憲兵部隊立即展開搜索，掌握到他們的行蹤進行追捕。

這些逃兵的目的地似乎是他們之中一些人的老家——屬地謝姆諾的特別市。難道想躲在家鄉嗎？單純的思維讓憲兵們皺起眉頭。

然而當他們抵達瑪莉勒蘇里亞特別市時，逃兵並不在那裡。

這座城鎮的居民雖然已經在第二次大規模攻勢時進行疏散，不過大領主指派的設施人員與他們的家人還在鎮上。憲兵隊長去向負責人打聽消息，接到了令人憂心的報告。

逃兵前往位於郊區的設施，運走設施內保管的某種東西就直接離開了。

離開位於郊區的廢棄發電廠——建造於帝國末期，在革命中被搗毀，又在隨後爆發的「軍團」戰爭中因為位置鄰近前線，出於安全考量決定廢爐的……

核能發電廠。

第二章 瑪麗蘇的行進

從冰塊縫隙回到海裡，音探種幼體沿著海面想找到一條路返回碧海，卻受到遍及各處的厚重流冰阻擋，途經遭到棄置的港灣誤入一條大河川。

這條河寬達數百公尺，足夠讓長達數公尺的音探種悠然自得地游弋其中。雪色人魚在和緩的河水中逆流而上，河裡魚兒不帶感情的眼睛瞥了牠一眼就擦身游過。

音探種沉甸甸地浮上水面，放眼四顧。

時值北方大地的晚秋季節，隔著酷寒濃霧可以朦朧地透視河畔的紅葉。萬赤千紅、橙黃斑斕的片片樹葉形成色調玄妙的馬賽克圖案，覆上一層冷冽的白霧紗簾。宛若巨大蜘蛛的自動機械形單影隻，半藏身於霧氣中踏過北岸，南岸放眼望去則是鋪滿有如鐵灰色磚瓦的成群多腳戰車。

一條從濃霧深處延伸而出、從北岸進入河流的全新水道，一艘船從那裡順著水流無聲前進。

†

僅僅四個運輸中隊的叛逃，迅速上報給北方第二方面軍的司令官。

「——那些叛逃者從拉什核電廠搶走的是……」

「一如事前所擔憂的，是核廢料。設施管理人已經作證，他們從用過正在冷卻的燃料當中運走了一束燃料組件。」

「核燃料……雖說運輸網在大規模攻勢下導致運量爆滿，但沒想到這種東西還繼續留在前線附近。」

北方第二方面軍參謀長如天鵝般優雅地微微偏頭。綁好盤起仍然長長地流瀉下來的頭髮，帶著絲綢摩擦的細柔音色滑過軍服的背後。

「拉什核電廠是在十一年前廢爐。在冷卻完成之前，燃料是運不走的。」

司令官嘆一口氣。

「我知道。建設拉什核電廠是家祖母的功績，那些叛逃者都是拉什核電廠所在地的當地居民吧。」

「是第九二支援聯隊第三運輸大隊第二中隊，部隊人員主要為瑪莉勒蘇里亞市居民。」

參謀長的周圍展開了無數全像視窗。她轉動手掌，放大其中幾份叛逃者包括大頭照在內的人事檔案。四人都是下級軍官，容貌猶存少年少女的稚氣。

「中隊長是瑪莉勒蘇里亞市鄉紳諾艾兒・羅西，據研判是此次叛逃的主謀。其他人是同大隊第四中隊長盧克村鄉紳寧荷・雷加夫、第二運輸大隊中隊長科瓦地區騎士子嗣瑞克斯・索爾斯、蘇爾村鄉紳琪露姆・雷瓦。麾下兵力為各自指揮的一個運輸中隊。」

『簡言之就是莊園主與他們的人民吧。所以是一窩子農奴了。』

機甲軍團長透過通訊迴路，不屑地說出用來嘲諷農奴階級只能靠成天翻土填飽肚子的蔑稱——北方第二方面軍的眾將官如同其他戰線，都是領有構成戰線的戰鬥屬地與其背後屬地的大領主家族成員。不管是農奴還是管理這些人的「準」貴族莊園主，對他們來說都只是家畜。接著步兵軍團的參謀問道：

『全是支援部隊而沒有戰鬥部隊，加上沒有一個是士官……我懂了，原本分發的士官都是其他領地出身吧。所以是這些士官留在軍中，檢舉了脫逃行為……那麼沒有戰鬥部隊以及自己領地出身的士官，原因又是什麼？』

「這兩個問題的答案都一樣——因為他們能力不足。他們沒能修畢入隊後的義務教育課程，因此既不能分發到戰鬥部隊也沒能升上士官。」

在運用的器材與戰術日益複雜的現代戰爭當中，即使只是一個小兵，也被要求具備中等教育程度的知識水準。無論是以時速一百公里駕馭戰鬥重量五十噸的「破壞之杖」的駕駛員、轟炸地平線後方目標的砲兵，或是一身裝甲強化外骨骼，馬力足以打爛汽車的裝甲步兵都不只需要體力，也必須具備物理與數學等學科的基本素養。

後方支援部隊的軍務其實更是需要教育水準與知識——然而多年以來的戰爭導致目前兵員不足，無法多奢求。如果任務內容只是聽從指示把物資堆到車上，做過安全檢查後跟隨大隊長在後方運輸路線往返，只靠體力也還勉強做得來。

只是也不能一概而論，全都怪在叛逃部隊的基層士兵頭上。

在帝國只有貴族、他們的家臣與受到他們庇護的研究機關能享有受教育權，屬地的農村從來沒有這份權利。農奴階級世世代代過著連自己的名字都不會寫，甚至從來不用閱讀的人生，這種價值觀不可能在聯邦成立後的十年內就產生變革。仍然有很多曾為農奴的人輕視、排斥讀書寫字這種「米蟲的業餘愛好」，以及毫無意義只是活受罪的學校教育。

『搞了半天原來是軍校「跳級」組──棄子笨狗率領一窩雞組成的部隊。夾在中間的士官們一定吃了不少苦吧。』

『原來如此，難怪諾艾兒．羅西他們沒被分發到主人領地的聯隊。聖母青鳥聯隊是米亞羅納家的王牌部隊，不可能託付給連軍官候補生都當不上的偽貴族。』

如同特別軍校出身的少年軍官，舊有軍校也已經讓部分候補生提前畢業從軍，替人員消耗嚴重的下級軍官補充兵源。不過選出的並非資優生，而是成績較差者，為了爭取時間提供有天分的候補生充分的教育與訓練，將他們當成棄子。

聯邦軍的軍官，很多都是貴族子弟。這個階級以身為戰士為傲，尊崇尚武精神。

連入門的軍官學校都念不好的「貴族」，算不上同樣流著藍血的同胞。

參謀長發出嗤笑。憑著身為在帝國屬於少數民族的沙漠褐種，卻力爭上游成為大貴族的豪門背景所具備的自負與傲慢。

「這個羅西家的千金大小姐剛才已經發出聲明──請各位做好心理準備別被活活氣死，聽聽她怎麼說。」

聽到無線電發出尖銳的嘎嘎噪音，裝甲步兵疑惑地看看它。地點在北部第二戰線交戰區域的一處戰壕。

「嗯？有同步訊息嗎？有沒有人連上？」

對於這個問題，躲在戰壕裡的分隊所有人員都回以否定的手勢——穿著裝甲強化外骨骼「狼戰士」的期間，頭盔的形狀讓人很難做出點頭動作。說個題外話，其實雙手也因為裝有連指手套型的外裝而做不了細微手勢。

在去年第一次大規模攻勢時來不及提供夠多的同步裝置，不過現在生產線已經整頓完成，各戰線早在很久以前就得到充分的配備。這個知覺同步裝置沒接到通訊，卻只有如今只是作為備用的無線電對講機收到訊號，可見八成不是軍方的正式聯絡。

眾人帶著猜疑與戒心低頭看著無線電，機器忽然傳出楚楚可憐的年輕女聲：

『——北部第二戰線各位親愛的戰友。』

這份宣言的對象不只是北部第二戰線的所有部隊，聯邦首都的大總統官邸也必須聽到。諾艾兒用上能夠通訊的所有無線電頻率，將無線電設定為最大功率，緊張得不禁捏緊了原稿。

這場演講將會喚醒軍方、大總統閣下與聯邦首都大貴族們的意識，是一場恐怕會名垂後世的演講。一想到這點，她就緊張到像是被人掐住了喉嚨。

「北部第二戰線各位親愛的戰友，我是救世義勇聯隊『萬福瑪莉亞』的聯隊長，諾艾兒·羅西少尉。」

值得慶幸的是，聲音沒有發抖。她發出的聲音鎮定、悅耳得連自己都吃驚。

這讓諾艾兒鬆了口氣。同志們都在一旁支持她，尤其是摯友寧荷以她為傲的笑容，以及珍愛的領民們投來的期許目光，都讓她感覺到一份自信與力量重新湧上心頭。

還有靜靜注視她的梅勒，與她同年齡的青梅竹馬，那雙淡藍的眼睛。

諾艾兒從小就喜歡他那天空色的眼睛。在茶系種占了人口大半的屬地謝姆諾，瑪莉勒蘇里亞特別市的居民幾乎都是琥珀種，他那天青種混血的藍眼顯得特別稀奇。

就像故鄉的天空；像北方山脈背後的海洋；像核子反應爐搖曳的光芒，是這世上最美的藍。

「我們萬福瑪莉亞聯隊不是卑鄙的逃兵，也不是膽小的叛徒。我們是為了拯救北部第二戰線、聯邦，甚至是全人類，挺身而出的正義使者。」

正義。對，就是正義。

威脅我們與聯邦的「軍團」是惡勢力，挺身而戰的我們是正義的一方。因為是正義的一方，所以我們是對的。我們是對的，所以不可能會輸。

諾艾兒態度堅決地昂首，下意識地挺胸，睥睨著還看不見的聽眾。

你們聽好了。

「我們的手上有決勝王牌，是即將誅戮臭鐵罐的聖火。我們握有最先進科技的鐵鎚。」

諾艾兒知道那個東西。身為領有技術與科學的聖地——瑪莉勒蘇里亞特別市的羅西家的女兒，她知道那個東西。

知道能夠從燃料提取出無限能源的核子反應爐有多麼令人讚嘆。

也知道「那種武器」使用同樣無限的能源，能夠發揮多強大的破壞力。

「也就是從我的領地拉什核電廠回收的聖遺物——核燃料。從這種能夠源源不絕生產能源的夢幻反應爐所使用的奇蹟般燃料，可以製造出偉大的制裁之雷。我們會把它做出來。首先我們會在北部第二戰線這裡打下豐碩的戰果——為大貴族啟蒙。」

然後，眾人可以起而追隨，追隨我，與我們同行。

看到我們打下的輝煌戰果，希望大家能夠取回希望。

「藉由即將燒盡『軍團』，人類最強大的藍色火焰——核武。」

萬福瑪莉亞聯隊使用的無線電，電波強度沒大到能送往遙遠的聯邦首都。錄音送來的內容聽到這裡，恩斯特暫停播放，嘆一口氣。

帶著難掩的厭惡。

「……她說要用核武？」

雖說該處如今已落入「軍團」手中——竟然要用在自己國內？

「說什麼蠢話。」

那個什麼萬福瑪莉亞聯隊的一席話，聽得裝甲步兵們一陣鼓譟。他們出身於連個小學也沒有的屬地荒村，讀書寫字等軍務所需的能力全是入伍以後才學的——沒有多餘心力學習必備技能以外的知識，猜也猜不到那個什麼核武是啥玩意兒。

連「軍團」都可以燒得一點不剩？

「有這麼厲害的武器喔？是不是先技研開發的某種新軍武啊？」

「說是能夠輕鬆戰勝『軍團』耶——那搞不好聖誕祭的時候戰爭已經結束了？」

幾人帶著期待轉頭看去，發現經驗豐富可靠的軍士長，與雖然還年輕但有學問會動腦的中隊長，都一副有苦難言的態度陷入沉默。好像都能隔著護面罩看見他們苦著臉了。

「……軍士長？」「中隊長閣下？」

軍士長與中隊長異口同聲說了：

「……聽她在胡說八道。」

播完了同一段廣播的聲音檔，北方第二方面軍的眾將官沉默良久。

「……什麼不好講，竟然說要為大貴族啟蒙？真佩服一個無知的小丫頭敢講這種話。」

不是出於戰慄或期待，是傻眼。

「再說如果用上核武，就連重戰車型的確也是不堪一擊，但是——就算能打倒幾隻『軍團』，也滅不掉所有『軍團』，才會到現在都沒用過核子武器。」

的確，核能是人類手中最強大的能源。

但是核武與核能仍然不是可以立刻解決所有疑難雜症的銀彈。

「就算想除掉自動工廠型（Weisel），問題是無法抓出它們位於支配區域深處的哪裡。但又不能對著支配區域全境用核武進行無差別轟炸。假設真的做到這種程度把自動工廠型全數摧毀好了——前線的戰鬥兵種一樣還在，戰鬥不會結束。」

就像過去在航空器黎明期曾經有人提過戰略轟炸，但很快就作廢了。

就算能轟炸遠離前線的後勤基地摧毀敵軍的生產能力，也不會立刻對前線造成影響。因為這麼做並不會損耗已經運送至前線的物資與戰鬥部隊。同時期望造成的士氣低落效果，也不可能發生在不知恐懼為何物的「軍團」身上。

更何況能把核彈頭送往支配區域深處的導引投射物或航空器都受到阻電擾亂型（Eintagsfliege）的干擾而無法

運用，只要無法分辨「軍團」支配區域與未經確認的人類生存圈，這麼做只會殃及其他國家。再加上金屬製的「軍團」具有高度抗熱線與衝擊波的性能，殺傷圈比起反人員，用途會大幅縮小。

在燒盡「軍團」之前，放射性落塵（Fallout）與日照不足會先讓聯邦陷入險境。

『說起來……她說要做出核武？用他們搶走的用過核燃料？』

步兵軍團的參謀不解地問了。這並不是不可能，只是……

『他們有加工設施嗎？拉什核電廠並未附設再處理設施——附近有這種設施嗎？或者是暗中新建設施的跡象？』

「沒有。想新建設施也沒有資金與時間。而且同夥當中，沒有任何一人具備相關技能。」

『也就是說，難不成——這些傢伙不知道儘管核燃料與核武用的同樣是鈾，濃縮比例卻不一樣？』

核燃料與核武都是由鈾的同位素之一——鈾-235濃縮製成，但是核燃料程度的低濃縮比例不會發生構成核武原理的急速核分裂連鎖反應。而為了提升濃縮比例，需要大規模的工廠設施。假如再處理的是用過核燃料，還必須對隨時放出的大量衰變熱與強烈放射線做好對策。

然而，他們卻在無法進行這些濃縮作業的狀況下高喊著「核武」製造……

「……這下反而難辨了。」

司令官低聲呻吟。

「不具備專業知識，反而無法預料他們的行動。如果指揮官根本不知道製造核武需要用到什麼，那些士兵恐怕連放射線的危險性都不知情。」

「而且也有可能被『軍團』搶去。雖然據說核武本身受到禁規(防護設定)限制——但放射性廢料就不確定了。目前已經確認發電機型(Admiral)以及警戒管制型(Rabe)的部分個體配備了核子反應爐，並曾經使用過貧化鈾彈芯。換言之，『軍團』『有辦法進行鈾濃縮』。」

貧化鈾是鈾濃縮過程的副產物。既然能把它用來製造彈芯和裝甲……

「也就是說雖然核武受到禁止，但『未達核武標準』的相關規定就不明確了，是吧——而且對它們不管用的武器，對我們人類卻很管用。」

無論是核武，或是「未達核武標準的武器」都一樣。

司令官點個頭，趁著狀況尚未進一步惡化之前下達指令。

「繼續收集情報——迅速進行鎮壓與回收。」

†

直到最後一刻才通知派遣預定地點，似乎果然是防諜措施的一環。「竊聽器」的檢舉與保護告一段落後沒多久，機動打擊群就接到了前往北部第二戰線的命令。

北部第二戰線位於聯邦疆域的北部中央到西部，戰前這個地帶與船團國群相鄰。辛被調派到這裡的機甲師團各基地群，沒有翻越它們作為砲擊壁壘的連綿丘陵，而是繞過山麓，俯瞰北部第二戰線的戰場。

對，是俯瞰。

「……整個戰場是一個盆地？」

從位於戰場南方的這片奈西科丘陵地帶沿著緩坡往下看，眼前盡是泥地、矮草與零散原生林構成的荒野。北方第二方面軍的防衛陣地帶——洛織尼亞線橫陳丘陵的北麓。然後是將戰場與視野在西側做個分隔、南北縱走的錫哈諾群峰，以及從這裡相隔太遠看不見，但同樣圍住戰場的東部山岳地帶與北方「軍團」支配區域後方的低山帶。

「錫哈諾山岳橫越旁邊的北部第一戰線，與我國和聯合王國的國境龍骸山脈相連，北方低山帶的後面就是船團國群了。順便講一下……」

由於到鄰接此地的船團國群參加過作戰，梅霖說關於北部第二戰線的戰況他也有所耳聞，補充說道：

「直到第二次大規模攻勢之前，這個盆地好像都還設置了宿營、基地什麼的。聽說戰前這裡是一片田園，以前用來布署後方支援部隊很方便，但現在要當成戰場就不適合了。」

開闊地是機甲兵器——戰車型(Löwe)或重戰車型的專屬舞台。

儘管遭受砲彈衛星的轟炸後，每處戰線都必須放棄原有的防禦陣地進行後撤；可是這裡的後撤地點偏偏是原為農地的開闊地，防衛起來想必很有難度。

「所以才會派我們過來，是吧？——竟然要把一度放棄的河川改變位置重新當成防衛線，這作戰聽起來也太亂來了。」

聯邦極度缺乏戰力，以至於非得從外國難民召募義勇兵不可。

縱然是外國王族的直屬部隊，坦白講他們大概也不想把寶貴的機甲兵力閒置不用，維克自己也不想白吃白喝人家的。奧利維亞與來自盟約同盟的派遣教導部隊也一樣，從這場作戰開始，將會再次作為機動打擊群的戰力上戰場。

視野下方的洛繼尼亞線位於人為抽乾河水做出的窪地狀地帶。這條戰線與後撤之前的北方第二方面軍防衛線——希阿諾河正好互相平行，由西往東穿越盆地。

蕾爾赫照常待在佇立的維克身旁候命，微微歪頭。

「這條洛繼尼亞線也是，希阿諾河也是，河川還真是流過了最恰當的位置呢。」

巨大得能夠在國境附近阻擋「軍團」侵犯長達十年的河川，竟然正好流過將「軍團」與聯邦勢力圈完全分割為東西兩側的位置。

「不是正好流過，是開挖出來的。他們把原有的大小河川改道進行圍墾，同時也讓它們匯流到國境這邊作成防衛用運河，就成了希阿諾河。看，有很多舊堤防的遺跡。」

蕾爾赫也順著他的視線方向看去，但在她看來就只像是不值得注意的田間小道，盡是些樸素的土堆罷了。這些無數土堆穿過盆地各處，很多地方被戰壕或砲擊遺跡切斷破壞。

「……所以是數不清的大小河川形成網狀的地勢？然後竟然能改造得如此……想必耗費了大量的時間與勞力吧。」

「這附近一帶原本是高沼地，屬於水源從四面八方流入的地勢。他們花了一百多年建造圍堰，把這裡改造成農地。這條洛畿尼亞線也只是把水抽乾，原本同樣是兼具圍墾與防衛功能的運河。想到這些歷史，祖先耗費的勞力當然令人惋惜了，只是──」

維克輕嘆一口氣。

「無論是現在的狀況還是此地的戰況，恐怕都不允許他們感傷惋惜吧。」

熟悉的「鏗啷鏗啷」惱人的腳步聲岔進來，眼睛轉去一看，在第八十六區看到厭煩的枯骨色機甲正從奈西科丘陵下到盆地來。

M1A4「破壞神」。共和國引以為傲的鋁製劣質機體怎麼會來到聯邦的戰場？

辛不禁沉默半晌。

「……難道說，那個也是之前就有了？」

結果梅霖也是一臉怪表情。

「不是，我也是第一次看到那玩意兒。我是說在這裡。」

順便再補充一下，好像也不是照舊當成機甲兵器運用。

它扛著堆積如山的沉重迫擊砲還有攜行式反戰車飛彈等等，與裝甲步兵一同行軍。不然就是拖著一五五毫米牽引榴彈砲或八八毫米反戰車砲，與砲兵一起前往陣地。

「破壞神」名義上好歹還是機甲兵器。

雖然單薄得可以，既然配備了裝甲，又背負著火力再弱也還是戰車砲的武器移動，自然具備應有的馬力。而現在這個馬力被用來……

「大概就是力氣比較大的裝甲步兵吧……」

「想起來了，上次避難作戰就把它們從共和國運出來了，說是要用來搬運資材。」

但話又說回來，過去曾經與「破壞神」聯手對抗「軍團」的辛他們看到夥伴走上這種末路，該說有夠可悲嗎？還真覺得有那麼點可憐。

竟然淪落到當起馱馬來了。

「——就像你們說的，我們將接收的『破壞神』當成四腳非人類型的重裝甲強化外骨骼來運用。」

一種略帶磁性的甜美女聲對他們說話。轉頭一看，是一位身穿機甲戰鬥服（Panzer jacke）的女軍官。

她有著煙晶種特有的煙燻般的咖啡色頭髮，將華麗的大波浪捲綁成馬尾，亮麗的五官略施粉黛。基於作為野戰將士該有的戒心，階級章當然摘掉了，不過兵科章跟辛他們一樣都是機甲部隊的八腳悍馬。

「作為裝甲強化外骨骼還算優秀。裝甲與火力高過『狼戰士』，搬運能力更是格外強大。所以其實當初拿來當成機甲兵器運用就是錯的。」

女軍官踏過開始枯黃的秋日野草走過來，隨和地舉起一隻手。微笑充滿自信，有著個頭比辛高一點的修長身材與美貌。

「幸會，機動打擊群的諸位。我是北方第二方面軍第三七機甲師團第一聯隊『聖母青鳥』隊長妮雅姆・米亞羅納中校。在進行叛逃部隊『萬福瑪莉亞』鎮壓作戰的期間，你們的主要任務就是與我的聯隊共同行動。」

「——你們機動打擊群受派來此，是為了參加戰線西端錫哈諾山岳的系列水壩破壞作戰。」

作為機動打擊群據點的第三七機甲師團基地才剛於大約一個月前重新設置完畢，對長久轉戰外國沙場的少年兵們來說反而很陌生的一系列統一規格避難所模組迎接機動打擊群的到來。這種折疊式基本模組有利於大量運輸，設置與撤除都很容易，需要多少就連結多少，還能藉由追加不同功能的模組轉用為兵舍、會議中心、餐廳、機庫甚至是醫療設施，是聯邦軍制式的多用途居住設備。

在經過反覆使用而有點折舊的大會議室模組裡，米亞羅納中校在全像螢幕顯示的戰區地圖與並排而坐的處理終端們之間來回踱步。

「正確來說是在工兵破壞錫哈諾山岳卡杜南河道上的防洪壩時，由你們壓制河道周邊維持安全。我們將藉此把整個烏米沙姆盆地變回圍墾之前的高沼地，為『軍團』打造一座泥濘陷阱。」

地圖上的卡杜南河道與系列水壩亮起紅燈作為標示。分別是由南至北流經錫哈諾山岳的人工河川，以及並排於流道上的二十二座水壩。完全擋住了大小河川的水壩以下僅有乾涸的河道痕跡，延伸到東邊鋪展的烏米沙姆盆地。

如果恢復這些河川的所有水流，整個盆地確實會變成阻擋機甲兵器入侵的沼澤地，沉重不堪的重戰車型別想在這裡正常行動。

「同時方面軍本隊將破壞位於卡杜南河道起點的洛鐖尼亞水壩，封鎖位於塔塔梓瓦新河道起點的塔塔梓瓦水門，將洛鐖尼亞線恢復成河川。也就是代替向『軍團』投降的希阿諾河，由洛鐖尼亞河來阻擋臭鐵罐們的行進。」

螢幕顯示出橫貫戰場東西、預定恢復到舊有狀態的洛鐖尼亞河。順便一提，塔塔梓瓦「舊」河道是過去讓奈西科丘陵地帶以南河川改道，流入當時的洛鐖尼亞河棄而不用形成的河道，後來將它延長連向希阿諾河，就成了塔塔梓瓦新河道。

「你們機動打擊群的作戰區域，在洛鐖尼亞水壩到卡杜南河道終點的雷卡納克水壩，南北六十公里以內的範圍。除了從優沙水壩到雷卡納克水壩之間的十五公里將在『軍團』支配區域內作戰，其他大多都是在交戰區域內作戰。對於至今遂行過無數次支配區域深處挺進作戰的機動打擊群來說，也許會覺得有點缺乏挑戰性？」

米亞羅納中校用促狹的口吻作結，說了：

「只是——這個小兒科的作戰很遺憾地，現在也得暫緩了。」

嗯？辛抬起頭來。戰況有時會在前往目的地的路上生變，但弄到作戰延期，聽起來就不太穩當了。

米亞羅納中校目光飄遠，似乎顯得有些自暴自棄。

「整件事情太蠢，我就不講得太詳細了。是這樣的，在你們趕來這裡的路上，有一群自稱萬福瑪莉亞的白痴從北方第二方面軍叛逃，講出要製造核武之類的鬼話，從核電廠搶走了用過核燃料，現在潛伏於交戰區域裡下落不明。」

「……啥？」

辛不禁怪叫了一聲。

身旁的萊登以及處理終端、整備組員當中的少數幾人也做出類似反應。

大半八六都一臉疑惑，葛蕾蒂、維克還有奧利維亞是沒叫出聲來，但也都悄悄仰望天花板或是按住額頭。

米亞羅納中校不住點頭。

「謝謝上尉令人滿意的反應。竟然能讓遠近馳名的機動打擊群死神兼八六戰帝辛耶・諾贊上尉發出『啥？』一聲，這下多個聊天話題了。」

辛從未造訪過北部戰線，只有傳聞似乎傳得特別快。

初次聽到這個誇張的綽號，讓辛猜想那些傳聞八成經過一番加油添醋，而且還是荒唐無稽地誇大成拿鐵鍬揍倒「軍團」，或是從頭開始生吞活剝之類的奇談怪論。

太扯了吧，我又不是神父。

「萬福瑪莉亞聯隊本身只是小規模戰力，但講到核燃料就不容忽視了。況且現在是要將舊河川恢復原狀，這就更不能不作提防。換言之，在核燃料全數收回之前不能實施水壩破壞作戰。目前會暫時請你們進行機動防禦。」

用過核燃料的放射線，強度衰減所需的時間非常漫長。萬一沒收回就被水沖走，廣大盆地將會直接化為放射線的地雷陣，但是收回燃料所需的搜索行動又需要人力。分配越多人力做這件事，戰線維持所需的戰力就越是不足。更何況北方第二方面軍原本就缺乏兵力，不可能有那餘力將機動打擊群閒置不用。

「我想你們不會知道如何處理核燃料，因此搜索任務與萬福瑪莉亞聯隊的鎮壓任務都不會輪到你們機動打擊群。只是，萬一那群白痴把燃料引爆，我會立刻下令避難，屆時請你們即刻照做……這位黑眼睛散發神祕魅力的小姐似乎有問題要問？請說。」

「我是曆．滿陽少尉。請問如果把核燃料引爆了，是不是就會變成核彈呢？就是……在怪獸電影裡出現的那種？」

米亞羅納中校很快地想了一下。

「跟核彈不一樣，我想想……這樣說吧，就先想成類似的東西沒關係。兩者的共通點是都對『軍團』效果有限，但對電影裡的怪獸、我或你們具有高度危險性。」

「？您是說，只對我們有危險性嗎……？」

維克用一種頭痛難忍的表情補充。那副傻眼透頂的態度不是針對滿陽，而是受不了話題中的叛逃部隊想做核武，卻有可能做出另一種完全不同的東西。

「曆・滿陽，妳說的那個是放射性散布炸彈（髒彈），威力不如電影或現實當中的核武。就只是個散布的汙染物質對『軍團』沒意義，卻會毒死人類的炸彈罷了。『女武神』是做了某種程度的防護，但不夠完全，所以還是需要避難……就現況而論，總之先有這點了解就夠了。細節說明起來太長，而且跟我方的作戰無關。」

滿陽眉頭皺得更緊了。不是因為聽不懂維克的解釋，也不是跟作戰無關的內容被省略讓她不服氣，重點是……

「既然這種炸彈對『軍團』無效，只會危害到我們——那麼那些人為什麼要拿它去對付『軍團』？」

機動打擊群只負責機動防禦的任務，而沒被找去鎮壓萬福瑪莉亞聯隊，會不會是考慮到他們不習慣對付人類？

「……太亂來了吧，什麼叫要製作核武？當這是在做歐姆蛋啊？」

「就是以為跟歐姆蛋一樣簡單，才會快要做出髒彈（Dirty bomb）來吧……我看他們大概連核武的基本原理都沒弄懂。」

核武的原理是引發急遽的核分裂連鎖反應或是核融合，將原子核內藏的特強能量作為破壞力釋放。不可能把炸藥跟低濃度鈾當成蛋汁加鹽打勻就激發這種反應。

現在竟然被一群連這種基本知識都沒有的傢伙搞到水壩破壞作戰要延期，萊登與辛都覺得厭煩透頂。

萬福瑪莉亞聯隊的主張，似乎是要拯救北部第二戰線。

但實際上，他們才是真正害戰線陷入了危機。只要他們繼續帶著核燃料潛伏於交戰區域內，部隊就不能著手破壞水壩將防禦河川恢復原貌。在這段期間，只能靠士兵們來彌補防禦陣地的不足。在最適合機甲兵器發揮實力的開闊地，用他們的性命與血肉去彌補。

正是因為萬福瑪莉亞聯隊搶走了核燃料，才會造成更多人員傷亡。

「再說……」萊登用鼻子嘆氣。避難所模組互相連結、通往隊舍的走道天花板比隊舍或大會議室更低，看在高個子的萊登眼裡顯得非常狹窄。

「就算真能做出來，也派不上用場吧。還沒把『軍團』殺光，人類就會先滅亡了，況且只把前線的『軍團』炸掉也不能進行後續占領啊。」

核武的爆炸中心地會暫時受到放射線汙染。還沒等到放射線衰減到能讓士兵安全進入，後方的「軍團」就會重新進占該區域了。

跟著走在他們後面的班諾德低聲說了一句：

「我想他們的腦袋裡大概根本沒有占領的概念吧。」

他對著回過頭來的兩人聳了聳肩。雖然以這年紀來說累積了異常豐富的戰鬥經驗，但這兩位少年長官畢竟還年輕，其他方面的經驗就跟年紀一樣淺。

「他們大概以為反正把眼前看到的『軍團』打倒就贏了，就跟電影裡的怪獸一樣。」

「不是……沒這麼誇張吧？」

「至少那個主謀……好像叫諾艾兒．羅西？她是正規軍官吧？應該不可能連這點知識都沒學過。」

現代軍人的職責不是只要見一個殺一個，誇耀敵人首級的數量就好。

該打倒的僅限有助於政治、作戰、戰略與戰術目的之敵人，其他敵人打倒再多也沒意義。這種基本知識就連身為特軍軍官的辛或萊登——兩個受訓不過半年的臨時軍官，也都學過並懂得其中道理。

上了幾年教育課程從軍校畢業的正規軍官，豈有可能不知道這點常識？

「以前我就說過，勸你們還是別拿自己當看事情的標準比較好啦。我指的不是共和國的那種爛標準……我是說他們那種人不像我們或貴族老爺小姐生來就是戰爭專門戶，也不是你們八六這種特殊族群，就只是些戰鬥人員或支援人員都當不了，只能勉強指派一些簡單工作的傢伙。他們只有那點程度，聽說核武好像是很厲害的武器，就想說拿來用而已啦。」

「會不會太沒邏輯了……腦袋裡在想什麼才會得出這種結論？」

野戰軍靴的蹬音「喀」一聲靠近他們並駐足。

「那當然是因為戰況快要撐不下去了，看到好像很聰明的一招逆轉勝手段就想抓住不放啊。是說這個道理，你們幾個應該最明白吧？」

辛等人回頭一看，那人對他們舉起一隻手打招呼。只見來者一頭被海風吹到褪色的金茶髮，外加一雙翠綠眼瞳與火鳥刺青。

「被『軍團』追打到搞不好明天就沒命讓大家都很害怕，就會有一些傻蛋因為太害怕不想面對現實，開始依賴起某些奇怪的念頭嘛。」

就如同長達十年來共和國都把對「軍團」的恐懼與屈辱轉換成對八六的蔑視，用迫害掩蓋真相。

「以實瑪利上校……你平安無事啊。」

「托你們的福。」

身上穿的不是船團國群的碧藍海軍制服，而是聯邦的鐵灰色野戰服，難道是作為義勇兵加入聯邦軍了？

彷彿回答辛內心的疑問，他咧嘴一笑，拉了拉野戰服的衣領。

「不光是我，征海船團的倖存者與陸軍的避難路線開路組全都加入了。要讓聯邦接納我們的所有國民，當然也得給點即戰力(伴手禮)嘍。」

看來他沒加入爭取避難時間的阻滯作戰部隊，而是被分到疏通、維持民眾避難路線的部隊，然後就跟難民們一起寄身於聯邦。如同他所說，為了讓聯邦接納船團國群的全體非戰鬥人員，目前先提供即戰力作為回禮。

背負著對那些阻擋「軍團」追擊而戰死的阻滯作戰部隊「見死不救」的臭名。

「……如果我這個艦長都死了，我拿什麼臉去見先走一步的弟妹？反正活著丟人現眼也不是第一次了，先想辦法活下來再說啦。」

聽到這番話，辛敏銳地發現到一點。

沒看到在船團國群總是跟隨他左右的副長以斯帖。

他悄悄地倒抽一口氣，但以實瑪利只是哈哈大笑。

「上尉啊，雖然說年紀輕的時候沒來由地充滿自信反而剛剛好，但你這反應就太自大了喔。我想說的是，你沒保護到的那些都不是你的責任——關於以斯帖或是上次的作戰都是，無論是以前或以後都一樣。」

你別想來替我背負。

別想把我的寶貝弟妹搶過去。

辛輕輕點了頭，看著眼前此人磊落的威儀。

看著這位長久統領征海艦隊與氏族的族長。

「是我失禮了，艦長。」

「很好。」

以實瑪利拿出他那統領征海艦隊的威儀磊落地回應後，維持同一張笑臉問道：

「話說，上尉，龍涎香你用了沒？以斯帖應該有把它拿給你們隊上的銀髮美女吧，想說等你跟米利傑上校變成一對了就送給你們。」

他說的是安琪吧……原來蕾娜的龍涎香是從她那裡來的。

總之辛先做回應。他停頓了慢慢眨一下眼睛的時間，說道：

「我要行使緘默權。」

「可是我身為提供人很想聽聽感想耶，要弄到那玩意兒可不容易喔。」

辛和顏悅色地微笑。

旁邊的萊登與守在一旁的班諾德都嚇得半死，往後退開。

「上校閣下……您神經太大條了。」

以實瑪利滿不在乎地聳聳肩。

「說得也是，抱歉。」

為了逃過聯邦軍的追捕，萬福瑪莉亞聯隊分成幾個分隊，潛伏於交戰區域各處零散分布的原生林內。

「——好，這是最後一個了。」

在森林深處殘留的燒炭小屋廢墟裡，核武製造分隊之一的士兵們把有點重量的核武組裝好了放下來。他們強行撬開每個製造分隊分到的燃料棒護套，把裡面指甲大小的顆粒跟塑膠炸藥一起塞進容器裡，手作的「核武」就完成了。

士兵們目不轉睛地盯著這些在大陸北方秋季的寒冷氣溫下散發奇異熱度的東西。雖然外殼只能拿金屬水桶來用滿遜的，但更怪的是……

「聽說核武是很厲害的炸彈，可是好小一個耶，而且做起來還真簡單。」

護套細管是有點燙，但讓他們多少費點心思應對的也就這點小事了。護套管比小孩子的手指還細，拿工具一切就斷。

簡單到讓人白緊張了一頓，消滅「軍團」的藍焰鐵鎚竟然就這樣完成了。

「管他的，有什麼不好？去跟琪露姆小姐報告吧，我們如果是製造分隊中第一個完成的，她一定會很高興。」

他們一面想起指揮官——蘇爾村鄉紳琪露姆．雷瓦的溫柔微笑，一面伸手去拿無線電——萬福瑪莉亞聯隊沒在使用同步裝置。琪露姆小姐跟他們說這種莫名其妙的東西很詭異恐怖，所以不用沒關係，士兵們聽了都很高興。

不知道為什麼喉嚨有點刺痛，不過他們以為是感冒了，就沒放在心上。

入夜之後用過晚餐，奧利維亞注意到可蕾娜獨自走出基地的避難所，便跟了過去。在掩蓋了基地的奈西科丘陵地帶背後，大概是用來代替晚秋時節已然枯萎的花卉，見她把帶來的鮮豔紅葉樹枝拿來祭拜某人，奧利維亞呼喚那背影。

「……庫克米拉少尉？」

「聽說在船團國群認識的一個人——以斯帖上校過世了。」

為了讓「海洋之星」自行沉沒以免被「軍團」虜獲，她留在艦上指揮自沉作業。

像征海艦這樣的巨艦，自沉也需要時間。這是為了預防其間發生意外狀況——而當船艦完全沉沒時，他們也已經被「軍團」擋住，追不上難民。

「本來想告訴她，我已經沒事了……本來想讓她看看現在的我。」

「隊長——這裡的『牧羊人』是八六嗎？」

「還沒辦法分辨，但我想大概不是。」

在把「女武神」搬進機庫時，對於瑞圖忽然拋來的問題，辛搖搖頭。

聯邦與共和國使用的語言很相近，從遠方指揮官機嘹亮的悲嘆聲無法分辨差異，不過遣辭用句不像是八六。講話帶點古風，很可能是舊帝國貴族階級。

然後，辛低頭輕瞥了一眼瑞圖。他在共和國戰鬥、誅殺的那個……

「想起阿爾德雷希多中尉了？」

「只是覺得假如有必要，我很想用同樣的方式幫助他們。不過如果可以，還真不想再做那種事了。」

如果八六最後淪為「牧羊人」，他會想幫助他們解脫。

但就算是「牧羊人」，其實他並不想殺害八六同胞。

瑞圖緊閉雙脣。瑪瑙色的眼瞳顯得沉痛。

「我其實也不想那樣對待阿爾德雷希多中尉。既然都戰鬥到獻出生命了，就離開第八十六區去跟老婆還有女兒團聚啊……要是中尉能這樣想，該有多好啊。」

站到視野遼闊的山丘上，在戰場上不啻於自殺行為。維克從視野不開闊的低地遠望錫哈諾山岳，蕾爾赫站在他的身旁。

遠望位於此地遙遠西方的聯合王國作為守護的天險——龍骸山脈綿延至此的山岳陰影。

「……殿下。」

「父王與扎法爾哥哥都沒事，只是鮑里斯哥哥似乎戰死了。」

與扎法爾王太子爭奪王位繼承權的異母第二王子，曾經拿鮑里斯當成手裡的棋子。即使是哥哥，維克對他的死無動於衷，只是……

「聽聞他為了不讓王室背負敗戰的責任，和王妃一起留在淪陷的戰陣了。這就證明鮑里斯哥哥終究還是獨角獸家族的成員之一。」

為了把王室繼失去龍骸山脈之後，連作為國家命脈的產糧地也失守的大敗轉換為王室也有一人死於可恨「軍團」手裡的美麗悲劇。

藉此把民眾對戰況的不安與今後的苦境替換成對臭鐵罐的血海深仇，敷衍一時。

只是建國以來不過十年歷史的聯邦，在這方面晚了一步。與外敵——「那些東西」對峙了千年之久的聯合王國獨角獸王室不會輕易就淪於被動。

「雖然第一步走錯了……就讓我們看看『帝國貴族』會怎麼對付那些突然出現的蠢材吧。」

製造分隊的傢伙們才剛完成製造核武的大任，好像就沒人管了。

他們似乎喝酒喝到爛醉吐得很嚴重，所以由諾艾兒指揮、把聯邦軍棄守的倉庫堆積場當成據點的本隊只得派出凱西去拿東西。

「……真要說的話，我早就覺得那個混帳大總統不可信了。」

凱西坐進卡車的駕駛座，對從小一起長大的莉蕾與米爾哈不屑地說。麥黃色的頭髮兩邊推高，薄黃雙眸緊盯入夜的原生林。

十一年前，凱西也曾經對恩斯特・齊瑪曼率領的革命寄予期待。

因為爸媽、鎮長跟很多大人都說民主制是好東西，都說這下大家可以獲得名為自由與民主的美好事物。這份狂熱也讓凱西跟著興奮了一陣。

結果呢？

革命成功，聯邦成立之後，凱西的世界每況愈下。

自由與平等一點都不美好，除了煩擾與悲慘之外什麼都沒有。

本來交給鄉紳老爺小姐或鎮長去做就好的麻煩決定，現在卻說是「自由」強迫他們選擇。

明明就用不到也沒必要背，只是浪費精神的讀書寫字也說是「平等」強迫他們學習。

搞到最後竟然還……

「我是特別市（鎮上）年輕小夥子的大哥，實際上鎮上打架也是我最強……結果我到了軍中，卻連一件像樣的工作都分不到，這不就表示聯邦或軍隊都有問題嗎？」

凱西的志願明明是機甲科，自己這個打架好手駕駛「破壞之杖」一定會大有表現。可是軍方卻蠻橫地拿跟操縱機甲無關的學科考試成績為由，單方面把他攆了出去。

就連裝甲步兵也還是因為毫不相干的學科考試沒過而當不上，結果叫他去做什麼運輸科的卡車司機。就只能像一群蠢鴨子那樣排成一排，在後方的運輸路線來來回回。

那哪裡是軍隊的工作？

什麼運輸科，不配讓我……讓曾經是鎮上大英雄的我來做。

莉蕾答腔了。她那在瑪莉勒蘇里亞特別市很少見的瑪瑙種栗色頭髮讓人印象特別深刻。

「就是這樣梓梓利、努卡夫跟金納才會死啦。而且聽說西斯諾光是學科考試通過就跟小姐一樣當上軍官了，拉欽那副德性還能當裝甲步兵咧。真是見鬼了。」

「妳說那個眼鏡瘦皮猴啊。就是因為把那種貨色放到前線才會輸，真是不懂他們為什麼不明白。」

「我們都被騙了啦。革命也好軍隊也好，都在讓我們當冤大頭。」

米爾哈用他平常那種嘔氣的語調不屑地說。在凱西的幾個小弟當中，就屬這個青年個頭特別瘦小。

「核能發電還有正當的評價都被他們偷走，然後硬把我們不要的東西塞給我們……我們都被壓榨了啦，還不就是為了讓那些將官啊長官的過爽日子。」

「是啊。不過，我們很快就會結束這一切了。」

凱西露齒而笑。在樹林的後方，已經可以看見藏有決勝炸彈的民房了。

只可惜不是光輝燦爛的寶劍，也不是機甲，而是帶在身上不怎麼帥氣的炸彈。不過……

「這樣一來，什麼都會恢復原狀，什麼都會恢復到對的狀態。」

讓我變回英雄。

讓我得到只有我才配享有的地位。

†

北部第二戰線的盆地戰場，瀰漫著晚秋這個季節特有的濃密朝霧。

視野嚴重模糊的厚重濃霧與黎明的陰暗天色，對進攻的「軍團」來說剛好成了掩蔽。再加上這個盆地直到一個月前，都還是北方第二方面軍的基地設置地點。這些建造為兵舍或倉庫，又在撤退時被棄置的設施，也在霧氣形成的白色黑暗中朦朧浮現，為無聲前進的成群鐵青機影遮蔽了外人眼光。

而將各感應器設定為被動偵測（Passive），悄悄埋伏的純白骸骨也得到了同樣的恩惠。

「——開火。」

等到隊伍最尾端都進了獵場（殺傷區），它們對著前頭的偵察小隊與後衛的近距獵兵型（Grauwolf）中隊展開砲擊。

由辛的異能預測前進路線，埋伏等候的「女武神」各戰隊從掩蔽物後方跳出，撲向進退不得的「軍團」部隊——這一批兵力用人類軍隊編制來說相當於步兵大隊，以輕量級的近距獵兵型為部隊主體，戰車型做護衛，偵察與側面警戒交給斥候型（Ameise）負責。

第一個先破壞負責索敵的斥候型。這樣一來，感應器功能不強的戰車型與近距獵兵型就失去了大半的索敵資訊，但「女武神」同樣被霧氣遮蔽了視野。它們將雷達設定為主動探測（Active），光學感應器切換至紅外線檢測模式，在霧氣形成的白色黑暗中一邊探路一邊疾馳。

在光學螢幕裡，戰車型一檢測到瞄準雷射立刻把砲口轉去。

從捲動霧氣旋轉的砲塔「後方」衝出，辛讓「送葬者」跳上那砲塔。會被檢測到是意料中事，他與故意用「狼人」的雷射照射敵機的萊登聯手出擊。辛聽得見「軍團」的悲嘆，置身於這片大霧一樣不需要雷達——由於不會發出電波，索敵能力低落的戰車型完全看不到他。

這個突襲來得猝不及防，戰車型完全無法做出反應。「送葬者」取得毫無防備的砲塔後方位置，同時啟動破甲釘槍。打進機體內的電磁貫釘把戰車型的中樞處理系統燒到沸騰。

戰車型沉重地頹然倒地。辛跳下來，讓「送葬者」旋轉機頭尋找下一架敵機。

「——真是驚人。」

與辛指揮的部隊隨行的裝甲步兵也看到了那個場面。

如同步兵部隊會作為護衛與戰車隨行，機甲部隊也不會僅以機甲兵器組成，按照慣例都會讓負責斥候、周邊戒備或排除敵方步兵的步兵戰力隨行。尤其機動打擊群是首次派遣到北部第二戰線，「女武神」又是首次在此地運用，讓值得信賴的老兵裝甲步兵部隊隨行是很合理的判斷。

這個判斷應該沒錯，可是隨行的裝甲步兵簡直毫無出場機會。

身上的裝甲強化外骨骼「狼戰士」具備要害部位連重機槍子彈都能撐過的裝甲，且能夠以個人臂力運用一二．七毫米重機槍，性能足以對抗斥候型、近距獵兵型，甚至有時是戰車型，但這種高速戰鬥卻令他們望塵莫及。

「不過……」裝甲步兵的隊長在遮起整張臉的護面罩下喃喃自語。機動打擊群菁英們的戰果與起源，他早就有所耳聞。讓從小在只是多出個核電廠的屬地郊區城市平凡長大的他來看，機動打擊群的少年兵們簡直有如故事中的英雄，可是……

「他們明明這麼厲害……」

機動防禦指的是當敵方部隊突破以步兵為主體的第一排時，全數預置於後方的機甲部隊活用其機動力迅速趕向前方，藉由強大火力擊毀敵機的防禦戰術。

一旦容許入侵的「軍團」後退，有可能導致第一排的裝甲步兵部隊背後受敵。辛環顧名符其實地殺個一隻不剩的「軍團」殘骸，這才終於在「送葬者」裡稍微鬆一口氣。

以步兵、反戰車障礙物與反戰車砲陣地組成的第一排，此時仍然有反戰車地雷代替警報聲，斷續性地讓裝甲步兵與反戰車砲得知倒楣敵機的位置。在「女武神」戰鬥時退避他處以免扯後腿的工兵部隊再度前進，接續進行隊舍或倉庫的解體工程。

光學螢幕的邊緣有個工兵望了一眼瓦礫縫隙，劃了十字手勢。

進入到一半的重機暫時駐足，一邊戒備可能設置的陷阱一邊靠近，把他們拖出來。是一對男女的遺體——不，男性懷裡還抱著另一具孩子的遺體。

住在這附近地區的戰鬥屬地民早已在幾年前疏散完畢，這幾人應該是來自船團國群的難民。不知是不是跟避難本隊走散了，大概就只有這三人一路逃到這裡——沒能抵達安全地帶就力盡身亡了。

辛不慎看到孩子的遺體抱著一小隻布偶，便把視線轉開。

都已經死裡逃生正在避難了，卻還是抱著心愛的布偶不肯放手。就連如此天真無邪的……本來可以天真無邪的幼小兒童，都得不到救援與保護而遭到殺害。

這項事實，令他感到無比哀痛。

為了解救北方第二方面軍與北部第二戰線，機動打擊群受派而來，幸運的是他們一樣隸屬三七機甲師團。即使滿身戰場塵土，純白機影在機庫裡仍然顯得淨亮美觀。

「——檢查表核對完畢。葛倫，再來就拜託你了。」

「好，辛苦啦。」

對方似乎是負責整備的隨機人員。維約夫．加圖崇拜地看著與那名高個子眼鏡青年講話的機動打擊群總隊長。西部戰線的無頭死神，八六的戰帝，辛耶．諾贊上尉。

他有著夜黑種的漆黑頭髮，與焰紅種的深紅雙眸。大貴族血統的白皙容貌五官端正。駕駛聯邦軍的最先進機甲「女武神」，是率領精銳部隊機動打擊群的活生生的英雄。

據說他受派到瀕臨滅亡危機的各個國家，一個不剩地解救國難。

聯合王國、盟約同盟，然後是聯邦。據說這個特務部隊集結了各國的精銳戰士。

這個傳聞他也聽說過，但像這樣實際見到機動打擊群本人……

「——果然不同凡響耶，太帥了。」

雖然北部第二戰線這裡也被臭鐵罐們逼入絕境，瀕臨毀滅危機，但機動打擊群已經來了，所以他跟大家都有救了。

既然他們這些英雄已經來了，所有事情一定都能迎刃而解。

「我也得多加把勁才行。」

為了突破遭遇困阻的戰況，他們即將往「軍團」支配區域進行挺進作戰。

換個說法就是「軍團」施加的壓力迫使他們非得進行有勇無謀的挺進作戰，這種狀況與半年前，在飄雪夏季的聯合王國從事的龍牙大山攻略作戰有些相似，只是……

「還是沒聽見疑似重戰車型的聲音——感覺不到重機甲部隊進入前線腹地的氣息。」

正好在同一時刻，辛在從聯合王國派遣聯隊機庫通往兵舍的走道上，碰見了似乎回來準備進行補給與換班的維克與蕾爾赫。

為了突破人類軍的戰線，「軍團」曾經投入以重戰車型與戰車型為主體的重機甲部隊。聯合王國那次，它們混入補給運輸部隊進入前線腹地，摧毀了聯合王國軍的機甲部隊，造成機動打擊群孤立無援。辛這次當然對這有所戒備，維克也一樣。他們可不想再度一頭栽進吃過一次虧的陷阱。

「只是，前線的機甲兵種也少得不自然。既然其他戰區有『破壞之杖』出動進行機動防禦，表示地盤應該沒脆弱到戰車型無法行走。最合理的推測是讓它們在後方待機以保存兵力吧。」

「既然你聽不見就沒辦法了，那就商量一下讓斥候出動吧。」

維克看都沒看一旁待命的蕾爾赫就如此回應，蕾爾赫對著代替他瞥來一眼的辛優雅地行禮。玻璃工藝的翠綠雙眼像是在笑著說「交給下官吧」。

「重機甲部隊這樣的兵力，可沒那麼容易藏身……我們向來都是在沒有你這種廣域探查異能者的戰場上戰鬥，要推測出它們的潛伏位置不難。」

「謝謝……我想順便問個問題。」

帝王紫眸的視線請辛直說，他回望著那雙眼睛提問。關於「這點」，辛猜也猜不到，就看他們知不知道了。

「那你知道重戰車型既不是自走，也不是讓回收運輸型（Tausendfuessler）牽引就能進入前線，用的是什麼機關嗎？我確認過運輸部隊的動向與數量，但這次似乎沒有敵機混入。」

辛的異能無法聽見休眠狀態的「軍團」悲嘆，但「軍團」也無法在休眠狀態下行動。就算是讓回收運輸型牽引前進——先不論拖不拖得動戰鬥重量一百噸的重戰車型——回收運輸型的聲音也會傳進辛的耳裡。更別說要移動整個部隊，辛無論如何都不可能掌握不到行蹤。

維克眨了一下眼睛。

「『知道』。應該說，其實也稱不上什麼機關。不過就是個雖然多少需要依賴地形，但遠比航空器或鐵路更有歷史的大量運輸方法罷了。」

維克在祖國作為方面軍指揮官十分了解後勤部門的運輸方法與路線，身為一國王子當然更該熟悉自己國內的物流與相關歷史，這個方法對他來說太常見了。

這時他像是想到了什麼事情，用鼻子哼了一聲。

「……萬福瑪莉亞聯隊的愚蠢行徑，連帶著導致本來應該保密的機動打擊群（我方）存在被『軍團』掌握得清清楚楚。是『軍團』迫使我們進行挺進作戰，而且也派出斥候確認過進擊路線，所以一定對需要壓制的目標很有把握。既然如此，不如把這也拿來當成誘餌怎樣？」

「有利用價值的話當然可以，但請你先回答我的問題。」

「我會寫在報告書上，你到時候再看。比起這件事……」

被辛白眼瞪著，他用一種擺明了挖苦人的態度揚起嘴角。

「本來還擔心米利傑不在會造成影響，想不到還挺冷靜的嘛。」

辛繼續白眼瞪著維克，但結果也只是瞪個兩眼就老實回答了。反正不管說什麼都不能讓這條蛇受到教訓。

「就是因為她不在。既然蕾娜不在，她的職務在某種程度上必須由我代理，我不想搞砸以免之後對她造成心理負擔。」

關於指揮權的接替，機動打擊群是破例由作戰參謀接手作戰指揮官的職務，但比方說與其他部隊的交流或是指揮官之間的社交活動，如果外貌與戰果雙雙引人注目的蕾娜不在，當然就會找上在聯邦屬於難得一見的夜黑種與焰紅種混血，性質特殊的總隊長了。

這種事情也不便推拒，況且辛也希望自己能變得夠有耐力應付這種場面。

如同蕾娜至今做過的那樣……如同理查少將的遺言。

我不會叫你們只為了這一件事而活，只是妳必須為了妳的歸屬，運用妳的才能與勝利爭取利益。

大概自己是真的有這必要學習。作為聯邦軍的一名成員，也作為具備的價值觀無法完全融入聯邦軍的八六。不用只為了這一件事而活，但還是要學會在聯邦軍……在聯邦過活所需的處世之道。避開不必要的摩擦，甘願承受無法避免的對立，然而為了迴避致命性敗局，也得多次進行磨合與讓步，各自持續尋找道路──尋找組織、社會當中所謂的政治手段。

況且他並不想害療養中的蕾娜擔心，不想讓自己的言行舉止連累蕾娜的名聲，也不想老是讓她看到自己太難看的一面。

「因為，我不想永遠當個孩子……我也會拿你做參考，王子殿下。」

「這是無所謂，但你別變得不可愛到害我挨米利傑罵喔。我可不希望先是被你敲破腦袋，然後還被米利傑追著跑。」

「你怎麼會知道……不對，我沒想過要敲破你的腦袋。只是曾經試圖用磨利的鐵鍬把你解決掉扔進海裡而已。」

「……在『海洋之星』上感覺到的寒意果然是你……」

「這倒提醒我了。關於『蟬翼』……」

聽說不只是蕾娜，安琪與可蕾娜也深受這傢伙所害。

「這下子打草驚蛇了……蕾爾赫，交給妳了。」

「什麼！殿下，您這是要整死我了！」

維克逕自快步離去，留下蕾爾赫驚慌失措。

她帶著相當悲愴的神情，轉回來面對辛。

「不得已……死神閣下，請收下下官的項上人頭，作為此事的補償吧。」

「錯全在維克身上，我不會拿妳出氣，只是……妳的頭本來就能拆下來，好像不能當成補償吧？」

蕾爾赫猛地一驚，用一種悟出真理的表情倒抽一口氣。

「……對耶。」

「別一副大徹大悟的反應。」

「我明白妳的建議了，葛蕾蒂．溫契爾上校。」

北方第二方面軍參謀長是一位態度柔和的女少將，葛蕾蒂心想：同樣是參謀長還差真多。不過純粹只論表面上的態度。

「關於敵方機甲部隊比預料中少的問題，我們這邊已經掌握到了，也派出了偵察兵。除了自走索敵機之外也有派人盯住，我想不會看漏太多的。」

聯邦軍運用的無人自走索敵機，雖然能減少危險偵察任務的人員損耗，但也有很多缺點。只能在陸上移動使得攝影機拍攝範圍狹窄，而且有些地形無法進入。遠端操作與資料傳送也屢屢遭受阻電擾亂型的電磁干擾。既然無論如何都比不上老練偵察兵的直覺判斷，不管怎樣還是需要人類進行偵察。

至於前往交戰區域深處的偵察行動，合於難度的人員損耗是無可避免的。北方第二方面軍自第二次大規模攻勢以來戰死者日益增加，非到不得已必然不會想付出這種代價。

換言之，作為斥候進入區域的大半人員都不是聯邦軍人，而是船團國群義勇兵團的……

葛蕾蒂心裡感到苦澀，但不會說出口。拿這事責怪參謀長也沒用，況且為了讓聯邦接納全國國民，他們想必也有付出代價的心理準備。

「機動打擊群這邊也可以調動『阿爾科諾斯特』偵察隊，就等您的命令。」

「我會考慮的，謝謝妳——要不是萬福瑪莉亞聯隊鬧出這件事來，機動打擊群的存在本來可以保密到水壩破壞作戰開始。」

參謀長說道。水亮的暗色雙眸發出伶俐、冷酷的光芒。

「很遺憾，還真的有些人是不幫倒忙就不錯了……派不上一點像樣的用場也就算了，一旦開始擅作主張，又淨會成為身邊其他人的絆腳石。」

托爾跟人員交接機動防禦的任務回到基地，到了晚餐時間卻還是沒什麼胃口。

「啊，瑞圖那傢伙又多拿到肉了。」

「托爾你別管瑞圖的閒事，吃你的飯就對了。」

他呆望著別桌一說，坐他對面的克勞德立刻對他皺起眉頭。

辛與萊登，還有滿陽、瑞圖等幾名大隊長接受隨行步兵部隊的邀請，去跟他們同桌用餐。

就從旁聽到的內容來說，似乎是在針對今後的聯合行動做確認。像是「有希望我們怎麼行動嗎？」或是「下次用這種作戰方式如何？」之類，戴眼鏡的青年隊長很有熱忱地問了很多。還有一些基本上都很強壯的裝甲步兵大叔跑去逗他們說：「你們正在發育，要多吃點。」「要不要再多來點肉？吃肉。」諸如此類。

其實也是，他們行動時幾乎都不會顧慮到這些隨行人員，所以是需要對方多費點心，為了建立良好的合作關係也的確需要這類社交往來。這道理托爾也懂。

……可是，做這些真的有意義嗎？

托爾忍不住這樣想。

因為，明明都打輸了。

因為我們……明明都已經輸給「軍團」了。

他已經有所自覺。

實在是無法再繼續自欺欺人了。

受派到北部第二戰線來，看到的景象也是千瘡百孔、滿目瘡痍。被指派的任務，也是每次被敵軍攻擊防線破孔就東奔西跑到處補洞。

自從來到聯邦，第一次遇到這種一無所獲的作戰。戰鬥的目的，不過是勉強維持住隨時可能土崩瓦解的戰況。

戰況已然艱困到就連成立宗旨應該是作為攻性部隊深入敵境、破壞主要據點的他們機動打擊群，都不得不被轉用為防衛戰力——走到這一步，托爾與八六們終於是徹底明白狀況了。

不只是聯邦。聯合王國丟掉了龍骸山脈，盟約同盟也被迫後撤到最終防衛線。南方諸國、聖教國與極西諸國也未曾恢復聯絡，這次確定淪陷的共和國，也已經沒有任何通訊回應。至於船團國群的難民，後來找到的也都是遺體。

就好像托爾他們機動打擊群至今的奮戰都只是一場空。

就好像毫不客氣地讓他們知道，從第八十六區生還的他們以為自己能夠開拓未來，其實只是自以為而已。

「……托爾，就叫你吃飯了。你手又停下來了。」

「嗯。」

托爾含糊地回答，拿起湯匙往嘴裡送。吃的是麵糰裡包著絞肉，放在湯裡煮的鄉土料理。他漫不經心地一口口吃下去，卻吃不太出味道。

他吃得出來是香辣口味，卻嘗不出撒在清澈麵湯上的香草香味。湯用的是哪種高湯？絞肉是豬肉、雞肉還是羊肉？即使送進嘴裡時特別留意，咀嚼的動作還是一樣機械化，不知不覺間就糊里糊塗通過了舌頭與喉嚨。

就連本來要指派給他們的水壩破壞作戰，托爾也覺得提不起勁。

把用來圍墾烏米沙姆盆地地區的卡杜南河道上的水壩全數毀掉，就表示要把這整個地區從現在的農地變回原本的溼地。那豈不是……

坐同一張餐桌的芙蕾德利嘉像是再也憋不住般喃喃自語：

「這裡出身的士兵們，勢必是得放棄自己的故鄉了……」

話中凝重的語氣讓同席的所有人陷入沉默。

坐在對面的西汀飛快地伸出手臂，用中指彈了一下芙蕾德利嘉的額頭。

「哇呀！汝做什麼呀，西汀！」

「別擺出這種表情啦，小不點。以實瑪利大叔好像說過，『你沒保護到的那些都不是你的責任』。」

我覺得他說得對——西汀說了。

「首先得保護好自己，然後才是身邊的人。幫不到的就是幫不到，沒辦法。那些人自己保護不了自己，如果那不是他們自己的錯，也不會是我們的錯。」

有些事情即使每個人都在拚命努力，也還是無力回天。

那不是任何人的錯。

不是任何人的錯，沒有任何解決之道——有些事情只能這樣去接受。

「我想這裡的人大概也拚命試過了，但還是保不住故鄉。這不能怪這裡的人，也不是我們或小不點的錯。所以妳別一臉鬱悶了啦。」

然而，芙蕾德利嘉還是皺起臉。

「……什麼都想拯救，難道不行嗎？」

西汀用叉子叉起肉捲往嘴裡送。老舊的叉子滿是刮傷。

「是沒有不行，但妳不覺得一個人要保護身邊的所有人，甚至連視線範圍以外的地方都要顧到很奇怪嗎？當自己是神仙啊。只有共和國的白豬才會叫我們去做那種事啦。」

「可是……」

也不是代替陷入沉默的芙蕾德利嘉道出心聲，托爾兀自低聲說了：

「說得也沒錯，我們在這裡接下的作戰，就是要割捨掉一些什麼。」

一旦把洛織尼亞河恢復原貌，「軍團」確實無法渡河，但聯邦軍也一樣到不了北岸。

事實上採取這種作戰，就是不打算收復洛畿尼亞河以北了。雖說他們正在設法避免那個什麼放射線汙染的，可見並不是打算永遠不回去。

「總覺得……跟第八十六區有點像。應該說就像在漏雨漏不停的房間裡，到處放水桶嗎？就好像在第八十六區不管再怎麼戰鬥，『軍團』還是繼續攻打過來，明明改變不了這個事實，卻還是得繼續戰鬥。」

只不過是勉強活過今天，不代表明天就有希望，那種達不到根本性解決的戰鬥。就跟只不過是勉強撐過「軍團」的攻勢但不足以徹底擊敗它們，只能等著有一天自己被磨耗殆盡，共和國第八十六區的那種戰鬥一樣。

托爾緊閉雙脣。他知道這話不該說，但還是忍不住脫口而出：

「我們是真的……打輸了，對吧。」

明明這種絕望，在第八十六區應該早就習慣了。

為了讓世人見識到核武的威力，必須在聯邦軍的眼前把「軍團」炸成灰燼。

但是考慮到核能的破壞力，又不能在太靠近洛畿尼亞防衛線的位置引爆。

要選在離洛畿尼亞線有一段適當距離，但是附近有「軍團」展開部隊，兩軍爭奪的地點。在這種條件下，諾艾兒挑中了交戰區域內的一處交叉路口。

原為戰鬥屬地的烏米沙姆盆地內難得一見的鋪裝道路，在此處形成交叉口。既是「軍團」機甲部隊的移動路徑，也是聯邦軍反攻之際的進擊路線，對兩軍來說都是重要地點。

「先取回這裡吧——瑞克斯，準備好了嗎？」

「好了，諾艾兒。」

同志瑞克斯．索爾斯少尉悠然點頭，回應諾艾兒的詢問。留著巧克力色齊切短髮的他，在萬福瑪莉亞聯隊是唯一一名世襲騎士家族的子弟。

他說騎士理當跟隨美麗的公主，論家世是他為上，卻將聯隊長的地位禮讓給她。

讓車斗載著一個核武的卡車炸彈開走，瑞克斯的領民們回來了。他們把方向盤與油門固定好，使無人駕駛的運貨卡車在森林裡向前衝。確定他們回到了瑞克斯坐來的卡車上，諾艾兒也坐進了自己那輛卡車。兩輛卡車載著兩名指揮官，隨即啟動引擎。

「麻煩你觀測了。只是，務必保持足夠的距離。它的威力可是相當強大的。」

「知道啦，我有考慮到躲避的時間，定時裝置都設定好了。不用擔心。」

兩輛卡車疾駛而去。載著核武的卡車炸彈與他們逆向行駛，穿過森林衝向「軍團」部隊。

†

『蟲二三九呼叫螢火蟲。發現卡車炸彈攻擊。推測車上裝有輻射彈（Dirty bomb）。』

接到交戰區域部隊上報的內容，於北部第二戰線與敵軍對峙的「軍團」指揮官機重戰車型沉默片刻。

『螢火蟲收到——用意不明。』

如果是核武還能理解，但使用的是輻射彈。

這種武器對於渾身包覆裝甲的金屬製「軍團」沒有太大效果。而且放射線不分敵我，使用輻射彈反而會縮小人類的行動範圍。

所以，這讓指揮官機一時難以做出判斷。

敵軍使用輻射彈的目的是什麼？

欺敵行動？聲東擊西？或者是某種實驗？——「聯邦軍」的目的是什麼？

『為收集情報，追蹤輻射彈運用部隊。在掌握聯邦軍的用意之前暫停進攻。』

†

核武似乎是爆炸了沒錯。轟然巨響擾亂了森林的安寧，衝擊波把樹梢搖晃得沙沙作響。

就這樣。

既沒有燃燒視野的火球，也沒有衝上半天高的柱狀烏雲。諾艾兒錯愕地回頭，望向森林對面的爆炸中心地預定位置。

但爆炸聲實在是太輕微了。衝擊波豈止沒有把樹林掃倒，就只是搖響了一下樹梢。不應該是這樣的。

所謂的核武應該是光用雙手大小的鈾就能讓森林蒸發，就連機甲兵器也能燒得不留灰燼。小時候妮雅姆小姐放給她看的，米亞羅納家與帝國軍的實驗紀錄影像內容就是這樣。

這次她用炸藥同樣引爆了一整塊鈾，當然應該發揮同樣的威力才對。

「怎麼會這樣……為什麼！」

關於核武的極大威力，瑞克斯只聽諾艾兒說過，所以沒像她那般受到打擊。他讓卡車掉頭開回原路，想去看看是哪個環節出錯了。

那點程度的爆炸應該是幾乎傷不到「軍團」，但不知為何連一架斥候型也沒出現。直到卡車開到應該擠滿了「軍團」的爆炸中心地，都沒有遇到任何一架敵機。

果不其然，破壞的痕跡很少。

卡車是炸碎了沒錯，但是用滿滿一桶高性能炸藥也能達到相同威力。

「嗯——……可能還是有哪裡做錯了吧。」

他歪了歪頭。眼睛看到閃動搖曳的火焰，於是走過去看看。

那火焰的顏色鮮豔得古怪。火焰在水桶的殘骸與核燃料丸上搖曳燃燒。

他覺得很美，沒多想就把手伸了過去。

原本用途是偵測核電廠事故的伽瑪射線監測站，捕捉到輻射量的增加。接著副官上報「軍團」自「核武」爆炸中心地撤退的消息，聽得米亞羅納中校皺起修得漂漂亮亮的眉毛。在串聯起避難所模組蓋成的師團基地裡，這裡是供她專用的辦公室。

「如果是夠強烈的伽瑪射線，或許對它們也會造成影響？不，也可能純粹是想謹慎行事。」

陶瓷與金屬等材質不容易受到輻射影響，而「軍團」的中央處理系統是流體金屬製，恐怕受到的影響沒有容易被輻射傷害的腦神經系統或半導體來得大。

「目前已經放棄進入引爆地點，不過在附近發現了瑞克斯．索爾斯與他的三名部下，已經捉拿歸案。從汙染程度來看疑似入侵引爆地點，並在歸返途中變得無法動彈。」

「不進入該地點的判斷是對的，西斯諾。要替『破壞之杖』除汙也是很費工夫的。至於索爾斯少尉與他的部下……」

米亞羅納中校抬頭看了一眼副官。

「能進行審訊嗎？」

「目前由於輻射病發作正在嚴重嘔吐——等症狀減輕之後就能問話。」

「……是嗎？」

畢竟是把沒有外殼的用過核燃料直接用高性能炸藥四處散播，「核武」的引爆地點變成了大量放射性物質毫無遮蔽隨處擴散的高輻射量地帶。

而「軍團」不像人類會受到輻射的嚴重影響。結果導致聯邦軍無法靠近的引爆地點一帶被「軍團」機甲部隊再度入侵占據，白白讓它們在兩軍爭奪支配權的交戰區域中央毫無困難地設置了進攻據點。

聽到這件事，八六們只覺得煩不勝煩。先不論他們也不太了解的「核武」，丟失部分地區的支配權加上被「軍團」設置進攻據點，導致他們忙著維持防衛線，卻因為其他人的脫序行為造成防衛線本身受到威脅。

更何況他們受派來此準備進行的水壩破壞作戰，也是被萬福瑪莉亞聯隊搞到延期。「核武」引爆造成的影響，又使得現在必須調整作戰範圍、變更移動路徑，並且替隨行工兵與偵察兵等等做好輻射暴露對策，諸如此類的作戰準備都得重新來過或是追加工程。

瑞圖不禁要發牢騷。原本就是只能應付一時的防衛戰鬥，心情已經夠壞了……

「同樣都是聯邦軍人，為什麼要這樣扯我們的後腿……？」

「可是辛，你看起來好像意外地還好？」

「……目前還過得去。」

辛覺得沒必要加什麼「意外地」，但過去的自己也無法完全否定這幾個字。況且總是不忘留心他人狀況的安琪，大概早就注意到辛的脆弱，也一直有在關心他吧。

「……我自認有在快撐不住前消除壓力。不然如果我第一個沮喪，其他人會更沒幹勁。」

辛是機動打擊群的一名總隊長。尤其蕾娜現在不在，他的言行舉止會影響到全體隊員。所以面對應付一時的防衛任務或是看到原本的作戰計畫決定延期，他依然鎮定如常。甚至不讓人感覺出半點氣餒，只是淡定、堅毅地執行任務。這些都是刻意為之。

然而安琪聽了，神色顯得更加憂心。

「人家說你是什麼戰帝——你會不會很介意？或者是在救援共和國時聽到的那些？」

「？噢……」

她是被你們害死的。你們為什麼不肯保護她？

辛想了一想，搖搖頭。

「這倒不會……我沒義務去回應其他部隊甚至是共和國人自以為是的期待，也不覺得有做出什麼回應。我沒那麼自戀，我……」

我有蕾娜，還有……

「光是要顧好你們這些戰友就夠忙了……誰叫我是個沒辦法獨自戰鬥的弱小死神呢？」

聽他半開玩笑地這麼說，安琪也微笑了。

「這樣啊，那就好。」

「別光顧著說我，我看安琪妳好像也沒在沮喪……妳沒有在硬撐吧？」

把達斯汀留在基地，又被迫目睹共和國的滅亡。悄悄期盼的戰爭結束的未來也離自己遠去

——跟辛有著這麼多共通點，但安琪也……

「嗯——……不能說完全沒事。可是，芙蕾德利嘉都那麼灰心了，所以就跟辛你的做法一樣，我也不能一臉灰暗，對吧？……雖然說達斯汀不在，是讓我很寂寞沒錯。」

安琪爽快地說出辛吞回去的男朋友的名字。一看，她還游刃有餘地故意聳了聳肩——真是敗給她了。

繼而，她的柳眉忽地蒙上陰霾。

「對，芙蕾德利嘉……她看起來有點怪怪的，好像心事重重。我知道你必須以作戰為優先，所以也不是要你為她做點什麼，這個讓我、可蕾娜還有萊登去想辦法就好……但你還是稍微多關心她一點吧。」

†

為了確認陌生生物，「軍團」們尾隨追蹤音探種。音探種潛入水底躲開它們往前游，在希阿

諾河溯流而上，來到位於頂端源流的人工河川卡杜南河道的入口。

海拔南高北低的錫哈諾山岳與北方的亞孜低山帶在此會合，成為幾乎近似懸崖的陡坡，三面圍繞這塊地。流經半山腰的卡杜南河道豐沛的水量，滾滾落入盆地裡的希阿諾河形成瀑布，音探種勉強從這裡往上游。

惱人的「軍團」也沒再追上來了。前方不遠處有個湧出滔滔潮水的灰色水泥出水口（閘門）。頭頂上方的低斷崖也有個東西在反光。

那是一座灰色的碉堡。是站在它旁邊的生物眼睛在反光。

那個細小得古怪的雙足步行生物睜大眼睛俯視著牠。

音探種用色彩如孔雀的眼球仰望過那生物後，繼續沿著戰場大河溯流而上。

†

「軍團」雖然在交戰區域一隅設置了進攻據點，但無法理解萬福瑪莉亞聯隊使用髒彈的用意，似乎反而提高了它們的戒心。

第三七機甲師團負責的戰區內，「軍團」攻勢暫時停頓，減輕了聖母青鳥聯隊追捕叛逃者的行動難度。他們從引爆地點鎖定行動範圍，並藉由從俘虜口中問出的情報，兵分幾路追蹤潛逃的萬福瑪莉亞聯隊。

同時由於「軍團」連進攻的徵兆都沒有，使得負責機動防禦的機動打擊群在這段時間閒閒無事。

既然有時間，在隊舍進行的任務報告也就比平時更仔細謹慎。辛環顧在場的第一機甲群大隊長與戰隊長，最後問道：

「有其他要確認的事項嗎？」

確定沒有人要提問或報告後，瑞圖舉手了。之前人家說這跟作戰沒有直接關聯，所以他暫且擺著沒問，滿陽他們一定也是這樣，但既然現在有時間了，那就……

「請問隊長，我可以問個跟任務報告無關的問題嗎？」

「如果是需要跟在場所有人分享的問題。」

「啊——……我想應該算。」

對，比方說在回到這座兵舍之前，米亞羅納中校說過「女武神」盡量別靠近汙染區域比較好，所以要他們在基地候命，辛還有萊登都是毫無疑問地直接點頭。

就像是某些相關知識，讓他們可以毫不猶豫地點頭接受瑞圖不懂原因的指示或警告。

「我想問一下核武到底是什麼……就是它可以用來幹嘛，有什麼危險性？」

被問到的辛整個丟給同席的維克去解釋，維克又整個丟給柴夏讓她差點沒翻白眼時，西汀離開了簡報室。

關於核武，西汀就跟很多八六一樣不甚了解。

既然不了解，趁這個機會留下來聽聽也沒什麼不好。實際上滿陽似乎就打算這樣，離開簡報室去找手邊沒事的隊員一起來聽。可是……

她就是不爽問辛。

要是蕾娜在就能問她了，無奈她現在不在。葛蕾蒂或幕僚想必知道這些知識，但現在這種作戰空檔才是他們最忙的時候。

還是說，晚點向奧利維亞上尉求教好了？

正在盤算時，就看到米亞羅納中校往這邊走來。可能是有事回來一趟。

關於核武的指示都是她下達的，她一定懂得很多，那就……

「中校閣下，不好意思，可以請教一下嗎？」

「嗯，可以啊。有什麼疑問嗎，依達少尉？」

咦？西汀睜大雙眼。米亞羅納中校有事都是跟旅團長葛蕾蒂或幕僚聯絡，不然就是總隊長辛或梅霖他們。至今她從來沒跟只是一名戰隊長的西汀說到話。

可是她居然記得我的長相與名字？西汀大吃一驚的同時接著說：

「就是……萬福瑪莉亞聯隊擅自帶走，引發問題的核燃料、核武還有輻射什麼的……說到底，核能究竟是什麼啊？」

米亞羅納中校一聽，猛地轉過頭來激動地逼近她。

「妳妳妳妳有興趣知道嗎！」

西汀不禁嚇得倒退。而且大個頭的西汀很少被人低頭俯看，這也嚇到了她。

「呃，不是，與其說是有興趣，應該說我只是完全不了解所以想知道一下……」

「這樣就夠了真是有心向學！不了解所以想知道、想學習！有這種想法最重要！」

看到米亞羅納中校握拳極力主張，西汀只覺得敬謝不敏。真是失策，早知道會這樣，或許再不爽也應該去問辛才對。

米亞羅納中校猛一回神，總算恢復理智。

「所以……呃，妳要問核能對吧？這個嘛……如果由我來解釋，可能會講得太投入把妳嚇到吧。」

很遺憾，西汀早就被嚇得退避三舍了。大概是經常引來這種反應吧，米亞羅納中校並不顯得介懷，笑容可掬地繼續說：

「還是先從簡單好懂的動畫開始接觸吧。我們研究所製作了導覽影片，我先把那個借給妳，你們幾個有興趣的年輕人就一起看吧。內容再深入一點的資料我會在這次作戰期間讓人準備好，有興趣的話可以帶回你們的基地慢慢研究。噢，對了，如果對動畫的內容有疑問，都可以問我背後的這個男生。」

一旁候命的青年軍官部下把臉轉向旁邊，已經在小聲地透過知覺同步指示某人準備相關資料了。「還要那個、這個跟那個。」米亞羅納中校似乎又追加了幾個書名。

無論如何，意外熱情周到的態度讓西汀當場嚇傻了。本來只是隨口問問，沒想到中校會這麼認真地想幫她解惑。

西汀有點慌張地低頭道謝。

「謝謝中校幫忙。」

「沒什麼，我們米亞羅納家本來就是專門研究核能。我很高興聽到妳對核能感興趣。核能啊，可是很美喔。雖然危險但魅力十足，希望你們可以用自己的步調去發掘其中的樂趣。」

就跟她自己說的一樣，米亞羅納中校欣喜地笑著。

「容我老話重提，不了解所以想知道、想學習，能夠產生這種想法真的是一種非常重要的天分。希望妳能順從這份意願，抱著輕鬆的心情開啟各種學問、技術的大門一探究竟。從這些學術當中，一定可以找到讓妳真心喜歡的項目——然後……」

就像香氣馥郁的大朵玫瑰那樣華麗嬌豔。

「如果是我們美麗的核能獲得妳的青睞，那我就太高興了。」

與西汀道別後，米亞羅納中校心情相當好。

「哎，我真是太高興了。她真是個優秀的人才。八六一定都是像她那樣吧，那麼假如我企劃一場新型核融合反應爐的參觀活動，戰後好歹也能招攬到一個人到我們研究所……」

跟在身邊的部下露出苦笑。這個比她年長的部下，在她的「破壞之杖」擔任駕駛員。這名青年出身於米亞羅納家領地——屬地謝姆諾的鄉紳家族，才華受到她的哥哥賞識，既是哥哥的同窗好友也是長年以來的心腹。

後來哥哥派他來保護在前線指揮聯隊的妹妹，現在陪在她的身邊。青年與她敬愛的哥哥同年齡，當她還是個小女生時，甚至對青年懷抱過淡淡的憧憬之情。

「小姐，看妳高興成這樣。」

「當然了，得到學習的機會而且懂得把握，是多麼令人高興的一件事啊。」

雖然可能也是必須如此，才能在傳聞中猶如地獄的第八十六區存活下來。

米亞羅納中校心痛地想。

為了在第八十六區求生存，為了戰鬥到底。

恐怕是因為這樣，才讓八六們不得不勤於學習、思考，然後憑著學到的一切下各種決定，清楚知道自己必須為自己的判斷負責。是因為把一切所學變成武裝善加運用，他們才能存活下來

——其他辦不到的人只能一一死去。

不肯學習如何與「軍團」交戰的人……不肯根據每一場戰鬥改變作戰方式的人……無法自行決定選擇的裝備、躲藏的地形、必須優先解決的敵機的人……明明身處於誰都不能替自己做的判斷負責的戰場，卻還是無法下定決心奮力求生的人，都會一一死去。

當然就算這些都做到了，有時候還是會送命——但既然能夠在那種環境存活下來，可見機動打擊群的所有八六必然都具備了這種天分。

學習、思考、決斷，然後為此負責——即使一個人民、一塊領土也沒有，他們確實具備了孑然一身卻能統治自己的王者資質。

忽然間，她那煙燻般的咖啡色雙眼厭惡地歪扭。

「……我當然高興了。尤其是在看過不肯學習、不肯思考、自己做不了決定，無法下定決心為自己負責、丟人現眼的雞群之後。」

聖母青鳥聯隊趕往叛逃者們的一處據點進行鎮壓時，沒受到任何一點迎擊。

此處似乎曾經是「核武」的製造據點。如同他們擔憂的那樣，這些人似乎想都沒想到輻射毒害的問題就把燃料棒撬開了。附近地區遭到外洩的放射性物質汙染，帶有能致人於死地的高強度輻射。

聖母青鳥聯隊早就料到這個可能性，在鎮壓萬福瑪莉亞聯隊時只投入重裝甲的「破壞之杖」。裝甲強化外骨骼或是「女武神」的輕薄裝甲，無法完全抵禦來自機體外的伽瑪射線。這點程度的知識，在帝國負責核能研究的米亞羅納家領地聯隊的這些隊員不可能不知道。

相較之下，萬福瑪莉亞聯隊的士兵們只知道核能好像是一種很棒很夢幻的能量，就這樣毫無防備地任由大量輻射長時間照射自己的身體。

輻射無法用肉眼看見，不會痛，也不會燙。

會在不知不覺間，暴露在致命的大量輻射下。

叛逃者全都渾身無力地倒臥著。一架「破壞之杖」將光學感應器朝向配戴軍官階級章的一人。是萬福瑪莉亞聯隊的指揮官之一——琪露姆．雷瓦。

『這傢伙也得了輻射病——好歹也是屬地謝姆諾的鄉紳，竟然搞到自己被輻射毒害？』

聽了陸續來報的各據點鎮壓過程，米亞羅納中校連嘆氣都嘆不出來。

「還沒把『軍團』燒光，就先用輻射把自己害死了——看來諾艾兒．羅西直到最後，都沒學到半點像樣的知識。」

她好歹也是臣服於米亞羅納家，領有拉什核電廠的羅西家繼承人。主人家族的研究內容或領地財產的相關知識，怎麼會什麼都沒學過？

米亞羅納中校作為大領主家千金，從小就會跟世襲騎士及鄉紳等部下的子女有所往來。這麼做是為了及早發掘、選拔天資聰穎的孩童並提供教育機會——而諾艾兒屬於沒那個資格的一群。

當時她就覺得，憑這個女孩的資質恐怕連鄉紳都當不來。

結果一如舊時印象，聽說回收的「核武」竟然只是拿金屬水桶裝滿燃料丸，連一塊護罩都沒蓋就直接用卡車車斗載走。

「……雖說大總統閣下只顧著掀起革命，沒讓人民接受足夠的教育……」

但諾艾兒與她的部下在軍中都有足夠的受教育機會——米亞羅納中校心想。即使是同一個屬地的前農奴出身的士兵，大多數人也會試著學習最低限度的必備知識。也有人努力自學獲得士官的升官資格，甚至還有人升上軍官。

屬於其中一人的副官少尉平淡地繼續報告。這位女軍官出身於瑪莉勒蘇里亞市，米亞羅納中校問過她需不需要暫離現職，但她堅強地請長官不用介意。

「經過審訊的製造分隊，所有據點就此鎮壓完成。實際行動部隊的鎮壓也有進展。基層士兵已全數進行處分——我們捉住了琪露姆．雷瓦，作為代替瑞克斯．索爾斯的情報來源。」

於「核武」引爆地點落網後，瑞克斯．索爾斯與他的部下一時恢復到可接受審訊的狀態——大概以為自己病情好轉了，但現在已全員死亡。

輻射病——急性放射線症候群在經過初期的身體不適後症狀會暫時減輕，然而並不代表已經痊癒。容易受到輻射影響的骨髓、消化器官以及保護體組織不受外來傷害而暴露在更多輻射下的皮膚，不用多久就會顯現出病變。

從推測照射到的輻射量來看，她早就知道這些人沒救了。

再說，米亞羅納中校也無意把前線的寶貴醫療資源用在逃兵身上。

無論是那些連審訊的價值都沒有的小兵，還是剛剛逮捕到案的琪露姆．雷瓦都不例外。

「讓諾艾兒・羅西與寧荷・雷加夫招出本隊的位置。如果在她們吐實之前先找到地點，就處理掉沒關係。」

本來應該能炸飛附近所有的「軍團」，憑著這場鮮明強烈的戰果喚醒北方第二方面軍與聯邦意識的核武，結果只把一輛卡車炸成碎塊就沒了。

光是瑞克斯的這個報告就足以讓諾艾兒驚慌失措，分分秒秒都在惡化的狀況又進一步加劇了恐慌情緒。

留下來確認核武戰果的瑞克斯和他的部下，上次報告結束後就再也沒回來。

製造分隊做完核武之後全員倒下，沒有一個人活下來。

抱著這些核武分頭潛入交戰區域各處，等待諾艾兒一聲令下的行動小隊——如今也被聯邦軍的追兵接二連三驅逐殆盡，無情地遭到鎮壓。

「怎麼會……不應該是這樣的，什麼問題應該都能得到解決才對……！」

我又沒有做錯什麼。

我是對的，所以什麼事情都應該進展順利才對。

諾艾兒還在狼狽不堪的時候，別動隊仍然被繼續鎮壓。跟幾個部下一起回來的寧荷鐵青著臉，告訴她最後一處製造據點也已被攻占，琪露姆被追兵逮捕了。

領民們聽得大氣不敢喘一個，從小就比較懦弱的悠諾都快哭了。

「小──小姐，他們說大家……除了我們以外都死掉了……！」

「這麼做……這麼做真的會成功吧，小姐！核武是真的可以幹掉『軍團』，保護我們不被聯邦軍欺負──拯救我們的，對吧！」

「這……」

應該會成功才對。

本來應該會成功的，可是並沒有。失敗了。不對，不可以承認我失敗了。尊貴的帝國貴族，絕不能就這樣接受敗北。

「……當然了！這次我一定會用瑪莉勒蘇里亞的藍火拯救你們！」

領民們的表情頓時如釋重負。

沿著樹林之間聯邦軍過去鋪設的道路，「破壞之杖」的一個小隊一躍而出──是聖母青鳥聯隊的追兵。他們從分隊各據點的配置，以及少許殘留的卡車輪胎痕跡的行駛方向等跡象，抓出了萬福瑪莉亞聯隊本隊的潛伏位置。

「──大家快逃！」

她叫得嗓子都啞了。呆站原地的領民們一齊拔腿就跑。

他們衝進陰暗的原生林，踩踏枯葉，腳底打滑一路狂奔。在尚未從樹梢脫落的葉叢薄暗下，所有人都下意識地跑向樹林另一頭的明亮空間。

「啊……」

一回神才發現，眼前是一條河。

諾艾兒等人被斷了去路，呆站原地。那是從錫哈諾山麓流出注入希阿諾河的人工河川——塔梓瓦新河道。

流速徐緩但對岸相隔數百公尺，實在難以游過。在這晚秋時節水溫極低，人體轉瞬間就會失去體溫。

鋼鐵機影撥開樹林飛馳，追得叛逃者無處可逃。不只是最早出現的小隊四架機體，一個中隊十六架機體發出動力系統的尖銳叫喚，上前包圍他們。

「該——該死……！」

彷彿以抱頭鼠竄為恥，凱西到了這時候才舉起突擊步槍，挺身保護渾身發抖的悠諾與米爾哈。梅勒悄悄地站到呆立不動的諾艾兒前面。

現在不是時候，但她胸口仍產生一股甜蜜悸動。

「梅勒——我，我其實……」

「破壞之杖」的機槍轉向他們，動作當中已不帶有呼籲投降的意味。

繼而……

藍色光芒橫掃了蒼穹。

那道光也映入中斷偵察任務避免輻射暴露，轉為輔助工兵執行任務的船團國群義勇兵眼裡。
既不是穿透迷霧的陽光，也不是雷鳴。是藍白色代表高溫，集聚的線狀火焰。
令他們懷念又忿恨，在故鄉戰場看慣了的火焰。
以實瑪利不由得低聲呻吟。怎麼會在這種內陸戰場——怎麼會？
「喂，跟我開玩笑的吧……」
那個火焰是……

聽到那個報告，就連北方第二方面軍參謀長也不禁臉色大變。
「萬福瑪莉亞聯隊餘黨以及主謀諾艾兒・羅西、寧荷・雷加夫雙雙逃亡——報告指出，前去鎮壓的聖母青鳥聯隊第二機甲中隊已全數潰敗。」
雖說只是一個中隊，聖母青鳥聯隊的精兵不可能讓區區農奴溜走，還搞到部隊全員敗亡；然而這並非參謀長臉色鐵青的原因。作為大貴族成員之一自幼就被訓練控制情緒的她，不會因為這點小事就失去笑容。

連這樣的她都感到驚恐的是……

「原因是出現在塔塔梓瓦新河道的——原生海獸的攻擊。」

第三章　實現我的願望吧，萬福瑪莉亞

昔日流經洛纖尼亞河以南、多達數十條的河川，全由塔塔梓瓦新河道一手接收。河寬最大達三百公尺，龐大的水量滾滾不絕。

要讓「那個」生物游過雖然略嫌狹窄，但也確實容納得下。

劃過從東西兩岸森林飄落的無數紅葉，與它們帶來的細微漣漪奢華交織成的綾錦水面，「牠」抬起頭來。

脖子很長，頭部尖銳如龍，衝天長角猶如王冠。正是支配北方碧海的海洋之王，原生海獸。

牠絲毫不把亂糟糟群聚岸邊的人類放在心上，環顧兩岸。悠然轉動的巨龍般的頭部，有著孔雀綠色的三顆眼球。

追逐萬福瑪莉亞聯隊而來的機甲中隊目睹王者的意外降臨，也當場呆住。

全長約莫七十公尺，以這種原生海獸的成體而論還算嬌小。但對於渺小人類來說實在太過巨大，威嚴儀態讓所有人陷入絕望與恐慌。

被逼入絕境嚇得瑟縮的萬福瑪莉亞聯隊餘黨，也在太過一切的絕望之下渾身僵直。

將可恥的叛逃者逼入困境，用經過訓練的意志力克制住義憤與殺意等待掃射命令的機甲中隊，此刻內心又爆發非比尋常的恐慌意識，造成其中幾人再也控制不住自己。
扳機扣下，重機槍敲出一連串斷音。
能把脆弱人類撕成兩半的強力槍彈刺進原生海獸的透明鱗片，然後被底下的鱗甲彈開得一乾二淨——對於能跟配備了四〇「公分」深水炸彈投放砲的征海艦或遠制艦正面交鋒的大海王者來說，一二．七毫米彈不過是玩具槍罷了。
傳達到的，只有加害之心。
原生海獸的三顆眼球朝向機甲中隊，血盆大口赫然張開。
霎時間，橫掃而過的藍白「線狀火焰」把「破壞之杖」全數引燃。
砲塔、車身，還有以約束型陶瓷與重金屬構成的複合裝甲，沒有一個例外地被熱射線掃過。砲塔內的砲彈被引爆燃起的業火，在慢了一拍後接連著追逐斬擊軌跡。
一個機甲中隊十六架機體——毀於僅僅一擊之下。
原生海獸不帶感情地俯視起火燃燒的鋼鐵坐騎殘骸半晌。確定沒有任何人還在活動後，才發出巨大水聲再次沉入塔塔梓瓦新河道的錦緞水面。
只留下縮起身子互相依偎的萬福瑪莉亞聯隊餘黨。
過了很長一段時間，他們才慢慢地呼出憋住已久的氣息。
「牠救了……我們……？」
諾艾兒呆怔地喃喃自語。這句話讓領民們一陣鼓噪，議論紛紛。

「我們被牠救了……？」

「那頭怪物……保護了我們？」

怎麼想都是這樣。

那麼大一頭恐怖的怪物，正好選在他們被逼入絕境的瞬間現身。而且只懲罰了聯邦軍的所有追兵，就像要保護、拯救諾艾兒他們似的。

「牠救了我們。因為我們沒有做錯事，因為我們是對的。所以，牠保護了我們……！」

只有梅勒像是遭受到雷擊，注視著原生海獸離去的水面。宛如得到天啟，碧海暴龍的威容對青年內心帶來了衝擊。

那個恐怖、異質、過於強大的生物……

那樣的東西，竟然降臨了——來幫助小姐了。

既然如此，那頭怪物就不只是現身相救。

那頭龍——是作為小姐揮動的寶劍與鐵鎚，派遣至人間的神意，也是神威。

†

「——出現的原生海獸，從畫面的特徵來看屬於熱線種(Phisara)。是從砲光種(Muscula)衍生的小型亞種。」

要針對「那東西」解說，當然要請到征海氏族的族長以實瑪利。

場地是北方第二方面軍聯合司令部的大會議室。以實瑪利神色自若，面對在座的將官們。作為艦隊司令之「子」自幼就學會對抗原生海獸與無情大海的他，不覺得曾為帝國貴族的這群將官值得畏懼。

「船團國群的沿岸，每年都會有流冰從北方碧海漂來。偶爾會有原生海獸的幼體——特別是小型的破甲種(Monocera)與中型的音探種幼體，乘著流冰誤入沿岸。為了找回牠們，原生海獸的海中艦隊會闖進平時絕不涉足的船團國群(我國)領海。牠之所以大老遠跑來聯邦的戰線，我看是經由均諾里軍港沿希阿諾河溯流而來的吧。」

在烏米沙姆盆地北部由西向東流過的希阿諾河，會和緩地往北方蜿蜒，通往帝國唯一的北方軍港均諾里。軍港周邊與船團國群的領海相接，因此原生海獸是有可能進入均諾里港，沿著希阿諾河溯洄而上。

「只是，那些傢伙也有領土概念，所以在人類領海內只要我方不出手，牠們也不會動武。牠們找到了幼體就會回去，我們頂多從遠處監視就是了。」

「哦。」一名校官探身向前。

「既然是來找幼體的……那豈不是有利用價值嗎？可以捉住幼體，讓成體襲擊『軍團』。或者是飼養幼體，訓練牠聽從指示怎麼樣？」

以實瑪利沉默了片刻。

「……你不覺得如果有辦法，我們早就做了嗎？」

在長達十一年的「軍團」戰爭期間，或者是更早就著手了。

「大可以拿來對付你們帝國，或聯合王國啊……就是因為不管試幾遍都不成功，船團國群才會臣服於帝國與聯合王國幾百年好嗎？」

這次換校官沉默了。

「……這倒也是。」

「對吧。再說，就算是幼體也是原生海獸。就連最小隻的破甲種幼體，體型與力氣都大過人類了。而且明明只是幼體還長了能把鐵板切成兩半的有機刀鋸。更別說砲光種的幼體，那已經沒人應付得來了，一靠近就會變成焦炭……真要說的話——」

以實瑪利諷刺地哼笑一聲。他們征海氏族沒能辦到，但在聯合王國的天險龍骸山脈，以及盟約同盟的靈峰伍爾斯特山，那種生物如今僅剩名稱留存於世。

「陸上的原生龍種，不是早被你們滅了？雖說現在雷達與航空器都無法發揮全副功能，但牠們在無法施展本領的環境下也沒那麼厲害啦。」

沒厲害到能正面對抗稱霸陸戰的「軍團」們。

在塔塔梓瓦新河道近旁等著挺進作戰開始的機動打擊群也分享到了同一項情報。

在指揮官之間定期舉辦，以避免聯邦、聯合王國與盟約同盟等各國士兵發生爭執或摩擦的會議上，代理維克出席的柴夏說：

「那麼或許不用特地獵捕，原生海獸與『軍團』就會自己打起來了——『軍團』不會區分人類與獸類。而熱線種若是遭到『軍團』攻擊，想必也會反擊吧。」

熱線種的熱射線能燒熾「破壞之杖」，當然也能熔斷戰車型。至於原生海獸的鱗甲，再硬也不至於能抵禦戰車砲可打穿六十公分厚鐵板的直接射擊。

「嗯？」奧利維亞皺起眉頭。

「我看很難說吧……『軍團』會把熱線種視為敵性存在嗎？沒錯，它們只要是一定以上大小的恆溫動物，的確都不分人類獸類格殺勿論，但是——全長達五十公尺的原生海獸，恐怕不一定在這個範疇內吧。」

「軍團」純粹是作為兵器誕生的殺戮性存在。必須殲滅的基本對象是敵兵，也就是人類。本來並沒有必要連獸類也殺死。之所以遇到獸類照殺不誤，是因為不知變通的自動機械在辨識精度上故意設定得較寬鬆，在無法判斷對方是人是獸時會先殺了再說。

如果是這樣，那麼體溫與大小都明顯異於人類的獸類，想必不會列入攻擊的對象。

「就我所知，『軍團』打死的獸類都是狼或野山羊，沒聽說它們殺過貓或兔子。那麼反過來推論，它們恐怕也不會攻擊太過巨大的生物吧。」

「先等一下。」葛蕾蒂開啟同步裝置，三言兩語之後關閉了同步。

「……諾贊上尉問過了幾個人，說是上尉他自己與其他人只看過狼、羊或是豬被殺，但馬或牛等大型家畜就沒看過了。」

在共和國第八十六區的戰場，如同城市與物資等等，戰場周邊也留下了一些被遺棄的家畜動物。當然，八六也看過「軍團」對這些被遺棄的動物做出的反應。

「可是……實際上在船團國群，不是就發生過戰鬥……」

講到一半，柴夏才想到原因。

「……不對。聽說在摩天貝樓據點是原生海獸先發制人，而且原生海獸也沒跟電磁加速砲型（Morpho）或電磁砲艦型（Noctiluca）交戰。也就是說……」

葛蕾蒂點個頭替她道出結論。

雖然打從一開始就沒在期待那種好事，但還是……

「在陸地上只會自衛的原生海獸，以及可能不會攻擊巨大生物的『軍團』。雙方要是能自己打起來，機動打擊群的作戰就輕鬆多了，只可惜恐怕沒這種好事。」

†

讓斥候型與警戒管制型謹慎地查探北方第二方面軍的動靜後，指揮官機做出判斷。

『螢火蟲各機——據本機判斷，放射性散布炸彈的使用始自單一部隊的叛離與失序行為。』

所以不是北方第二方面軍的「計策」，而是逃兵小部隊所引發的一種「意外」。

叛軍部隊握有的核燃料，可以根據指揮官機「生前的知識」轉用於其他方面。它也斟酌過奪取運用的價值——結果唯一的發現是核武不用說，就連輻射彈也受到禁規限制製造與運用。叛軍部隊就在這一刻失去利用價值，對於具有高度輻射抗性的「軍團」們來說淪為威脅性極低的小部隊，不過是排除對象之一罷了。

只是叛軍部隊對於北方第二方面軍來說，仍然是具有一定威脅的存在。容易受到輻射危害的人類，無論如何都得耗費勞力搜索、鎮壓他們，並且回收核燃料。

結果叛軍部隊反而幫它們爭取到了安排「作戰」的時間。

『再次開始進攻。對北方第二方面軍施壓，並妨礙敵軍對輻射彈保有部隊的搜索活動，以及對支配區域的偵察行動——注意事項，發現機動打擊群進入北部第二戰線。』

叛軍部隊另外還替「軍團」帶來了一項恩惠。

根據「情報」指出，機動打擊群本來被認為在聯邦西部戰線從事生產據點的壓制作戰，叛軍卻迫使他們將該部隊用於北部第二戰線的機動防禦，因而暴露了行蹤。他們為了從事挺進作戰暗中加入北方第二方面軍，卻為此不得不在作戰開始前敗露行蹤，提早揭穿了聯邦的欺敵行動。

機動打擊群的迎擊準備，本來有無貌者指揮的集團正在進行——所幸迫使聯邦進行挺進作戰，設下陷阱的北部第二戰線這裡也有辦法做出相同對應。

『幼鮭一號麾下部隊維持休眠狀態——嘗試擄獲機動打擊群，以及優先目標「火眼」。』

†

雖然追兵機甲中隊全軍覆沒了，但也回不了位置已經敗露的倉庫群據點。萬福瑪莉亞聯隊的倖存者躲避搜捕眼線在森林裡前進，來到一處還留有幾間石屋的村落遺址——村莊的名稱「斯尼涅希」僅剩少許字跡留在飽經風雨的路標上。

諾艾兒在大型建築物中唯一還保有屋頂的集會所和隊員們一起歇腳，到現在仍難以抑制內心的亢奮。儘管把諾艾兒的領民與寧荷的部下加起來，倖存者只剩下相當於一個中隊的人數；核武也只剩下本隊持有的部分……

原生海獸打倒了追兵，救了我們，認可了我們的正當性。

我不用覺得我做錯了什麼，不用覺得我是錯的，不用去承認那種令人難以接受的可怖念頭。

開卡車把核武載去村子外圍倉庫藏好的梅勒他們，現在回來了。梅勒直接帶著同樣亢奮不已的表情走過來，驚得諾艾兒心裡一陣悸動。

與聯邦軍追兵戰鬥過後一路逃到這裡，一整天下來渾身泥巴與汗水，還沒洗過澡的身上髒汙當然也令她介意，但更重要的是——在那個她已有受死決心的時刻，對著眼前這個挺身保護自己的男生，她藏在心裡已久卻險些脫口告白的情意……

沒有……被他聽出來吧？

諾艾兒是貴族之女，與領民梅勒門不當戶不對。

所以絕不能告訴他——這份淡淡的初戀，必須一輩子藏在心裡。

「梅勒，那個……」

「小姐真厲害。」

梅勒渾然不覺，用力握住諾艾兒忸忸怩怩地合握的雙手。

「祂救了我們。因為小姐是對的，所以老天爺救了我們！」

眼神裡帶著純粹的信賴與崇拜。被那雙甚至是熱情澎湃的藍眼睛如此直率地，在如此貼近的距離內盯住，諾艾兒把剛才的狼狽忘得一乾二淨，幸福得像飛上了天。

「——是呀！」

梅勒認同我，相信我。我好高興，好高興，好高興。

諾艾兒最想回應的就是這份信賴，所以……

「作戰要繼續進行。核武也是，下次一定會——……」

興奮激動的凱西插嘴了：

「對啊，那頭原生海獸是站在我們這邊的！——繼續讓原生海獸幫我們幹掉『軍團』吧！」

「咦？」

意想不到的一句話讓諾艾兒一下子愣住了。

可是我想繼續製作核武……用曾讓故鄉城鎮與我最重視的你們度過幸福人生的核能火焰……

因為既然原生海獸已經證明我是對的，那就用一定能成功的核武……

然而梅勒堅定地點頭。

「是啊，小姐已經是天選之人了。『軍團』讓原生海獸去幫我們打倒就好。」

「再說，龍神比水桶好看多了。而且還會自動去對付敵人，多省事啊。」

莉蕾贊同地不住點頭，身旁的米爾哈整張臉都皺了起來。

「說起來，待在核武旁邊，嘴裡會有股金屬味吧？又沒吃到什麼，感覺很毛耶。」

「咦，真的嗎！好可怕！」

「沒事啦，有原生海獸就不用擔心那些了。對吧，小姐！」

悠諾一如往常地被嚇到，歐托也一如往常地無憂無慮笑著不當一回事。他對諾艾兒露出那種夏日晴空般海闊天空的笑容，害得起初還不知所措地看著大家七嘴八舌的諾艾兒也漸漸開始覺得好像他們才是對的。

對，或許的確是這樣。

或許原生海獸……那種像神一樣拯救了他們的生物，或許是真的比較好。
梅勒重複一遍，帶著他那種被熱情沖昏頭般充滿信賴與崇敬的眼神。
「就是啊，怎麼說小姐也是天選之人，那頭原生海獸就是小姐的寶劍。」
天選之人。對，我——果然是對的。
所以我可以拿出自信。不用有任何懷疑、任何憂慮，不用胡思亂想。
諾艾兒很想這樣說服自己，但就是無法抹除不安。她還是比較想用熟悉的核武。毋寧說……
因為除了救過他們，她對原生海獸沒有半點了解。
這樣真的有辦法——請牠伸出援手嗎？

†

白痴的脫序行為讓作戰被迫延期，然後又徹底了解到聯邦陷入的困境……髒彈汙染加上丟失交戰區域一隅的支配權……最後還落井下石，又是原生海獸出現，又是萬福瑪莉亞聯隊逃亡。
辛終於也受不了了。
在兵舍分割出來的共用辦公室裡，辛癱軟地靠著扁掉的沙發椅背，就這樣仰望著天花板不再動彈時，萊登對他說：
「好吧，只能說已經算努力過了。」

「……我受夠了。」

「我也無言了，你要喝咖啡嗎？我可以去幫你泡。」

聽辛孩子氣地發牢騷，萊登苦笑著問道。辛繼續陷進沙發裡，有氣無力地接著說：

「好想蕾娜……」

「是喔……」

已經心力交瘁到願望都直接說給人聽了。這個病得不輕。

安琪苦笑著說：

「辛嚴重缺乏蕾娜成分呢。」

「蕾娜不在又一直發生蠢事，當然會急需充電……別硬撐啦，今天一天你也耍耍廢吧。」

大概是不想損害部隊的士氣、不想害蕾娜擔心或是想在蕾娜面前耍帥，至今辛無論狀況往多智障的方向發展都還會故作鎮定，但事情總有個極限。坦白講就連萊登也已經被煩夠了。

可蕾娜微微歪了頭。

「既然這樣，直接跟蕾娜連上知覺同步就好啦。只要講到話應該就會有精神了吧？」

「喂，可蕾娜妳別再說了。」

「可蕾娜，妳這麼說該不會是藉機報復吧？」

「咦？」

萊登瞇著眼說：

「這傢伙就是不想在蕾娜面前遜掉才會拚命故作鎮定死撐到現在，妳好歹也顧慮一下他的面子問題跟少男心嘛。」

「……如果真心為我的尊嚴著想，可以不要當著我面前解釋這些嗎……」

「辛，你整個人都已經癱在這種公共空間才來說這些，已經太遲了喲。」

可蕾娜像是了然於胸地點了點頭。

「原來是這樣啊～～那我聯絡她喔！」

「啥？」

「等等可蕾娜不可以！」

辛驚愕地一躍而起，安琪大驚失色。

可蕾娜不理他們，逕自啟動了同步裝置。

其實是不可以這麼做的，況且蕾娜也不見得有配戴同步裝置。

「——啊，蕾娜。」

看來她碰巧戴著，連上了。銀鈴般的嗓音愣愣地回應，從後方遠處傳來一起去了療養院的狄比的叫聲。

『可蕾娜？怎麼了？』

「嗯，是這樣的，辛現在啊，陷入嚴重的蕾娜不足狀態耶。」

『咦！』

「喂，可蕾娜！」

可蕾娜照樣忽視萊登的喝止，裝模作樣地把同步裝置丟給辛。辛整個人僵住，但還是勉強接住了銀環。

「……可蕾娜，給我記住。」

「才不要呢～～我就要挾怨報復。」

報復。對，應該說是一點小小報復嗎？

她不過是覺得當著甩掉的女生面前，這個過分的大哥哥竟然敢不乾不脆地想其他女生的事，活該遭受這點小小惡作劇罷了。

反正被強制連上同步或是殘酷地對蕾娜本人洩密都是無可挽回的事了，辛乾脆一面戴上同步裝置一面走出辦公室，去了隔壁的起居室。

可蕾娜目送他離開，得意地挺起豐滿的胸脯。

「好歹也該顧慮一下我的心情吧。」

雖然自己已經選擇退出，但喜歡還是照樣喜歡的。

萊登一臉驚恐地說：

「可蕾娜，妳變得好凶悍啊。」

「我可不會永遠是個小妹妹喔～～」

「剛才的辛哥哥有點沒用，所以可蕾娜妹妹得凶悍一點才能取得平衡吧。」

「對吧！哥哥真是超沒用的～～！」

與起居室之間的簡易牆板跟剛才關上的門都薄得很，她應該清楚說這些話會被辛本人聽到。不如說根本就是故意講給他聽的——萊登如此心想，對辛產生了少許同情。而且總覺得今後會上演很多恐怖場面，真希望賽歐可以立刻回來。

安琪與可蕾娜笑成一團，笑聲如銀鈴般清澈響亮。

「說起來，還真有點懷念呢。就像在第八十六區的那段日子。」

「就是呀。蕾娜人在遠方只有聲音，而我們就像這樣閒坐著。」

不過——無意間，安琪的天青色雙眸柔和地追想起一段溫暖，卻又令人心痛的回憶。

那時選擇接受，甚至期盼早日來臨的命運，如今已然遠去。

那時並肩奮戰過的同袍，一直陪在身邊的人，已經不在了……

「跟那時候相比，我們變了好多……從來沒想過辛會像剛才那樣，毫不在乎地在我們面前直接累癱，還有可蕾娜也是。那時絕對想像不到，可蕾娜妳會去主動聯絡蕾娜。」

可蕾娜眨了幾下眼睛。

「……對耶，我以前的確不會這樣。」

然後，她微微一笑。

帶著懷舊之情，流露出些微後悔與哀切，但自豪地說：

「嗯，我可不會永遠只是個小妹妹。」

不會再受到幼時的舊傷所困——不會害怕往不可預測的未來邁出腳步。

可蕾娜亦然，安琪本身、萊登、辛，以及不在這裡的賽歐也是。

門把轉動，房門打開了。還以為是辛回來了，沒想到是芙蕾德利嘉。

「余在外頭都聽見聲音了，發生什麼事了嗎？」

安琪呵呵笑著回答她。

她並不是不想講，只是覺得那段不曾與芙蕾德利嘉共享的回憶，特別去解釋未免太不知趣。

「也沒什麼，就是關於可蕾娜的成長等等。」

「對啦，還有百年難得一見的懶洋洋的辛。」

聽到萊登開這種玩笑，平常應該會急著追問的她卻說：

「……辛耶果然也累了呢。」

看到芙蕾德利嘉一臉沉重地這樣低喃……

萊登呼出一口氣，開口問了。他收起笑容，目不轉睛地盯住小女孩的大眼睛。

「妳才是有事吧？看妳從上次作戰就一直有心事……妳怎麼了？」

芙蕾德利嘉渾身抖了一下。她想壓抑湧上心頭的情緒，卻實在承受不住，憋不住的眼淚終於從她細嫩的臉頰滑落。

儘管因為牆壁很薄……怕會被某某人聽見，所以想一吐為快的話語都不能直接明說……

「抱歉。上次作戰，余沒能和汝等一同前去，沒能和汝等並肩作戰。」

強迫萊登跟其他人，強迫那位獨眼將帥去犧牲自我。

她卻一個人逍遙自在。

萊登苦笑。

「……妳是在介意這種事啊？」

「哪能說是這種事？余分明是吉祥物……」

分明是這個帝國的女皇帝。

「卻總是讓人保護著。什麼都不能為你們做，什麼都沒做到。」

「……這樣啊。」

萊登沒說「妳錯了」。默默傾聽的安琪與可蕾娜也是。

因為他們都懂她的難受。

因為無能為力會讓人很難受。

「其實不用急也沒關係，但還是會著急，對吧？」

「……唔嗯。」

「可是，也不能因為這樣就勉強自己喔。」

「嗚……」

「別什麼都想往身上扛啦。本來就在當什麼勝利女神了……」

當什麼女皇帝。

當什麼阻止戰爭的關鍵。

「都已經背負這種重擔了，再承擔更多的話我們多沒面子啊。」

「……意思是……」

但芙蕾德利嘉哽咽了，抽噎著哭了起來。

「要余棄其他人於不顧嗎……」

「嗯？」萊登皺起眉頭，芙蕾德利嘉抽抽搭搭地吸鼻涕接著說：

「維克特那廝跟余說，既然無力保護，與其只管一半，不如直接棄之不顧來得好些。」

「那傢伙……」

「如果沒有力量，是不是就連想拯救的念頭也不該有呢……」

萊登一臉苦澀地抓抓頭……那個王子殿下，跟小孩講這種話也太過分了。

無力拯救又缺乏決心，卻還自以為是聖人高高在上地伸出援手……與其等到當不了夢想中的救世主再來擺出被害者嘴臉撒手不管，對，從一開始就置身事外是比較好沒錯。

「不是不可以想救人，他只是想跟妳說，妳沒必要連自己能力不及的範圍、自己不用負責的事情都怪在自己頭上。因為維克那傢伙……」

雖然那傢伙說那種話確實沒有那麼多值得欽佩的寓意。

「因為他就是個王子。什麼人都得救，救不到就得負責。這種沉重的負擔，只是因為他身為王子，所以承受得住，因為接受了身為王子的命運，所以有足夠的決心而已。我覺得他的意思，應該只是叫妳別往身上扛吧。」

「…………」

「我知道承認自己無能為力，心裡反而更累更難受，但絕對不可以硬撐。」

以免她因為不願承認自己無能為力，就把太過沉重、無法勝任的責任往身上攬。

芙蕾德利嘉總算點頭了。

「……嗯。」

「還有，如果他真的跟妳說了剛才那些話，妳可以去罵他講話太過分。不然我去幫妳說？」

「不、不用了啦！余又不是小娃娃了！」

芙蕾德利嘉猛搖她的小腦袋瓜。

她細細玩味萊登所言一會後，再次點了頭。

「所以他講話確實是過分了。既然如此，余會自己去反駁他。你這保護過度的大哥哥就不用多管閒事了。」

「哦？」

「只是，那個……」

萊登回以視線，她那雙深紅眼眸也抬起回望著他。

就像跟哥哥撒嬌的妹妹，屬於一種無意識地自然而然做出的舉動。

「余如果把毛蟲布偶放進那小子的靴子裡，這點小報復應該會被原諒吧？」

「…………」

只用布偶是出於芙蕾德利嘉的良心，還是考慮到季節問題，又或者只是不想碰真正的毛蟲？

「……只要那隻布偶被解剖時妳不會哭，就無所謂吧。」

兵舍模組內部的隔間簡易牆板很薄，所以去到辦公室隔壁的起居室的辛也聽得見芙蕾德利嘉與萊登的對話。

——你還是稍微多關心她一點吧。

看樣子已經沒那個必要了。

大概是想替辛加油打氣，蕾娜急著跟他分享在療養院發生的滑稽趣事。辛隨聲附和的同時，悄悄呼出一口氣。

†

「……那女生……」

尤德入院的郊外療養設施就像是軍人以外也能看病的國軍醫院，沒有限制人員進出。聽到安瑪莉從會客室大窗戶俯視附近居民當成公園散心的寬敞前院時低喃了這麼一句，「嗯？」尤德把視線轉向她。

安瑪莉注視著前院一隅，嚴肅地瞇起落栗色的眼睛。

「是上次帶小朋友來探病的女生。」

尤德也走過來看往同一個方向。經過修剪的許多樹木稀落地圍繞著前院。在這些葉片落盡的樹下，背後披散著亞麻色長髮的少女若有所思地佇立著。

「那女生說過自己也是八六。說是被同一個家庭領養，現在是姊姊了所以陪著一起來。」

「……她怎麼會來這裡？」

未從軍的八六已被軍方列為拘禁與重新檢查的對象。聽說有些人為了躲避而銷聲匿跡，那個少女應該也是其中之一……但如果是這樣，不能理解她為何要來到這間可能會被軍方發現的療養院。當然她跟尤德與安瑪莉也並不是知心好友。

安瑪莉忽然壓低聲音說：

「欸，尤德……聯邦軍真的有打算保護他們嗎？」

「…………嗯……」

坦白講，尤德覺得這話不可信。如果是大規模攻勢發生前還有可能，但看現在軍方的整體氛圍……

機動打擊群的成立目的，本來就有一部分是作為博取國民與外國同情的政治宣傳部隊。同時想必也有很多人只把他們看作優秀的獵犬——而如今就好比上次那個憲兵，有些人已經無意隱藏這種想法了。

現在的聯邦軍，正在漸漸變成無所顧忌、連表面上的人道主義都維持不住的組織。

「去關心一下好了……晚點再跟憲兵聯絡也不會怎樣。」

「不然我去好了？」

「不用……」

安瑪莉傷勢才剛好，對大隊長尤德來說是部下，而且是年紀比自己小的女生。

雖然這樣說安瑪莉一定會生氣，但她就是晚輩兼女生。

如果可以，尤德希望盡可能不讓她涉險。

「我去就好。」

賽歐到營站想隨便買個午餐吃，看到阿涅塔趴在那一堆廉價桌椅的其中一張桌子上。

營站有一塊區域是美食區，開了好幾家聯邦的速食連鎖分店。既然都看到她什麼也沒買就趴倒在桌上，便不能視若無睹，於是賽歐走過去問道：

「阿涅塔，妳怎麼了？餓得動不了嗎？」

對於這句玩笑話，阿涅塔沒有回應。
她繼續趴在桌上低聲說了：
「你可以叫我叛徒沒關係啊。」
「咦，為什麼？」
賽歐由衷感到不解地問。
阿涅塔把一邊臉頰貼在桌面上，用這種感覺很難講話的姿勢含含糊糊地說：
「共和國又一次背叛了你們，而我還是共和國的背叛者呢。」
「我從一開始就沒相信過共和國，所以沒什麼背不背叛的，再說如果共和國做出了背叛行為，那妳做的就不能說是背叛吧？那個該怎麼說？爆料？揭發？應該是揭發吧。」
總之就是那種好像很有公理正義的行為。他不知道阿涅塔所屬的共和國軍有什麼軍規，但總之從道義或倫理而論應該說得過去。
「……要說是揭發，也做得太慢了吧。」
對那些被當成竊聽器的孩子來說，慢了將近十年。
「我在想，我為什麼就不能更早發現……雖然我從軍參與知覺同步的研究還不到幾年，怎麼說也有參與軍方的知覺同步研究，可以調閱文件或舊紀錄什麼的，應該能夠察覺啊。」
說不定自己本來可以幫助他們，或是在事情變成這樣之前救到他們。
「……這樣啊。」

本來也許可以辦到，卻沒有做，沒有辦到。

她沒有幫上忙，所以……

「所以……欸，你能不能說我是叛徒？」

代替那些沒有權利責怪任何人的孩童。

然而賽歐皺起了臉孔。

「才不要。我已經學到了，不管是不是一時衝動，講那種過分的話以後都會後悔的。」

聽到他強硬的語氣，阿涅塔猜想他大概是有過什麼慘痛的經驗，但覺得問太多也不恰當就直接帶過了。

「說得也是，抱歉。」

「雖然我明白有些時候被罵反而能讓心裡好過啦。」

只是他覺得自己沒那立場責怪她，而且根本也不想講那種話，況且彼此的關係也沒深到可以這樣依賴對方。

不過他也不想擺出完全事不關己的態度就是了。

賽歐想了一下該怎麼辦，但想不到好方法，於是先試著說了：

「攤販的炸麵包，就是妳之前在醫院跟我推薦的那個，真的很好吃。裡面包了絞肉、洋蔥跟胡椒，還加了不知道是哪種調味料，吃起來特別香。」

「……是喔。」

「所以我想跟妳說，那邊那家咖啡連鎖店的巧克力堅果塔也很好吃喔。」

阿涅塔繼續趴著，從瀏海縫隙間僅有一隻白銀色眼睛往上看過來，這個無言的動作不知為何讓賽歐有點退縮，但他勉強繼續說：

「妳要不要吃吃看？總之今天剩下的時間，就當作是享受美味堅果塔的時段。」

「…………」

「再來杯咖啡店的咖啡，加一大堆鮮奶油跟焦糖醬的那種。妳如果想要，我還可以幫妳在紙杯上畫小貓小狗的臉。」

阿涅塔總算露出一絲笑容。

「我跟了。」

少女對尤德自稱為千鳥・沖。

「現在文件上的名字是千鳥・穆勒。不過養父說不用勉強配合新家庭沒關係，准我繼續使用本名。」

少女的祖先似乎是聯合王國屬地的淡藤種。她有著亞麻色的長髮與色澤極淡的紫眼睛。

宛如人偶端正清純的外貌，穿起高雅的連身長裙很好看。頭髮用配合眼睛顏色的薄藤色細緞帶束起。

因此穿在腳上的耐用髒靴子看起來也就格外突兀。

還有晚秋時節氣溫較低，所以不會特別刺鼻，對長年在戰場起居的尤德來說更是習以為常，至少有幾天沒能整理儀容的少女特有的凝脂甜香也是。

千鳥本人可能還是會介意，一起坐在長椅上時隔開了一點距離。或者是同樣身為八六，跟繼續留在戰場戰鬥的尤德相比，沒這麼做的她感到有些自卑。

「我沒有從軍，而從軍的你們受傷了正在療養，我知道我來會給你們惹麻煩。可是……我有件事情，無論如何都想問清楚。」

「逼你們刺探聯邦軍內情的共和國人已經落網了。你們不用再探聽情報了。」

千鳥握緊了放在膝蓋上的雙手。

不像機動打擊群的任何一名少女，她那未經戰火洗禮的纖纖玉手，顯然並不常接觸槍把或操縱桿。

如果跟在八六當中屬於年長族群的尤德同年齡，是不可能會這樣的。

「嗯，我知道……我妹妹卡妮哈就是這樣被捕的。」

就是安瑪莉說見過的那個年幼的八六「竊聽器」少女。

「我覺得那樣反而比較好。卡妮哈只是跟我一起被穆勒家領養，跟我們並不一樣……而且，我早就知道那孩子被迫協助共和國了。」

「……不一樣？」

「我知道這樣會給你們惹麻煩。」

尤德疑惑而謹慎地追問，但千鳥搶著說道。玉手握緊連身裙的布料，紫眼堅持不肯看向他。

「可是，沒時間了——所以，我想你們有從軍的人一定知道，希望你們可以告訴我。」

尤德沉思片晌。

就算千鳥不是「竊聽器」，他也不能洩漏機動打擊群的情報。尤德現在是聯邦軍人，知道的很多事情都屬於機密情報。只是……

她說「不一樣」，又說了「我們」。

「要看妳想知道什麼。」

如果她——「她與她的同伴」是「竊聽器」以外的某種存在，而且聯邦軍對此並不知情。能問出來當然最好，而如果要問個清楚，就必須先好好談談。

「謝謝你……是這樣的——」

千鳥說了，帶著一種像是終於安心，卻又被逼得走投無路的眼神。

沒時間了。

那種眼神彷彿證明了這句話的真實性。

「是這樣的……」

西汀帶來了說是米亞羅納中校提供的核能解說動畫，大家立刻拿到兵舍的會客室播放。其他處理終端也好奇地聚集而來，畢竟是一個旅團規模的大半人員都想看，於是就重複播放讓大家輪流觀賞。

動畫本身內容設計得很用心，即使是沒上過幾天學校的八六也都很容易看懂，事實上也有助於大家了解目前想知道的基本知識，只是……

「隊長，不好意思，看了那個之後我反而更迷糊了。」

以滿滿醃黃瓜與用醃肉提味的番茄湯作為午餐主菜，瑞圖兩手端著餐盤來到餐桌說道。除了先鋒戰隊與芙蕾德利嘉，今天馬塞爾也跟他們同坐餐廳的一張長桌。

馬塞爾抽出剛放進嘴裡的叉子說：

「看了那個還不懂的部分問了也不會懂啦。就像我跟大家一樣都只是特軍軍官，老實講也是看了那個才勉強懂了一點。諾贊，你懂嗎？」

「要看是什麼內容……更詳細的問題，建議你直接去問米亞羅納中校。」

「啊，沒有，我不是這個意思。我想問的不是動畫的內容。」

瑞圖一臉複雜地說道。

「我們雖然有在念書，可是完全追不上進度對吧？然而就連我現在都知道核子武器是什麼，也知道那個沒那麼容易做出來。」

「……是啊。」

「那為什麼萬福瑪莉亞聯隊不懂這個道理？還有聽米亞羅納中校說，上次那場爆炸也是因為他們搞砸了。這樣應該就知道做不出來才對，為什麼還不來投降？」

說得有道理。

辛、萊登、可蕾娜、安琪、克勞德以及托爾無不面面相覷。

「的確，真要說的話連製作方法都沒確認過就已經很奇怪了。一般來說，誰會在挑戰新料理的時候不看食譜？」

「克勞德，你這是在等人家吐槽以為大概做得出來結果失敗的經驗嗎？」「少囉嗦。」

「會不會是手上沒有配方啊？……可是如果是這樣，去問米亞羅納中校或誰就好啦。」

「關於投降，我想應該是因為逃兵是重罪，就算投降也躲不掉死刑。」

「是沒錯，可是辛，如果是這樣，不是更該先學習如何製作核武嗎？因為失敗的話就要被判死刑了。」

少年兵們左思右想，就是想不出答案。

……八六(他們)有時候自己都不知道自己有多殘酷。

在稍遠處的餐桌，跟聯隊部下們一同用餐的柴夏露出一絲苦笑。

這個道理，八六當然不會懂了。

八六是一群具備王者……支配者資質之人。

是縱然無人跟隨也能做自己的人生主宰，堅強而抱持決心的人。

因為他們是孑然一身的王，所以不懂弱小羊群內心的脆弱。

因為沒有必要帶領羊群，所以也不覺得有必要去理解羊群。

甚至——對自己的殘酷毫無自覺。

雖說是大領主的後嗣與千金，本來想與這樣的人物會面可不容易。

米亞羅納中校與她的哥哥米亞羅納准將不願錯失這個機會，邀請羅亞．葛雷基亞聯合王國第五王子維克特．伊迪那洛克殿下一同用餐，很榮幸地得到對方應允出席。

看到渾身緊繃怯場的侍應軍官總算從頭到尾沒出錯地退到牆邊，米亞羅納中校才開口：

「我的領地臣民在您面前丟臉了。」

維克特殿下優雅地嗤笑。作為如今依然維持君主專制政體的聯合王國王族，對著經由革命「竟然」將君王趕下了王座的帝國臣民，擺出冷靜透徹的眼神。

「是啊，明明是臣民自己想要的自由……連自己都搞不清楚自己想要的是什麼，結果弄得這副德性。」

背負不了自由與平等這些悅耳動聽的——沉重的負擔。

殊不知只要別提什麼革命，這些重責大任都能照著他們那些弱小祖先的慣例，繼續交由領主去煩惱。

「是，實在是顏面無光……但是——」

米亞羅納中校點點頭，接著說下去。作為支配羊群……作為下令要求服從、剝奪民眾求知與選擇權的代價，他身為一名羊群之主，必須學習一切必備知識，事事當機立斷並負起全責。

對於自己不想學習、不想做決定也不想負責任的羊群來說，支配者同時也是庇護者，是只需要溫順服從的存在，是讓他們不用努力鑽研或背負重責做決定，保障安樂生活的存在。

米亞羅納中校作為昔日帝國支配者的血統繼承者之一，對著利用貪圖安逸的羊群繼續統治聯合王國的獨角獸王室成員說了：

「依我淺見，那些強迫不知道自己想要什麼的羊群去背負他們不懂所以負不起的重擔的人，恐怕也得承擔一部分的罪責。」

馬塞爾想了一想後說：

「啊——……這個嘛，我覺得我好像有點懂。」

他視線落在番茄湯的盤子裡，半陷入思考說：

「因為不用思考很輕鬆啊。反省什麼的麻煩死了。只要乖乖聽命就好，其他事情都不用管多輕鬆啊，這樣就算出了什麼差錯也不用做什麼反省。因為可以一句話說我只是聽命行事，然後就……全部怪在別人頭上。」

甚至就算不是被命令行事，照樣會怪在別人頭上。

馬塞爾苦澀地想。

例如那些不想為了保護不到而負起責任的傢伙、扛不下落在自己身上的不公不義的傢伙……

……我。

曾經一度扛不下，但決意擺脫那個自己的我，現在是否有變成我想成為的那種人？

就算不能向承受他人蠻橫無理的憎惡，逼得他選擇求生而不是死亡，還對我說他不介意的那傢伙看齊，至少希望我能扛下自己這份痛苦與恐懼。

「所以……該怎麼說啊……」

辛似乎看出了馬塞爾的後悔，但體貼地沒說什麼。

現在馬塞爾也知道辛其實也有他的後悔、迷惘、脆弱或過錯，所以不會覺得自己很可悲。

辛只是拚命隱藏罷了。

只是連表現出來，告訴別人他很痛苦，向別人求救都辦不到罷了。

馬塞爾如今已經懂了，所以……

瑞圖稍作思考，用自己的方式理解後，點點頭說：

「呃，所以萬福瑪莉亞聯隊也是這樣嗎？指揮官——記得好像叫羅西少尉？其他人都只是跟著她，自己不思考也不學習，就算失敗了也不記取教訓，不覺得這有哪裡不對。也就是說他們隊上都是那種人？」

「大概吧。只是這樣又有一個問題，就是那個羅西少尉既然在發號施令，怎麼都不會思考或學習一下？」

芙蕾德利嘉皺起眉頭，發出了呻吟。

神情顯得非常不愉快。

「也有可能是——那個叫諾艾兒．羅西的人，也是屬於不思考不學習的人種。」

「咦？」「啥？」

「余怎麼想都覺得是如此。犯錯不會停步反省，甚至根本沒發現自己知識不足。行為舉止像個君主，卻不具有必備的才能，就好像壓根兒不覺得——沒有才能就不能領導群眾。」

不學習，不思考。

像個帝王那樣發號施令，卻不具備——作為君王背負一切的資質與決心。

「啊！——小姐，我想到了！」

如今人數只剩下不到一個步兵中隊兩百人的萬福瑪莉亞聯隊，無論是吃飯還是開會，除了站崗以外都是全員集合。

所以在當成宿舍的集會所，諾艾兒用塑膠湯匙勉強保持高雅格調喝裝在罐頭裡的湯時，歐托才能夠突然站起來就走到她身邊。

「小姐，我想到好點子了！小時候我阿嬤跟我講過一個故事，這也是她阿嬤跟她說的！——我阿嬤說原生海獸的小孩沿著洛鐵尼亞河游上來的話，牠的爸爸媽媽也會跟著從海裡游上來！」

沒頭沒腦地說什麼原生海獸小孩的故事弄得諾艾兒很困惑，而且區區領民跑來打擾鄉紳用餐的無禮行為也讓同席的寧荷・雷加夫皺起眉頭，但歐托太興奮而沒注意到。

「就是來找小孩啦！所以只要幫牠的忙，牠就會心懷感激再幫一次忙啦！」

「呃……」

歐托大概以為自己解釋得很清楚，但他不明白別人不懂所以省略太多部分，諾艾兒一時間沒弄懂他的意思。也就是說，那隻原生海獸在找小孩，諾艾兒跟大家要幫忙，要救的是原生海獸，不對，是牠的小孩。然後原生海獸的爸爸媽媽就會感激地提供幫助，幫助的對象是他們對吧？也就是說……

好不容易快整理出結論了，歐托又心急地挺身向前說：

「我是說——！只要找到小孩，原生海獸就會幫我們打倒『軍團』了啦！」

「咦？」

天馬行空的理論讓諾艾兒當場嚇傻，但周圍其他領民一聽都躁動起來。

「真有你的，歐托！」「真虧你記得這件事！」

「嘿嘿——！這我知道得可多了！」

「原生海獸的小孩對吧！——小姐！那就立刻去找那隻小鯨魚吧！」

「雖然現在人手有點少……既然是沿著河流游上來，那一定還在水裡。分頭找找很快就會找到了！」

「什、什麼？可是，那個……」

看到領民們只差沒一擁而上逼她答應，諾艾兒支吾其詞。

可是……

就算原生海獸的小孩在水裡或水源附近，必須搜尋的河流僅限流入海洋的希阿諾河、與希阿諾河相連的塔塔梓瓦新河道與卡杜南河道好了——

這兩條河道南北跨越足足六十公里，其中部分地帶還在「軍團」支配區域內。希阿諾河更是整條流域全部屬於「軍團」支配區域。

範圍這麼大，要怎麼找？

可是眼前這種不是始於自己的狂熱氣氛，讓諾艾兒不知道能怎麼去安撫。

她不想讓領民們滿懷期待與希望的表情變得陰沉，又怕現在才說「我辦不到」會讓跟隨她走到這一步的大家對她失望，這話她實在說不出口。

諾艾兒倉皇地環望眾人，看到從稍遠位置旁觀凱西他們狂熱喧鬧的梅勒對她微笑。

「……小姐，妳別擔心。什麼事情都難不倒小姐的。」

這一句話，堅定了她的決心。

梅勒，還有領民們，都對我寄予如此大的期待了。

我……身為貴族理當引導他們的我，怎麼能夠不相信他們？

她威風凜凜地站了起來，帶著洋溢自信的神情，毅然決然地挺起胸膛。

「嗯，當然了！一起來找牠吧——這次一定要成功解救北部戰線！」

「沒錯，這次一定要解救北部戰線！由我們來救！」

「把那些『軍團』還有妨礙過我們的聯邦軍全部燒死！替同伴報仇！」

聽到敬愛的小姐做出的宣言，集會所陷入一片狂歡。就好像已經找到了原生海獸的幼體似的，甚至有人急著打開軍用口糧（Combat ration）的小酒瓶開懷暢飲。

「就是說啊，因為我們是對的，原生海獸幫助了我們；聯邦軍遭到了天譴，所以他們是錯的，既然是錯的，一定要打倒他們才行！」

「明明錯的是他們還敢瞧不起我們，一定要讓他們受到教訓。囉哩叭唆的軍曹、死腦筋的大隊長還有廢物大貴族老爺小姐統統都去死啦。」

「說得對。」

對於歐托與莉蕾氣勢洶洶的言論，凱西也高興地點頭。事實上他的確覺得大快人心。不但得到了能把「軍團」打跑的方法，還能讓那些虧待自己的聯邦軍人受到應得的報應。

至今遭受不合理的蔑視，沒得到應有的尊重的自己，總算可以贏得該有的地位——坐上英雄的寶座了。

「不，這都還只是小意思。要是進展得順利，我們搞不好還能一口氣拯救聯邦與整個大陸哩。怎麼說我們也是有老天爺當靠山嘛。」

這樣一來，我就是……

「我們可是萬中選一的救國英雄，是救世主大爺。」

莉蕾與歐托睜大雙眼。

好像腦袋跟不上狀況，愣愣地你看我我看你。

「救世主？我們嗎？」

「超強的……」

逐漸理解伴隨著歡喜與興奮，在兩人的琥珀色與栗色雙眸中擴大渲染。

「好棒喔！救世主耶！好棒喔！」

「會給我們立銅像什麼的嗎！還要拍電影！」

「會啊。不管是大總統閣下還是羅亞·葛雷基亞聯合王國的國王，都會感謝我們啦。」會感激到跪下來痛哭流涕，全人類都會拜倒在他的腳邊。

這個白日夢，比手上酒瓶的酒精更能讓凱西陶醉其中。

「真的有那麼好嗎……我不太懂什麼原生海獸，總覺得好可怕喔。」

在餐廳角落，悠諾反而被同伴們的狂熱嚇得瑟縮起來。

「還有核武也是，我是不太懂，但好像也是很危險的東西。所以我覺得原生海獸也很可怕，不懂牠是什麼東西……」

這個膽小的小妹向來怕東怕西，但梅勒感覺被潑了冷水。米爾哈似乎也有同感，毫不隱藏火氣就直接開罵：

「是怎樣？悠諾妳想壞大家的好事嗎？」

悠諾一聽當場抖了一下，縮起身子。米爾哈露骨地擺出瞧不起她的臭臉。

「牠幫助過我們耶，誰敢去妨礙牠？還是說悠諾妳想壞大家的好事？就像那些『破壞之杖』一樣，想背叛我們然後遭天譴是吧？」

悠諾嚇得瞪大眼睛。

「才沒有！我不是叛徒！……就連我也知道聯邦是錯的，不能再繼續這樣下去。所以我不會妨礙大家的，我不是叛徒！」

「哼——……」

米爾哈壞心眼地用鼻子哼了一聲，但似乎是消氣了，就沒再繼續欺負甩動兩條髮辮猛搖頭的悠諾。

至於梅勒，悠諾說的話讓他靈光一閃。

……原來如此。

所以是這麼回事啊。

「……嗯，悠諾是對的。」

意想不到的一句話讓悠諾睜大雙眼，米爾哈轉頭看他。

「梅勒，什麼意思？」

「大家都怕自己不懂的東西……自從變成聯邦後，就冒出了一堆大家不懂的事情不是嗎？不知道事情怎麼會變成這樣，也不知道他們為什麼要對我們說那種話，淨是一些搞不懂的事。」

像是讓城鎮變得幸福美好的核能電廠，卻被他們說危險；城鎮變得貧窮；原本連個形影都沒有的「軍團」忽然冒出來；還有學習課程或教科書、自由或權利什麼的。

這些惡劣的現象，全部都……

「不懂就是會害怕，既然會讓人害怕，那就一定是錯的。聯邦一直以來，這十年以來，都做錯了。悠諾還有我們從十年前……早在十年前就發現這個錯誤了。」

其他傢伙這十年來，說不定直到現在都沒察覺的這項事實，只有自己跟大家聰明地察覺了。

「悠諾、米爾哈還有我們，只有我們一直都是對的。所以……」

悠諾的神色頓時變得明亮。米爾哈自豪地點了個頭。

梅勒對他們點頭回應，堅定地說了：

「所以，我們不管做什麼都會成功。」

「已經沒希望了，每一件事都是。」

寧荷跟諾艾兒是同一個行省謝姆諾的鄉紳，也是軍校同窗，彼此都有提前畢業的慘痛經驗。

只是，單純的諾艾兒似乎對「之所以提前畢業，是因為諸位優秀得不需要修滿規定的教育年限」這種軍方的藉口深信不疑。

兩名女軍官離開集會所，來到指定為指揮所的廢屋裡唯一一個房間面對面談話。同樣是煙晶種的巧克力色眼眸與頭髮，髮質卻大有不同，諾艾兒把柔順細軟的髮絲綁在兩邊盤起來，寧荷則是把質地偏硬的直髮綁成側馬尾。

「妳要怎麼找到原生海獸的小孩？真要問的話，原生海獸的小孩真的有來到這裡嗎？就算找到了，有辦法保護牠嗎？有辦法保護就能保證原生海獸會再幫助我們嗎？要怎麼叫牠去跟『軍團』戰鬥？——沒有一個問題有答案，瞎猜是當不了行動根據的。」

「對，可是……」

被寧荷指出她自己也隱約感覺到的瑕疵，諾艾兒用蚊子般的聲音反駁：

「核武沒有成功，所以總得找個替代方案啊。」

「早在核武跟妳說的不一樣的時候就該回頭了。至於原生海獸能不能作為替代方案，我再說一遍，我們都不確定，對吧？」

「…………」

「怎麼想都已經沒希望，走投無路了。」

這——或許就像寧荷說的這樣。可是……

萬一照她說的，承認辦不到，死心放棄……

「隨便找個人就是了，領民是為了領主而存在的。不管是逃亡罪還是叛國罪都讓那個領民去頂替就好。該是回頭的時候了，找個領民當代罪羔羊，就說我們只是被無辜捲入的。」

把逃亡的罪名、主導叛國的罪名——把諾艾兒的罪過轉嫁到某個領民身上。

這番話讓諾艾兒勃然大怒。

「——我不能那樣做！」

怎麼可以拿她應該守護的領民當成代罪羔羊，替自己犧牲？

更重要的是，她如果現在放棄就救不了大家了。一旦放棄就有可能害死所有人，所以不能就這樣輕言放棄。

任何有可能顛覆局面的機會，不管是多麼遙不可及的微小希望，她都得伸手抓住。

因為堅持下去就一定抓得住。

「只要原生海獸能打倒『軍團』，原生海獸能保護大家，我就不會放棄。我——必須由我，來拯救大家。」

寧荷悄悄嘆了一口氣。

†

辛倏地醒來，發現自己在他那間黑漆漆的兵舍寢室裡。

他一時沒能掌握狀況，躺在窄床上眨眨眼睛……不記得是什麼時候回來的……

「我睡著了？」

這是為了消除異能造成的負荷，發生的強制睡眠現象。

他掀開睡皺的毛毯坐起來，按住仍然昏昏沉沉的腦袋。雖然至今也有過不敵強烈睡魔而睡上大約半日的經驗，但這還是他頭一次連產生睏意或上床睡覺的記憶都沒有，一回神才發現已經睡了一覺。

他以為自己已經適應了「軍團」跟「牧羊犬」的悲嘆，不過看來靠近戰場還是會造成較大的負擔。

再加上以往遠離戰場的總部軍械庫基地，現在離前線僅有數十公里之遙。看來他以為自己有休息到，其實並未完全恢復體力。

睡同間寢室的萊登床上沒人，目前大概不是就寢時段。書桌上放著輕食、寶特瓶與字條，字條是萊登的筆跡。他似乎願意替辛代辦今天的雜務。辛大致把字條看過，打開寶特瓶喝一口。

邊做這些邊注意「軍團」的聲音，已經是根深蒂固的習慣。在第八十六區與聯邦戰場賴以保命、慣於戰鬥的意識，將掌握敵情的優先順序擺在第一位。

這時，他忽然發現到一件事。

「……嗯？」

在熟悉的機械亡靈們模糊不清的悲嘆與叫喚後方……

某種東西陌生的「啾咿——」叫聲，彷彿從遠方傳來。

與以前曾經聽過的——大海王者嗡嗡鳴叫的歌聲，有著同樣的音色。

「哎呀，上尉，身體好一點了嗎？」

他看時間離晚餐還有點早，於是帶著感謝的心情吃了輕食，換好衣服才一踏出房門就碰見了葛蕾蒂。

「好多了，不好意思。」

「不會。應該說，有哪裡不舒服的話別客氣，立刻報告就對了。不對部下造成多餘負擔也是旅團長的工作之一嘛。異能的控制訓練後來也沒時間做，對吧？」

伴隨著戰況的惡化，身為西方方面軍本部人員的約施卡與邁卡家其他親戚，都在各自的任職地點忙得不可開交。現在已經沒有多餘時間替辛做什麼事了。

忽然間，葛蕾蒂露出了促狹的表情。

「『蟬翼』似乎還有幾套備用，不知道可不可以用來替你減輕負擔。我去問問看王子殿下好了。」

「死都不要。」

「開玩笑的啦。況且殿下早就跟我說過，那個裝備對上尉的異能沒有幫助。」

『——首先要怎樣讓諾贊裝備「蟬翼」就是個問題……』

葛蕾蒂暗自心想：那當然得請光榮的聯合王國第五王子殿下成為尊貴的犧牲者了。

『況且諾贊承受的負擔其實不是異能本身，而是時時刻刻聽見「軍團」的聲音才對。收音機壞了關不掉，音量大得吵死人的時候還去加強收音機的收訊功能也沒意義吧。』

「……說是這樣。」

「根本已經問過了嗎……！」

辛驚駭地發出呻吟。唯有這一刻，葛蕾蒂裝模作樣的表情看了真教人害怕。

為了不讓她說出更多不必要的事情，辛急忙改變話題。

他本來就準備向葛蕾蒂報告此事，所以應該不算逃避。大概吧。

「先別說這個了，關於另一件事……我想應該是原生海獸的幼體吧，就『聲音聽起來』似乎比想像中距離更近。」

應該說，就在機動打擊群作戰區域的卡杜南河道附近。好死不死就在那裡。

幼體溯游而上的希阿諾河，以卡杜南河道與塔塔梓瓦新河道為源流。看來牠沿著希阿諾河溯洄到尾端後，就誤入了卡杜南河道。

聽了這番解釋，葛蕾蒂瞇著眼說：

「上尉……你怎麼好像不斷往奇怪的方向進化？先是『軍團』，現在竟然還能聽見原生海獸的聲音？」

「與其說是進化……我想應該是因為原生海獸也跟『軍團』『一樣』。」

都是被滅亡的事物拋下的亡靈大軍。

至於是被什麼拋下了，比「軍團」更異於人類性質的原生海獸絕不可能與人類溝通，所以無從得知就是了。

「好吧，這就先不管……我想你應該清楚，就算看到牠也不可以出手喔。更不可以想要撿回來，能不讓牠被戰火波及最好。」

辛回瞥了葛蕾蒂一眼。

「妳的意思是……」

葛蕾蒂恬淡地聳肩。她搽著上戰場時必備的口紅，雙腳穿著軍靴。

「萬福瑪莉亞聯隊終於有人投降了。狀況有進展了。」

「我是萬福瑪莉亞聯隊副長，寧荷·雷加夫少尉。就算是小兵也看過通告吧。」

搞不清楚身為叛逃者的分寸，投降的女軍官擺大架子抬高下巴放話。站崗的士兵們反而有點被她嚇到。當著他人的面叫人小兵還理直氣壯，顯現出身為支配階級的傲慢性情。

「帶我去見你們的指揮官，我會提供有關萬福瑪莉亞聯隊的情報——不過相對地，我有一個條件。」

「你說寧荷小姐逃走了？」

「……是。」

諾艾兒帶著與破窗外的夜空同樣陰暗的神色俯下頭，梅勒則是感到無法置信。寧荷小姐與諾艾兒小姐是軍校同窗，而且說過兩人是好朋友。

就算沒這層關係，怎麼會有人想背叛小姐？

「包括槍枝與軍服在內，她的隨身物品都不見了。而且她的部下沒有一個人知道她的下落，當然我也沒聽說。所以——只能說她的確是逃走了。」

諾艾兒咬緊日漸乾裂的嘴唇。

長達半個月的潛伏生活，讓頭髮、肌膚與指甲都缺乏保養，看得梅勒相當心疼。

「寧荷當然知道這個地點，用不了多久她就會受到囚禁與審問，說出這個地點了……我們也只能在被發現之前迅速行動了。」

巧克力色的雙眸……她特有的煙燻般透明眼瞳，在悲愴而莽撞的決心下蒙上陰霾。

「我們要利用——不對，是求助於原生海獸。如果能找出幼體，原生海獸應該也會前往那個地點。因為牠已經選上了我們……對，這一定是一種考驗。只要找到幼體，原生海獸就會拯救我們，北部第二戰線就會獲救……梅勒。」

說出這種連稱為樂觀預測都嫌愚蠢可笑，純屬痴心妄想的假定條件，諾艾兒挺身向前。即將讓將近兩百名部下為此搏命，卻做出如此不誠實的舉動。

然而諾艾兒剩下的唯一辦法，就是相信事情會如此發展。

然而梅勒都走到這一步了，卻還是對諾艾兒深信不疑。

「梅勒，我把偵察小隊交給你，請你一定要找到幼體。」

梅勒驚愕地睜大雙眼。

「我去找嗎？」

可是，我只是個屬地前農奴家的兒子，只是個身分低微的基層士兵。讓我去挑戰原生海獸的試煉，這麼艱鉅的任務我怎麼可能辦得到？

「為什麼不讓瑞克斯先生或琪露姆小姐——不然就讓凱西或莉蕾……」

「瑞克斯與琪露姆都沒回來；凱西必須負責搬運核武。我指揮的本隊太顯眼了，走得也慢……只有你能做這件事，我只能靠你了。」

諾艾兒用求助的眼神說道。巧克力色的雙眸彷彿不知所措，泫然欲泣。

梅勒再怎麼不敢，也只能堅定決心了。

對，我們身為領民就該服從小姐，聽從小姐的指示。我不是早就發過誓嗎？

「梅勒，求求你，跟我一起戰鬥——請你一定要幫我。」

「當然了，諾艾兒小姐。」

如同過去的某個時刻，當他們還小時，他曾經發誓，要和小姐並肩戰鬥。

「我一定會找到幼體……一定會成為小姐的力量。」

她供出了萬福瑪莉亞聯隊的潛伏地點，以及「核武」與人員的剩餘數量。然後是目前的行動計畫。聯隊已經放棄一度失敗的放射性散布炸彈，現在策劃利用熱線種毀滅「軍團」。

從寧荷口中問出的叛軍行動實在太過走一步算一步，北方第二方面軍的將官們傻眼到無言以對。雖說輻射彈與熱線種的利用計畫，都算是在可預測範圍內。

「審問內容已全數獲得證實。那就——開始行動吧。」

將官們點頭回應司令官的指令。領有此地的煙晶種的煙燻色透亮眼睛占了在場人員的大半。

「蠢蛋們的鎮壓與核燃料回收這下都有頭緒了。向機動打擊群下令，準備實施北方第二方面軍的原定作戰，藉由破壞水壩恢復河川的防禦功能。」

無意間，北方第二方面軍參謀長像是忽然想起般問了：

「寧荷．雷加夫開出的條件如何處理？」

講出來的是問句，但其實連確認都不算。所以司令官也冷淡地回應：

「噢……就如她所願吧。『那點小事』不難實現。」

早晨到來。

「——聖母青鳥聯隊將從現在開始，進行萬福瑪莉亞聯隊餘黨的鎮壓行動。」

聖母青鳥聯隊的隊員抬頭看著做簡報的米亞羅納中校，安靜不動的態度顯現出他們受過高度訓練。全像式顯示器的邊緣亮著藍甲瓢蟲的部隊章。

雖然與熱線種的意外遭遇造成一個中隊犧牲，但縱然是龍王也不過就是隻誤入戰場的海生蜥蜴，嚇不倒他們這些沙場老兵。更別說害得故鄉與同胞陷入危機的愚蠢農奴餘孽(雜群)。

「作戰區為交戰區域塔塔梓瓦新河道東岸的斯尼涅希地區。萬福瑪莉亞聯隊餘黨目前潛伏於此地的村落遺址，敵方剩餘兵力為步兵，人數不到兩百。就照之前的做法，由機甲單一兵力進行鎮壓。隨行的裝甲步兵大隊於包圍圈的最外圍封鎖附近地區。」

可靠的裝甲步兵戰友在這次作戰中不能帶在身邊。作戰區已經受到萬福瑪莉亞聯隊奪走的核燃料汙染，形成高輻射量的危險地帶。不能讓他們遭到輻射暴露。

背後有可愛瓢蟲部隊章的米亞羅納中校進行說明。在悠久的上古時代，一種寶石藍(群青色)飄洋過海來到此地。這種藍色由於其珍貴與美麗，被用作天堂與聖母的色彩。如同身纏純潔無瑕、受人敬畏的純粹之藍的天鳥(Ladybird)。

如同米亞羅納家所點燃的，照亮北方大地冬天與黑暗的藍焰。

如同受到愚昧行徑所玷汙，此刻仍繼續焚燒祖國大地的核能藍焰。

如果被玷汙了，就由我們親手拭去汙點吧。

「附帶一提，工兵以及機動打擊群將於同一時刻進行卡杜南河道壓制作戰。你們不可落後，更不可讓那群蠢蛋妨礙貴客。就把作戰區當成牢籠，關住他們吧。」

「第一、第二、第三機甲群的作戰區為錫哈諾山岳卡杜南河道一帶，從交戰區域到『軍團』支配區域的六十公里範圍。要在同行的工兵將防洪水壩全數爆破拆卸之前，排除附近區域的敵性勢力。」

讓全像式螢幕的戰區地圖顯示出卡杜南河道與二十二座水壩，辛回頭望向簡報室裡的全體隊員。破壞水壩將烏米沙姆盆地變成泥濘陷阱，讓洛畿尼亞線變回巨大河川以阻擋「軍團」進犯，就是機動打擊群本次的任務。

「除了工兵之外，另有裝甲步兵三個連隊，以及船團國群義勇兵組成的三個偵察大隊隨同各機甲群行動。另外據推測，卡杜南河道上出現了兩種原生海獸，分別為不明種幼體與熱線種。兩者於發現後僅能進行監視，盡量避免接觸。射擊、瞄準動作等會被視為攻擊的行動也必須避免。雖然在附近戰鬥應該不構成危險……」

講到這裡，辛略為皺眉。戰場向來迷霧重重，無論是多麼優秀的軍隊，都不可能排除所有不確定因素……

他回想起簡報會議前，向以實瑪利確認可能誘發原生海獸反擊的行動時以實瑪利跟現在的辛同樣皺眉補充的那句話，向眾人說道：

「對方是野獸，不能肯定會做出何種反應——以盡量避免接觸為最大原則。」

「掃蕩叛逃部隊餘黨，並由機動打擊群本隊進行水壩破壞任務——我們將以這兩者為誘餌，讓第四機甲群以及『阿爾科諾斯特』全機進入『軍團』支配區域。」

辛等三個機甲群從事水壩破壞工作的同時，翠雨與第四機甲群單獨承接另一任務，在本次作戰期間接受維克的指揮。正確來說是以第四機甲群與聯合王國軍派遣聯隊組成臨時機甲特遣隊（Task force），由維克兼任全隊指揮官。

投影於螢幕上的戰區地圖既不是戰線西端的錫哈諾山岳，也不是烏米沙姆盆地南邊的現行防衛線洛織尼亞線周邊地區，而是烏米沙姆盆地的「北方外圍」，由西至東流過「軍團」支配區域的大河中游流域一帶。

「作戰區為舊防衛線，希阿諾河南岸——戰力分散本是下策，但有時出奇招也並無不可。」

挺進作戰期間，由北方第二方面軍本隊綁住「軍團」並掩護挺進部隊，這套做法跟至今其他派遣地點的作戰並無不同。以實瑪利等船團國群義勇兵團也被指派了必須完成的任務。

內容是作為偵察部隊，隨同從事水壩破壞作戰的機動打擊群一起行動。亦即在視野受到重度遮蔽的深邃森林內部，擔任挺進部隊全體人員的「眼睛」。

由於必須走在隊伍前方當先遇敵，損耗率相對地高，而且不是精兵還勝任不了這個兵種。

「雖說我們也是拿這個當『賣點』，才能讓他們答應接納全國國民——但『帝國大王』使喚人也還真是沒在客氣啊。」

以實瑪利最後一個離開簡報室，在無人的兵舍走廊上唾罵。儘管是多年用舊了的組合屋，跟聯邦軍人用的兵舍沒有優劣之分，伙食與配給的裝備也是。

即使如此，這種待遇仍然隱約顯現出前帝國將軍們的冷血透徹，也突顯出失去了即使弱小但還算是個後盾的祖國，讓人民的立場與性命變得多麼卑微。

正在受訓的第二軍開始還另當別論，目前的船團國群義勇兵都是肉包鐵的步兵。裝甲強化外骨骼的適應訓練絕非短短一個月能完成，所以作為即時戰力加入聯邦軍的他們不得已只能拿血肉之軀相搏——如果還被指派為偵察隊，死傷自然會更慘重。

「——混帳！」

走廊上沒人，會介意的部下都不在這裡，所以一時忍不住，積在心裡的激動情緒就爆發了。他狠狠一拳捶在傷痕累累的組合屋薄牆上。

「呀……」

讓人氣上加氣的蠢笨嗡嗡聲響被小小的尖叫蓋過。以實瑪利急忙轉過頭來。

「啊，抱歉，小妹妹！嚇到妳了。」

機動打擊群的吉祥物小女孩把一雙大眼睛睜得更大，站在那裡。記得她好像叫作芙蕾德利嘉，曾經懷抱著小小身軀難以承受的決心，在征海艦盡忠職守。

她微微搖動一下頭，快步走了過來。深紅清澈的大眼睛謹慎地湊過來看他。

「……汝還好嗎？」

比年齡聰明有智慧的那雙眼眸總不可能是在關心拳頭有沒有受傷。以實瑪利苦笑著面對她。

「沒事……讓妳看笑話了。」

一把年紀的大人還缺乏自制力，讓孩子看到自己情緒化的一面。

「余不覺得汝有哪裡可笑。汝是了不起的指揮官，是艦長，也是大家引以為傲的兄長。」

「……謝啦。」

被她真摯而毫無賣弄地這樣斷定，以實瑪利反而覺得自己很窩囊。自己不是那種能讓她用直率眼神讚賞的人物。

壓抑在心裡的話語，終於忍不住脫口而出：

「既然臉都已經丟了，可以讓我訴一下苦嗎，小妹妹？」

「嗯。」

「真的很不好受啊，像這樣活著丟人現眼。要是救得到，我是真的很想救他們……但我沒能救到他們，要是有人能拿這事來怪我該有多好啊。」

他讓「海洋之星」自沉了。原生海獸的骨骼標本，終究也只能拋棄——讓征海船團的豐功偉業流傳後世的職責，如今只能讓以實瑪利一個人來扛。

以實瑪利是征海艦艦長，也是下一任艦隊司令，換言之就是艦隊船員與他們的家屬所構成的征海氏族的下一任族長。既是實戰經驗者，更是學過如何統率艦隊與氏族的政治家候補。作為船團國群難民與義勇兵的整合者，對聯邦來說是有價值的人才。聯邦軍藉由以實瑪利這個管道將他們命令義勇兵的責任轉嫁給他；至於以實瑪利對於聯邦的命令，則藉由陳述意見的形式獲得交涉的餘地。

為了世代傳述征海船團的記憶，也為了不讓別人命令同胞去送死，以實瑪利絕不能死。無論氏族、部下或同胞有哪個戰死，他都得活著讓人恥笑救不了所有人，背負罪名活下去。

芙蕾德利嘉猛搖頭。櫻花般的淡紅嘴唇不知為何抿得緊緊的。

「汝一點也不丟臉……原來也有這樣的戰鬥方式啊。」

「……托爾。」

轉頭一看，克勞德像是有話想說般歪扭著月光色雙眸站著。在師團基地第一機甲群第一大隊的機庫，克勞德的「潘達斯奈基」與托爾的「莫空龍」並排一處，正在為出擊做準備而人聲嘈雜的空間裡，兩人占據了一個空位。

「抱歉。都讓你忙我的事情，沒時間煩惱你自己的事。」

他指的是第二次大規模攻勢以來的這兩個月，以及共和國淪陷到現在的這一個月之間。

托爾想了想，搖搖頭。

「嗯——哎，沒關係啦。再說你本來就滿腦子都是老哥之類的事了。」

例如沒發現對方就是哥哥，以為自己就那樣讓他戰死了。或是因此對共和國的滅亡心生內疚，本來不用在乎卻還是變成了內心負擔。

真要說的話，這老哥也太不會挑時機現身了，克勞德會爆發也是情有可原。

想到這裡，托爾傻乎乎地笑著說：

「反正我也沒那麼多事要煩啦。以往也是，現在也是。」

不同於克勞德繼承了在第八十六區遭人排擠的白系種血統，氣哥哥與父親拋棄自己與母親，卻仍然割捨不掉藕斷絲連的思慕之情；金綠種的托爾一眼就看得出來是八六，父母與祖父被共和國所殺，所以可以盡情去怨恨共和國。

克勞德用他的月白眼瞳盯著這樣的托爾說了：

「既然你都能這麼說了——」

「嗯？」

「那怎麼會只是一直割捨，哪有只是一直拿水桶接漏雨？以前不是，現在也不是。」

並不是一直輸，不是從來沒贏過，不是被人拖著在同一處繞圈子。

托爾傻乎乎地笑了。

「別找話安慰我啦。」

克勞德火氣很大地低吼著說：

「誰安慰你了，白痴啊。」

梅勒暫時帶領的偵察小隊因為能動身的人太少，大幅低於規定人數，只有大約二十人。

「總覺得，好像很多人都生病了耶～～是冬天快到了，所以感冒了嗎？」

鳥兒入眠、夜行性動物也紛紛歸巢的黎明前的森林萬籟俱寂，走在旁邊的歐托的抱怨在耳邊久久不散。小姐都決定要行動了，萬福瑪莉亞聯隊卻一堆人拿感冒什麼的當理由不能動，梅勒覺得這些人有夠丟臉，竟敢不聽小姐的命令。

然而小隊的夥伴們卻口口聲聲說道：

「但我覺得很奇怪，他們真的是感冒了嗎？」

「沒有發燒，可是不知為何身上好多地方腫起來，還吐個不停耶。」

「我去蘇爾村拿核武時，有看到製造分隊的那幾個人，有夠詭異。頭髮掉一堆，全身也滿是不明瘀青，還有人吐血哩。」

梅勒火氣來了，阻止他們繼續說下去。

「你們很吵耶，認真找啦。一定在這附近靠河邊的地方就對了。」

「是沒錯啦，可是梅勒，河邊範圍也很大耶。」

明明是歐托自己說找到原生海獸就好，這會卻又噘著嘴脣。就像已經玩膩了的小孩一樣，用突擊步槍的槍口沙的一聲從腳邊翻起一堆落葉。

「人手不夠啦，地方這麼大怎麼找啊。等大家都好起來了再一起找明明就比較快。」

「就跟你說那是因為寧荷小姐……」

橫著一字站開的小隊，尾端的一人大聲叫起來：

「啊……你們看！是不是就是那個啊！」

在指出的方向——黎明前的暗青夜色裡，寒冷深邃森林一連串樹木的對面……

這個季節特有的朝霧不會瀰漫籠罩到錫哈諾山岳裡海拔比較高的這塊區域。隔著染上青藍夜色不停飄落的無數落葉，前方有個透明清澈到教人發毛，而且深不見底的湖泊。在那反照星辰幽光與夜空之藍，水面漣漪蕩漾的景象中……

有著身披纖細薄紗仰首泅泳，雪色玻璃工藝般的生物身影。

†

盤旋於上空兩萬公尺的警戒管制型，感應到藏在破曉前的冥漠與霧氣紗簾底下代表「破壞之杖」與裝甲步兵的無數熱源有了動作。

『蜻蜓一號呼叫螢火蟲——偵測到北方第二方面軍發起進擊行動。』

看那動作，似乎是準備越過北方第二方面軍據守的防禦地帶洛畿尼亞線。配合此一行動，作為護牆的奈西科丘陵地帶背後有無數火箭與榴彈砲彈升空。這是攻擊準備射擊，是在機甲部隊開始進擊前先粉碎敵軍的防衛設施與據守部隊，清空進擊路線，由砲兵宣告開戰的號砲。

同時鐵鴉的眼睛也看見了一支小部隊彷彿藏身於其中，進入錫哈諾山岳的森林。

『從偵察兵的移動路線研判，目標為錫哈諾山岳，人類軍稱呼為卡杜南河道附近區域。推測為挺進作戰開始之徵兆。蜻蜓一號呼叫螢火蟲——建議提前開始作戰。』

†

在夢幻紛落的青色葉影亂舞中，佇立於天球與水面之間燦藍夾縫的原生海獸幼體，美得神聖難犯。

梅勒不禁呆站原地。簡直就像童話故事裡的人魚公主，潔白如雪的剪影、含蓄披掛的薄紗與長長禮服。透明鱗片在星辰微光下閃耀，牠就像某種纖細的玻璃工藝，靜靜浮現於藍色水面。

「……好美。」

如此美麗的生物必然是善性、正確的存在。

如此優美的生物，無庸置疑地一定會幫助他跟大家，還有小姐。

他心馳神往地走近那生物，輕輕地朝微微偏頭仰視的人魚公主伸出手。

在薄紗般的外套膜底下——比梅勒以為的頭部低了許多的位置，忽然出現三顆眼球狠狠地瞪向他。

「——！」

那金屬光澤的虹膜與成串的菱形瞳孔，絕非人類或地表任何動物所有。被那完全異於他一切所知事物的視線盯住，梅勒當場毛骨悚然，無法動彈。

也許是那隻手停在不前不後的位置，反而更引起了牠的戒心。

音探種霍地張開嘴巴。與鱷魚或鯊魚相似的一排排參差亂齒，在嘴裡的陰暗處就像深海死魚令人毛骨悚然地露出一部分。

牠深吸一口秋日沁涼的拂曉空氣……

「嘰咿咿咿噫噫咿噫噫咿咿噫咿噫咿咿咿咿咿咿噫噫咿咿咿噫咿咿咿噫咿咿咿噫咿咿咿！」

棲息於碧海的食人人魚，對著眼前的哺乳類吼出了震耳欲聾的威嚇叫喚。

要是換成音探種成體，這聲咆哮帶來的氣泡脈衝連裝甲板都能折斷。聲嘶力竭的叫喚殷天動地，響徹黎明的錫哈諾山岳。

被陌生尖叫驚動的鳥兒從黎明的樹梢上振翅飛走。倒楣地待在附近樹上的松鼠們嚇得昏死過去，一隻隻從樹上落下。

而沿著卡杜南河道溯流而上，一路游到河川上游一座水壩擋住水流處的熱線種，也聽見了這陣咆哮。

熱線種揚起頭部，轉動長脖子定睛注視幼體咆哮傳來的方向。牠就此掌握到幼體所在的方向與大致位置，並判斷幼體正面臨讓牠發出咆哮的危機。

「————————————————!」

牠回以轟然咆哮，藉此警告尚未看見的外敵……

熱線種乘著徐緩的河流游回原路，去找牠四處尋覓的幼體。

走在挺進部隊前頭的偵察部隊迅速將捕捉到的兩種尖叫上報師團本部，而後分析的結果公布給本部指揮的各個聯隊。

「——!收到。」

如同基地以統一規格的避難所模組構成，聯邦軍的前線指揮所也是以專用拖車連結建構，以利於短時間的設置、撤離與移動。

另外為了挪用其運算能力，除了蕾娜以外的三名作戰指揮官的裝甲指揮車、維克與柴夏的指揮式樣「神駒」也加入其中。以旅團長葛蕾蒂為首的機動打擊群指揮官、幕僚與管制官，聚集在這四面盡是鋼鐵與蒼白光影的指揮所裡。

Illustration:I-I

在室內一隅展開側面控制台的管制拖車內，馬塞爾點點頭。他一邊用眼角餘光確認同樣的情報已經分享給指揮所長官們，一邊切換知覺同步。

從師團本部到這個指揮所的通訊網已經架構完成，情報一瞬間就能分享完畢。但是從指揮所到前方、前線的戰鬥部隊會受到阻電擾亂型的電磁干擾而無法享有這份恩惠，就必須這麼做。

「指揮所（世界樹總部）呼叫送葬者。已確認原生海獸幼體（Waltraute two）與熱線種（Waltraute one）的位置。幼體（Waltraute two）在卡拉奎那水壩以東一公里圈內——熱線種在卡拉奎那水壩上游的卡拉奎那河，水壩以外十二公里處。推測正為了帶回幼體，沿著卡拉奎那河向東前進。」

秋末的錫哈諾山岳，所有樹梢全染上了熊熊的火紅色，即使在黎明前的這片黑暗中依然格外明亮。

在這令人嘆為觀止的楓樹林裡，先鋒戰隊由「送葬者」帶頭直接自中間奔馳而過。從大樹下與葉背側面仰望的紅葉透射星光，彷彿模糊發亮，同色的落葉深陷在樹下雜草叢中。這附近的楓葉不僅是赤紅，甚至帶點紫色。讓人感覺不大真實的紅紫陰影與星辰之光沿路落下斑點花紋。在深邃森林中仰望上方卡杜南河道前進的這條進擊路線，已經許久不曾有人踏足。

同時進行另一作戰的聖母青鳥聯隊，在山腳下的森林帶與他們兵分二路後，前往另一條人工河川——塔塔梓瓦新河道的附近地點。辛一面慶幸沒對必須處理放射性物質的那邊造成影響，但也嚴峻地瞇起眼睛。

「熱線種到達水壩的推測時刻是？」

馬塞爾一瞬間噤口不語，然後才說：

『〇五三〇——與第一大隊預定到達的時刻幾乎重疊。』

†

『確定熱線種已開始移動——據推測將會與敵軍挺進部隊的前進路線產生交錯。賽姬十二號限制並引誘熱線種之行動，誘使其與挺進部隊發生交戰。』

音探種的尖叫與熱線種的移動，當然「軍團」也都有所掌握。指揮官機對麾下部隊的作戰指示進行細部修正，運用機械語言將修正部分傳達給戰場全域。

『賽姬十二號收到。問題發生，白蟻五號尚未撤退。』

派遣至作戰區的大型機未能撤退，仍然留在原地。

指揮官機稍作思考。該機種移動速度極端緩慢。如今北方第二方面軍提前開始作戰，要讓它完全後撤想必是不可能了。

『螢火蟲呼叫賽姬十二號。白蟻五號於卡拉奎那基準點待機，編入賽姬十二號之指揮系統，參與敵軍挺進部隊之迎擊行動。』

『收到。』

†

既不是野狼長嚎也不是鹿鳴鳥叫，更不可能會是連腳步聲都沒有的「軍團」在呼喊。

有生以來從未聽過的駭人咆哮嚇得年輕士兵跳了起來，然後勉強鎮定下來謹慎地從碉堡槍眼往外窺伺。迴盪四下的叫喚與咆哮，甚至壓過了附近水壩的泉湧洪流發出的轟轟水聲。

那究竟是什麼？是童話故事裡的巨龍落入人間嗎？還是燃燒的星星或上天青馬？

環顧碉堡周邊，所幸似乎沒有異狀——錯了。

在出水口瀑布的旁邊，他覺得不太對勁而把眼睛轉回來，看到鐵青色的群體沿著建造水壩時留下的隱微小路，溶化般消失在森林的景致裡。他像是被電到一樣，全身寒毛直豎。

——中隊長可沒提過，還有那種傢伙。

不管是誰，「一看到那個就會明白」。那是必須警戒的對象。不同於剛才那陣只是異常猛烈但似乎沒造成影響的咆哮，這是顯然威脅到這座碉堡與他們的敵人。

沒多久之前，好像有傳閱一份遇到類似敵人時的教戰手冊——想到這裡，他感到一陣心痛。

在屬地荒村學不到讀書寫字，中隊長為了到現在還是不太會閱讀較長文章的他跟其他同袍，淺顯易懂地解釋給他們聽。平常凶巴巴的軍曹還把手冊改寫成簡單的文章好讓他們可以隨時複習，但那位軍曹也已經不在了。

都在一個月前，星星燃燒著墜落的那天死了。

一回神才發現有個小孩走到他身邊探頭看他，士兵急忙擦掉差點掉下來的眼淚。自己都嚇一大跳了，這麼小的孩子一定更害怕。

「不用怕，剛才那隻大叫的怪獸不會過來這裡——跟大家到後面去躲起來吧。」

他必須照常做好戰鬥準備，還得跟大家確認，看看是否還記得如何應付剛才那架「軍團」。

不知不覺間，他握緊了這一個多月來從未放手的突擊步槍的槍把。

寧荷主張「這就是我的投降條件」，意外的是聖母青鳥聯隊立刻就答應讓她同行。

至於武裝，當然是連一把手槍也不准帶。寧荷坐在泥土與血腥的氣味揮之不去、滿載著裝甲步兵的步兵戰鬥車一隅喃喃自語。

「等我，諾艾兒——妳真正想要的東西，我一定會給妳。」

在卡杜南河道的起點，從上游阻擋洛織尼亞河的洛織尼亞水壩歸北方第二方面軍管轄，但壓制此地以北的其他水壩與河道周邊就是機動打擊群的任務了。

讓莎奇擔任大隊長代理的第四大隊與密茲達的第五大隊、瑞圖的第二大隊與克諾耶的第六大隊維持回程安全，移動路徑上的七座水壩則有滿陽指揮的第三大隊、羅康的第七大隊、大鐮戰隊以下的第一大隊所屬五個戰隊依序留下壓制。

辛與歸他指揮的部隊抵達第一機甲群的最後一個壓制目標——卡拉奎那水壩。人員包括先鋒戰隊、極光戰隊以及作為追加戰力的布里希嘉曼戰隊，總計三個戰隊。

「世界樹總部——第一大隊第一班已抵達卡拉奎那水壩。」

敵軍應該已經預測到本次作戰目標，但為了盡量躲避上空的警戒管制型眼線，部隊挑層層樹梢的厚實葉叢底下一路來到此處，辛讓「送葬者」與麾下部隊在葉叢的掩蔽下駐足。往更北方前進的梅霖的第二機甲群、迦南的第三機甲群與留下的他們就此告別，在紅葉森林中走向更遠處。

辛讓全機繼續停留於連綿的樹蔭下，窺伺樹梢前方的壓制目標——卡拉奎那水壩。

這座水壩用水泥壩體完全堵住流經兩座山之間的卡拉奎那河，阻擋了水流。弧形壩體比起乾涸的下游那端高出了數十公尺，但比起高度又顯得太過單薄，插在兩座山的斜面上嚴峻地填滿峽谷。

出水口似乎為了讓流向轉往盆地北方，所以挖在北側山脊上，不在他們這邊。五條平行的維修走道（貓道）架構在偌大建築物上，看起來活像是裝飾用的細鍊。

在這座幾乎是垂直聳立的水泥壩體對面，從包夾水壩的南北山坡各處……

——果然有。

「軍團」的無數悲嘆傳進耳裡。

既然是易於伏擊的森林戰場，想必也有一些敵機提防辛的異能而維持休眠狀態。萊登不悅地用鼻子哼一聲。

『要不是萬福瑪莉亞聯隊雞婆，戰鬥好歹還輕鬆一點。』

若是能按照當初計畫，在作戰開始前隱瞞機動打擊群的存在，大概就不會有這種專為對抗辛的異能而布下的埋伏陣勢了。不管怎樣都不能鬆懈，但是被「軍團」採取了對策也是事實。

「講這些也沒用——水壩對面的敵機要行動了，先確認機種。」

『水壩對面是湖泊對吧？這次的機種似乎滿大一隻的……』

影子落了下來。

幾乎是垂直聳立的拱壩壩頂，承受微光射下一道極淡、缺乏真實感的影子。在壩體的那一頭，那東西在截流形成的水壩湖中站起來，超出壩頂露出它的巨大身軀。

衝天的長頸、垂掛其上的鉤子、一對剪鉗與一對翅膀。

那是一架呈現「軍團」的鐵青色，但前所未見，宛如有翼巨獸骷髏的機體。它轟然發出聽不清楚的亡者臨死慘叫，在拱壩的那一頭站了起來。

第四章　瑪麗的小綿羊（Little lamb），與平常那些獵羊骷髏

療養院的附屬牧場養了幾隻訓練有素又愛親近人的大型犬，其中有一隻是蕾娜的最愛。

或者也許是那隻狗願意試著喜歡蕾娜。這天蕾娜在牧場的一個角落，悠閒地看著放養的小綿羊、小山羊跟小豬在一起嬉鬧時，牠一如往常頭也不回地跑過來找蕾娜鬧著玩，就像在說：「摸摸，摸摸！」

「看我的！」

「汪！」

看來以蕾娜的感覺來說有點粗魯地把狗毛亂揉一通，對這些狗狗來說力道反而恰到好處。蕾娜如牠所願把牠的一身黑毛搓得亂七八糟，狗狗開開心心地搖動毛茸茸的尾巴。而且還把頭往她身上猛鑽，被呵癢的蕾娜也笑得開懷。

蕾娜心想：好像跟辛有點像呢。除了烏黑毛色與漂亮的藍色領巾之外，外表與氣質乍看之下孤高自許，但其實既容易親近又溫柔，有一點點愛撒嬌的部分都很像他。

辛他們這時候是否正在戰鬥？

——請你們一定要平安。下次，我也會一起戰鬥。

就在她如此心想，神情堅毅地仰望北方天空時……

「呀！」

一隻小豬衝刺過來，給了蕾娜的膝蓋內側一記頭槌。

蕾娜摔倒了。

而摔得肚皮朝天的小豬驚慌地四腳亂蹬。蕾娜有用手撐住，但手肘撞得很痛站不起來，黑狗擔心在她身邊繞圈圈走來走去。

「上校閣下，妳還好嗎～～」某個部隊同樣正在療養的上尉悠哉地說。

†

就連機動打擊群當中戰鬥經歷排第一的辛，也沒看過頭頂上方的「軍團」這種機型。它有著斜向朝天的長頸，前端有鉤子。一雙手臂附有剪鉗，翅膀僅有骨架。

壩體對面是深水壩湖，雖說堆積了百年來的沙土，但它如果是站在湖底，那體型可真是大得嚇人。高過原本就需要抬頭仰望的壩頂，還伸出少說有三十公尺長的脖子——看起來像脖子的長臂。

它其實是用鋼筋組合成桁架結構，屹立不搖的一條長臂。扭合而成的粗鋼索吊起巨大金屬鉤，還有能連同這個粗估也有幾噸重的吊鉤吊起超大重物，發揮龐大馬力的無數液壓機械。

「起重機……不，恐怕沒這麼簡單。」

它有著一雙藉由多處關節達到高度活動性的多用途機臂，以及它們前端形如蟹鉗的拆卸用液壓鉗。宛若羽毛脫落、肌肉流失的病鳥雙翼般的後部副臂，看那造型一如翅膀與手臂骨骼，以關節連結底座(桅杆)與臂架(伸臂)的形狀——應該有辦法進行毆打程度的近身格鬥。

但同時它既沒有裝甲也沒有火砲，可見不是戰鬥兵種，而是工兵。這樣的機種出現在距離北方第二方面軍不遠的交戰區域水壩，就表示……

——看來，事情還真如維克所料。

「各位，今後稱呼敵機為重機工兵型(Aranea)。目前看起來不具有火砲類裝備，但在現在的位置我方也必須避免開火，盡量別讓壩體受損。」

本次作戰中機動打擊群必須達成的目標是破壞水壩，但破壞水壩是為了讓乾涸的河川恢復原貌，將戰場變回高沼地。為了不讓「軍團」修復水壩，壩體必須從底部徹底弄垮，要是用不夠強大的砲擊炸傷壩體導致潰堤，工兵不能靠近就無法達成目標了。萬一熱線種出現在附近，砲擊被當成攻擊也會徒增麻煩。

辛掃視只存在於壩體左右兩方的重力壩厚重斜面與兩側的禿山地表。從地形來說是原本形成深邃溪谷的兩座山，夾住壩體與它後面的水壩湖。

「取道左右那兩座山，繞過壩體打擊敵機。極光與布里希嘉曼戰隊——」

辛正要做出指示時感覺到一道視線。他那慣於戰鬥的意識敏感地察覺到重機工兵型的主吊臂，前端的幽藍光學感應器像是一雙大眼銳利轉來，放大了焦距。

那道視線，甚至像帶有殺氣。

一雙後部副臂，宛若暴怒巨鳥的翅膀開始擺動。

它分別旋轉位於兩處的關節，把本身就有著超大重量的構造物當成小樹枝高高舉起。與主吊臂同樣屬於桁架構造的每一根鋼筋上，那些「緊抓不放」的無數羽毛被這麼一甩，像是波浪起伏般一連串地倒豎起來。

嗚嗡……奏響低沉、不祥地迴盪於腹腔，猶如中世紀重力拋石機（warwolf）的破風聲，把左右雙翼一揮到底。

順著翅膀末端畫出的軌跡，無數羽毛一根不剩地呈扇狀投射出來。它們維持射向高空的箭矢軌道，上升到頂點後以陡急角度往大地飛衝。

不用等辛指示，潛伏的所有機體已經各自散開與彼此保持距離，趴伏於可作為掩體的地形或物體後方防備砲彈撞擊。假如是霰彈或榴彈等等，無數樹木能減緩衝擊波與砲彈破片。若是燒夷彈就棘手了，不過靠「女武神」的腳力可以在火勢擴大前逃脫。

然而辛發現就連這些砲彈羽毛都在發出機械亡靈特有的臨死慘叫。

他急著抬頭往上看。那些甩動著「手腳」，微幅調整墜落軌道的東西是——……

「是自走地雷！敵機落地後仍須注意，小心別被它抓住！」

落地。

它們掉在大樹樹梢上，或是帶著斷枝落葉墜地，有幾隻在激烈碰撞的同時爆炸開來。把同伴的自爆當成煙幕，無數人偶落地時撞彎了手腳也不理會，匍匐爬行於枯黃的林地雜草上。

『嘖……真難搞！』

『樹上也有剩！別只顧著看下面！』

除了自爆以外沒有其他攻擊手段，腳程慢又不具備裝甲的自走地雷對「女武神」來說並不是難纏的敵人，但散播的數量實在太多了。再加上身處於遮蔽物過多的昏暗原生林內，很難用肉眼看見體型矮小的自走地雷。幾架機體將設定為被動探測以降低被發現機率的雷達變更為主動探測。眾人一面用資訊鏈與友機分享敵人位置，一面偵測電波攔截簇擁而來的自走地雷。

『諾贊，你退後。指揮全軍要緊，況且你也不適合對付這種機型。』

「抱歉了，塔奇納。這裡交給你了。」

辛點頭同意麾下小隊員機砲手塔奇納所言。他說得對，辛的「送葬者」格鬥手臂裝備的不是機槍而是高周波刀，要對付自走地雷不難，但缺乏效率。

敵機交給小隊員去迎擊，辛從一口氣增加了大量空隙的樹梢之間窺伺重機工兵型。追隨視線的系統自動放大焦距，展開子視窗顯示影像。畫面中可以看到一整群人型輪廓，一個接一個爬到投射完畢的鋼筋翅膀上。

辛從異能接收到的聲音中聽出後方還有大量「備用彈藥」等著供應，按捺住想咂嘴的衝動。

「西汀、班諾德，你們那邊怎麼樣？」

『沒問題啦，死神弟弟。再一下就收拾乾淨了。』

『極光戰隊同上，隊長。前提是不會再來一批。』

「下一批轟炸就快來了——拉欽軍曹。」

『我這邊也快搞定了。工兵隊也都平安無事。』

負責護衛工兵的裝甲步兵隊隊長如此回應。辛收到封鎖周邊區域的第二大隊聯絡，表示為了繼續保護脆弱的工兵免受下一批自走地雷投射殺傷，他們已調出一支戰隊加入護衛行列。

「收到——各位，重機工兵型發起的自走地雷投射，再次填彈需要時間，但每次的投射量很多，也很難期待對方射光彈藥。每次落地後必須在下次投射之前掃蕩完畢。作戰計畫不變，部隊繞過壩體左右，從南北山區接近並打擊敵機。」

『收到。』『好啦好啦。』

「由先鋒戰隊負責誘敵。極光戰隊從南側爬山，布里希嘉曼戰隊取道森林內部繞到北側。」

「長弓戰隊，抵達雷卡納克水壩。開始壓制。」

先鋒戰隊遭受「軍團」迎擊，在作為壓制目標的水壩開啟戰端的消息，第三機甲群的迦南也收到了。迦南預設敵軍必然會在這裡設下埋伏，謹慎地來回掃視卡杜南河道最北端、墜入霧中的雷卡納克水壩。

基於地形的關係，先鋒戰隊似乎必須從水壩下游接近目標，所幸雷卡納克水壩這裡可以從上游的水壩湖接近目標。戰鬥時不用顧慮到儘管最終需要破壞，但在工兵就定位之前不能傷到的壩體。

「報告提到的重機工兵型——這裡似乎沒有。」

就算是一座森林，要隱藏光是主吊臂就有三十公尺長的起重機絕非易事。若是戰車還另當別論，這次的目標終究只是起重機，總不可能具備潛水功能吧。

至於雷卡納克水壩則是海拔不高，而且鄰近既是卡杜南河道終點也是希阿諾河起點的瀑布，周遭瀰漫著特別濃密的朝霧。對「軍團」來說同樣滿是遮蔽物的森林地形，埋伏地點要多少有多少。

為了在別說目視，連雷達都不太有用的森林裡替機甲部隊充當眼睛，裝甲步兵散開走在前頭，開始搜索敵機。迦南也在白霧形成的黑暗中，凝目細看樹木密集的暗處——……

喀哩一聲，無線電發出了獨特的雜音。

『那邊的「狼戰士」！你是友軍——聯邦北方第二方面軍對吧！』

呼喚對象是隨行的裝甲步兵(狼戰士)，訊號來源卻是聯邦軍各部隊之間進行緊急聯絡時使用的頻道。

「女武神」的無線電只要在範圍內都收聽得到，也可以進行解密。

但是在位於「軍團」支配區域的這座雷卡納克水壩附近一帶，除了機動打擊群、裝甲步兵隊與工兵之外沒有出動其他部隊。裝甲步兵帶著戒心停止前進，靠到一處遮蔽物旁，「女武神」的系統自動偵測出訊號來源——在水壩湖另一頭的北岸，比山脊狹縫上的出水口更遠的位置，可以隱約看見山崖上有個建築物。

跳出的子視窗出現擴大畫面，與地圖資料交相比對後顯示名稱。卡杜南彈著觀測據點。那裡原本是聯邦軍的碉堡，在第二次大規模攻勢時棄守，因此應該沒有人在。

躲在裡面的某個人大聲嚷嚷。

用一種顯然不是故意不報姓名，而是一點時間都不能浪費的緊張語氣說：

『請加強戒備！——對面岸邊藏有隱形的「軍團」！』

緊接著一如這句警告，水壩湖對岸的森林裡閃出了一道砲口焰。

†

『賽姬三十三號呼叫螢火蟲。於優沙基準點確認有敵方部隊進入。』

『賽姬十二號呼叫螢火蟲。卡拉奎那基準點的敵方挺進部隊已確認為機動打擊群。注意事項。已確認「火眼」的存在。』

『賽姬七號呼叫螢火蟲。於雷卡納克基準點確認有敵方部隊進入。』

『螢火蟲收到。』

聽取配置於卡杜南河道上的守備部隊接連上報的內容，「軍團」指揮官機淡然回應。這是迫使北方第二方面軍為了維持防衛線而進行挺進作戰，就等敵人上鉤的陷阱迴廊。

確定敵方挺進部隊已進入(陷入)最深處的雷卡納克水壩(雷卡納克基準點)，他下令：

『賽姬全機解除伏擊部隊的休眠狀態。各機切斷敵軍退路，拘限挺進部隊之行動。』

†

辛的異能感應不到休眠狀態的「軍團」，這已經有過多次經驗，因此西汀與班諾德就算沒聽見聲音也不會大意，反而還會預設「軍團」當然會展開伏擊，戒備可能潛伏的地點，或是思考如何反將一軍。

明明都有防備，但兩個戰隊都被殺了個措手不及。

機械亡靈的悲嘆聲突如其來地膨脹擴大。在叢生紅葉與落葉驟雨封鎖視界的晚秋森林，潛藏於各處的「軍團」們站了起來。

但是……

「嘖……又是光學迷彩！」

聽得見聲音，但看不見形體。雷達也是，即使切換成主動探測也還是毫無反應。

光學迷彩。亦即讓電磁波甚至是可見光散射、折射的阻電擾亂型包覆機身，在肉眼視力與雷達面前隱匿形體的高機動型(Phoenix)特有裝備。

過度追求高機動性以至於無法攜帶沉重火砲的高機動型，除非追加流體裝甲或是攜帶目前未經確認的無後座力砲，否則都不具有投射裝備。本來應該是這樣的，然而空無一物的空間卻閃出激烈的槍口焰。

接著轟然響起彷彿鋼板互相拍擊、特徵明顯的撞擊聲——「戰車砲的」砲聲。

『戰車砲？這傢伙不是高機動型！』

「反戰車砲兵型（Stier）……不對……！」

「獨眼巨人」與「庫力奇一號」即刻退後閃避並開火還擊，射出的戰車砲彈卻被肉眼不可見的敵機悠然彈開。不是裝甲較薄、專門用來埋伏的反戰車砲兵型。

形成光學迷彩的，是與蝴蝶般外形同樣脆弱的阻電擾亂型。倒楣正好位於中彈部位的幾隻被打成細雪般的碎片，群聚周圍的銀翅被衝擊波颳得大幅拍動，短暫暴露藏在底下的「軍團」鐵青色的威容。

鐵椿般的八隻腳、具威嚇性的一二〇毫米滑膛砲……在戰鬥重量五十噸的車身與相當於六五〇毫米壓延鋼板、極盡強韌之能事的複合裝甲上，滿載無數銀蝶的是……

「竟然是戰車型——……！」

是在這種射界受限的森林戰鬥中最不想遇到的對手。

好不容易才躲掉來自光學迷彩背後的砲擊，梅霖發出呻吟。剛才那一下真是好險。

「要不是有奧利維亞上尉在，第一擊已經中招了……！」

奧利維亞的異能能夠預測三秒內的未來。要不是有他對視野不清的森林戰鬥提高警覺，睜開「眼睛」提出警告……

梅霖與剃刀戰隊，以及奧利維亞等教導隊的攻略對象，跟先鋒戰隊進攻的卡拉奎那水壩一樣，都是必須從壩體下方攻克的水壩。幸好加入陣線的盟約同盟教導隊早就習慣了斷崖絕壁地形的祖國高低變化劇烈的戰鬥。

奧利維亞似乎在「貓頭龍」裡定睛注視很可能在數十公尺上方壩頂排開砲口的戰車型——光學迷彩轉瞬間就補起了砲擊裂縫，鐵青色威容消散在半空中不見蹤影。他繼續用「安娜瑪利亞」的光學感應器聚焦敵機，說道：

『跳進伏擊陷阱裡了，是吧？』

「似乎是呢——雖說敵軍會預測到也沒什麼好奇怪的。」

「丟失作為要害的大河，北方第二方面軍戰況告急。為了突破困境，就算多少有點勉強也會派出挺進部隊……這些當然在『軍團』的計算之內了。」

面對戰車型展開光學迷彩進行的猛烈砲擊，迦南與戰隊裡的「女武神」，以及隨行的裝甲步兵都被壓制住，趴伏在地無法動彈。勉強在火線底下匍匐爬回的人影，朝著聚集於後方的「清道夫」招手，要它們放下反戰車武器。

獲得對面岸上似乎在碉堡內固守不出的友軍部隊通知，迦南手動輸入透過無線電傳來的敵軍部隊概數取代幫不上忙的雷達——戰車型約有一個大隊規模。這支戰力本身，迦南等人能夠用數量更多的「女武神」幾個戰隊與隨行步兵來對抗，不算是太嚴重的威脅，但是……

在銀色細框眼鏡底下，一雙濃藍眼眸扭曲變形。

「雖然早就料到會投入保留的戰車型——但竟然連光學迷彩也用上了。」

「獨眼巨人」的八八毫米霰彈砲與戰車型互射會吃虧。西汀幾乎全靠直覺躲避砲擊，由米卡的「藍鈴」代為回擊——又被彈開了。

『煩耶！又被騙去打正面了嗎！』

相較於就算展開了光學迷彩，只要一枚霰彈或一發機槍射中就能打倒的高機動型，在這種森林戰場被戰車型披上光學迷彩實在格外難纏。

沒錯，它論速度或運動性能都劣於高機動型，但其他性能大獲全勝。一二〇毫米戰車砲有效射程長達七公里的攻擊距離，加上別說「女武神」，就連「破壞之杖」除了正面裝甲以外也得被射穿的超強火力。就算拿速度來說，一二〇毫米高速穿甲彈（APFSDS）每秒一六五〇公尺的驚異初速，輕鬆就能讓高機動型的最大戰速望塵莫及。

最可怕的，要屬它那堅不可破的裝甲。

就連「破壞之杖」的一二〇毫米砲彈，打在正面裝甲上也別想貫穿。更別說以八八毫米砲為主砲的「女武神」，從來就沒預設過與戰車型正面互擊的狀況。採用的都是活用飛毛腿繞到裝甲較薄的側面、後方或上方，解決對手的戰術。

然而如今受到光學迷彩的擾亂，無法瞄準該瞄準的側面或後方。

藉由射擊的砲口焰或砲聲，可以抓出戰車型的位置。然而無法辨認是打不穿的正面，還是側面與後方。回擊的砲彈被蝶翼幻影底下的堅固正面裝甲空虛地彈飛，微微露出的鐵青色隨即得到銀翅拍動著覆蓋，溶化在風景中。

用來剝除迷彩的榴彈砲反人員霰彈，被時值落葉季節卻仍能阻擋葉隙光的厚重樹梢葉叢彈開，燒夷彈更是不能用在這種滿是可燃物的森林。歷史悠久的大樹群也成了堅固的掩體，替戰車型正面以外的部分阻擋「女武神」的射擊線。

西汀咂嘴心想：真是麻煩。如果只有戰車型、只有光學迷彩或是只有森林戰鬥，他們早就打到膩了，不會這時候才陷入苦戰。

「米卡，再來換我開火。從側面的話霰彈應該有效。」

不同於描繪出拋物線彈道、從頭頂上方飛來的榴彈砲彈，「獨眼巨人」描繪出平行地面低伸彈道的霰彈砲彈，不會受到層層枝葉的妨礙。

「能開砲就把它打死，不能的話就幫我確認臭傢伙面朝哪一邊。第一步得先讓它露出側面肚子，正面對抗它太吃虧了。」

卡拉奎那水壩周邊層層拉起的警戒線，會被重機工兵型投射的自走地雷從上方突破。這些冷不防從極近距離內成群冒出的敵機，能不讓它們去靠近正在與戰車型對打的極光戰隊與布里希嘉曼戰隊，或者是在森林裡待機的脆弱工兵最好。

所以為了引開重機工兵型的注意，先鋒戰隊故意從壩體下方毫無掩體的乾涸河床往外衝的話，就會遭到無數自走地雷輪番轟炸。

重機工兵型顯然不屬於戰鬥兵種，但似乎立刻就學到左右翅膀不是同時而是交互進行投射可以彌補較長的填彈時間。粗長得可供大量自走地雷抓住的鋼筋翅膀高舉朝天，然後直接往正下方猛力一揮。從比需要抬頭仰望的壩頂更高的位置，成群人偶頭下腳上地墜落而來。

『——不要讓更多敵機落地，開火！』

克勞德麾下的第四小隊——以機砲式樣機為主體的火力壓制小隊將砲口轉向上方側面掃射。已經擠滿四周的無數自走地雷交給其他小隊對付，他們射落降到托爾率領的第三小隊直衛身邊的自走地雷。

自走地雷本身不具有推進力，幾乎無法改變飛行軌道，所以待在空中的期間就只是活靶，但因為怕傷到水壩，機槍射角也受到限制。小隊奮鬥徒勞無功，部分自走地雷逃過彈幕，活像野獸一般張開四肢降落在枯水的砂礫河床上。

再加上……

「克勞德！」

辛尖銳的警告飛來的同時，第四小隊迅速後退躲避，緊接著一道鐵青機影幾乎平貼河床，宛如斷頭台的刀刃般劃過戰場——是從主吊臂前端將鋼索伸到最長，猛地揮出的大型起重機巨大吊鉤。

讓承載主吊臂的旋轉盤轉個半圈，把吊鉤往側面方向一甩到底，然後旋轉盤再轉回來把它砸向河床。轟的一聲，發出與其說是撕裂空氣更像強行推開、恐怖不祥的低吼聲，本身少說就有數噸重的鋼鐵巨塊稍微偏離軌道往他們摔來。

『嘖！』

克勞德的「潘達斯奈基」繼續後退，想瞄準飛過眼前的吊鉤鋼索，但吊鉤會在經過河床時達到最高速度，實在不可能射中。不僅如此，重機工兵型的多用途懸臂還抓準射擊空檔，本來應該是用來往高處伸長的伸縮臂往下方伸長刺來，用前端的液壓鉗施展突刺攻擊。

該死！丟下一句咒罵，「潘達斯奈基」這次終於被迫大幅往後跳開，取而代之地由可蕾娜將「神槍」的準星朝向重機工兵型。然而「軍團」想必也知道他們不想傷到水壩，不知道是怎麼辦到的，居然在水壩湖中後退，拿壩體當盾牌藏身。

『煩死了啦！要不是水壩擋著，那麼大一隻愛打哪裡都行！』

『可蕾娜，下一發要來了，退後！』

發射速度快而容易讓砲身過熱的機砲，無法長時間進行連續射擊。只從壩頂公然露出翅膀再次投射的自走地雷，由萊登麾下的第二小隊跟第四小隊換手進行攔截。

『自走地雷增加太多了——我來掃蕩，全機退開！』

安琪的「雪女」朝著天空射光飛彈莢艙的彈藥。在空中自爆灑落的反輕裝甲彈炸翻大部分的自走地雷。

萊登呻吟著說：

『自走地雷要說難搞是很難搞，但重機工兵型本身也挺要命的。』

用吊鉤吊起數百噸的重物，再用液壓鉗加以破壞的重機超強馬力，加上本身就能當成凶器的超大重量。光是吊鉤與液壓鉗恐怕就各有數噸重，萬一直接挨揍，輕裝甲的「女武神」必定要被打爛。

「是啊……就算能爬到壩體上方，要是被推落，即使是『女武神』的緩衝系統也撐不住。至少要是能先封殺自走地雷的投射就好了。」

在卡拉奎那水壩上游，壩體擋下大量河水，匯聚成波光粼粼的水壩湖。

這是一座直接沿用舊有峽谷，細長而深的人工湖。被堵住水流而抬升到相當高度的水面，會越過不是設置於壩頂而是挖開北側山脊的出水口，向下流入卡杜南河道。雖說細窄，但最大寬約五百公尺的兩岸以老舊的斜張橋相連，漁網形成與它平行的線條。

一邊是朝上游方向拱起弧線的壩體，一邊是從主塔到橋桁拉起無數鋼纜，形似豎琴的斜張橋。在這兩座優美的巨大建築物之間，佇立著重機工兵型毫無裝飾的巨影。

在水壩湖南岸與戰車型搏鬥的班諾德，不想看也會看到它那雄偉的姿態。無法預測自走地雷何時會往這裡投射過來，注意力不能有所鬆懈，況且重機工兵型本身就夠巨大了。

諸如吊起鐵鉤甩動的起重機主吊臂、左右兩具液壓鉗，以及伸向後方的雙翼型副臂。從水壩底下就能一窺其威容，但它還有著支撐這些構造的厚實本體，與側面伸出踩在水裡的八條長到無法形容的腿。整體外觀讓人聯想到不祥卻又妖豔，盤據銀巢中央的女郎蜘蛛。

水壩湖深不見底，它卻能在裡面步行移動。它後退避開先鋒戰隊的某人轉來的準星，以拱壩特有的水泥單薄壩體作為掩體藏身。看那動作就知道，它清楚人類在盡量避免傷到水壩——性情真是惡劣。

「隊長，重機工兵型的裝備只有起重機、液壓鉗與背後的翅膀，其他好像就沒了。光學感應器除了起重機前端之外，本體前方也有幾個，位置剛好可以從壩頂邊緣往下看。再來就是每條腿的根部各有一對。」

待在壩體下方的先鋒戰隊看不見重機工兵型的全貌與移動等動作。雖然在這個距離內資訊鏈有連線，但班諾德也一樣正在戰鬥。更何況還是「女武神」的高速戰鬥，不可能只把注意力放在需要分享的畫面上。

正在戰鬥的辛沒有做多餘回應，班諾德也不介意，繼續報告：

「主吊臂與鉗子往下伸的時候機體會前傾，是藉由將翅膀往後徹底放低的方式取得平衡，大概是兼作配重塊吧。那混帳的後方有座橋限制了它的移動，但橋上擠滿了一堆該死的自走地雷。還有一件事……」

重機工兵型在後退時會順道將雙翼伸向橋梁，讓群聚於主塔與鋼纜的自走地雷爬上來填彈。等到自走地雷爬滿抓緊了整對翅膀，再重新往前進。具有複數關節的步行腿涉過並踢起大量湖水，沉重地挪動。

一連串的動作讓班諾德覺得不太對勁。

「……不會太短了點嗎？」

雖然只是目測，相較於推測的水深，腿部看起來似乎不夠長。也許是拿沉在水底的村子或某種殘留的堅固建物當成立足處？

『軍士長？』

「噢，抱歉……我是想說水深與腿長不合，下面好像有立足處或什麼東西。」

『能傳給我嗎？』

班諾德正確地聽懂了辛省略的「腿部周圍的照片或影像」，但是必須重申，他也正在戰鬥中。正當他一時無法答應時，大概是隔著知覺同步聽到對話了，隨行的裝甲步兵對他比手勢說「交給我」。

裝甲步兵雖然只比人類大上一圈，但也因此不易被偵測到。匍匐到湖畔的裝甲步兵將護面罩底部的影像傳送給「送葬者」，可以感覺到辛在沉思。

『……軍士長，能把橋擊落嗎？』

大概是想趁投射前，把礙事的自走地雷全部打落水底吧。這他明白，只是……

「剛才的後續報告……那座橋的後方，偏偏還有比較大的那隻原生海獸在。」

連廣大的水壩湖與它後方的卡拉奎那河好像都嫌擠，比任何一種陸生動物都要巨大的怪獸，就在橋梁後方原地繞圈游泳，顯然心情煩躁。

「看樣子牠是很想過來，但是被重機工兵型與我們的戰鬥妨礙了過不來……看來說在陸地上的時候，除了反擊以外不會攻擊是真的了。」

辛似乎在忍耐著不咂嘴。

『果然來了啊……那就是說，也不能對橋梁與重機工兵型運用曲射火力。』

即使只會反擊，被視為攻擊就是會還手。等於將仰角調到最大，沿拋物線彈道飛過壩體的曲射也被熱線種封殺了。

「我方的射界也受到不小的限制……雖然『軍團』應該也沒預料到原生海獸的出現，但是跟它們的光學迷彩尅星『的尅星』一配合起來真是礙事透頂了。」

†

『攔截部隊，開始交戰——未能確認敵軍對光學迷彩使用燒夷彈。』

「軍團」具有學習能力。

它們會貪婪地學習敵方勢力的軍武與戰術，然後架構對抗手段。如同機動打擊群想出辦法應付高機動型與光學迷彩，「軍團」也一樣能想出對策。

在滿是可燃物的森林，不能進行燒夷彈轟炸。無數重疊的叢生樹葉，至少能擋住來自上方的反人員霰彈。

換言之只要在森林裡，人類便無法對應阻電擾亂型的光學迷彩。

『挺進部隊拘限完畢——螢火蟲呼叫幼鮭一號。解除主力「重機甲部隊」之休眠，開始進擊。』

獵物已經捉住，牢籠的門關上了。

再來只剩……

『突破北方第二戰線——舊洛畿尼亞河防衛線。』

把獵物能回去的窩巢一併蹂躪燒燬——令其無家可歸即可。

視野下方。

正確來說是潛藏於掩蔽物的蕾爾赫從「海鷗」俯瞰的希阿諾河南岸的光學影像。在經由臨時架構的通訊網分享，像素粗糙的那幅光景之中……

「──還以為讓我們落入陷阱了嗎？一群蠢貨。」

維克望著從彷彿前衛雕像般動也不動地蹲伏的姿勢突如其來地伸長八條腿起身的一輛重戰車型──好像到現在才總算下令讓主力重機甲部隊解除休眠的「軍團」們，嗤笑起來。

休眠狀態的成群重戰車型與戰車型，宛如鋪石地的石板般毫無間隙地整齊排列。它們聚集在自西至東切開戰場滔滔流去的希阿諾河南岸，淹沒舉目可見的所有範圍。

數量如此龐大的重戰車，光是一輛都重達一百噸的重量級貨物，在第二次大規模攻勢後的短短一個多月就如此迅速地運送至此地，甚至還躲過能夠聽見任何「軍團」聲音的死神目光，祕密就在於……

「果然是水路運輸──既然已經將大流量的河川據為己有，當然會不惜新設水路也要善加運用了。」

越過希阿諾河，它就在北岸。聯邦地圖未記載的全新水道劈開河岸在大河側腹部張開大口。

它一路開拓到北方溼地的遙遠彼端，從濃霧的另一頭流出。很有可能是自希阿諾河上游取水，經由從這裡看不到的後方的自動工廠型，回到下游的這個位置——為的是從自動工廠型到這裡，走水路運送重戰車型。

在戰場上河川是一種障礙物，但同時也能用來進行大規模運輸。陸上搬運一輛都要煞費苦心的戰車，換成大型船舶的話，連同整個部隊一起運送都不是問題。

蕾爾赫俯視著下方回應：

『聽聞先鋒戰隊已經遭遇「軍團」重機——之所以派遣缺乏戰力的重機前去戰鬥頻仍的交戰區域，也是為了破壞出水口以維持流量吧。』

「畢竟要是被我們在上游改變流向，這個運輸計畫就要停擺了。既然預料得到聯邦軍會動手破壞水壩，『軍團』們想擺著不管也不行。」

希阿諾河是為了國防與農地圍墾，匯集無數河水加以排放的人工河川。一旦上游水壩遭到破壞，流量將無可避免地大幅下滑。考慮到壩體可能在戰鬥中受損，「軍團」也得派遣兵力與工兵前往水壩，以備挺進部隊的來襲。

沒錯。

「也就是說，他們得為了自己強迫聯邦採取的挺進作戰想對策。自以為迫使我軍分散兵力，殊不知自己才被逼得必須分散配置軍力，真是好笑。」

它們壓迫人類圈的防衛線，迫使人類新編挺進部隊以突破戰況，再將其引誘至「軍團」支配區域拘限行動，同時以重機甲部隊展開攻擊摧毀防衛線。跟聯合王國夏日飄雪的戰場，「無情女王」發動的作戰完全一樣。

像這樣照搬同一招……

「我們怎麼可能不做提防？——看來這個指揮官機，比起瑟琳只能算三流。」

陸陸續續地，重戰車型似乎都啟動了。

但是除了最外圍的極少數之外，其他機體連站都沒站起來。純粹是因為它們站不起來。在急襲北部第二戰線之前，作為主力的重機甲部隊必須保密。為了絕對不能被聯邦的偵察行動發現，用不了太大的待機場所。同時考慮到運輸效率，這些重戰車型整齊而密集地排成幾列，沒有空間讓他們當場站起來。

本來在經由水路運輸後，應該要分成幾個小部隊潛伏各處——但它們對出現在北部第二戰線的辛有所戒備而保持休眠狀態，當成貨物擺放在原處反而弄巧成拙。

翠雨說了。

具有少女的溫柔嗓音卻又像個有潔癖的少年，她特有的中性聲調此時也變得帶有凶猛笑意。像是面對獵物的貓科動物，天真無邪的殘忍。

『王子殿下，第四機甲群的包圍已經配置完畢嘍。可以開動了吧？』

「好。」

比起讓重戰車型走過溼地環境，確實是可以節省「時間」。

但相對地，「軍團」們耗費在修築運輸路線上的勞力無可估量。修築寬度與水深能供運輸船在數十公里後方的自動工廠型與此地之間往返的航道，可是一件大工程。一個月前還是人類軍的要害，結果被「軍團」自己用砲彈衛星炸毀的希阿諾河碼頭岸壁也得修補。

這些對「軍團」來說想必不是難事，但負擔也不會太輕。為了突破北部第二戰線，它們耗費的這些龐大勞力，以及費盡苦心增產、保留的重機甲部隊……

「就讓它們全部變成徒勞無功吧——殲滅敵軍。」

身披光學迷彩的「軍團」除了水壩附近，也潛藏在挺進部隊的前進路線上。為了截斷移動路徑好讓各個部隊陷入孤立，它們刻意在去程時放過部隊，現在才解除潛伏起身行動。

它們走過秋天枯葉堆積的森林，卻無聲無息。穿梭在大樹的窄縫間，隱形亡靈漸漸逼近挺進部隊的移動路徑，以及正在架構第一道警戒線的裝甲步兵——……

「——終於來啦，這群只會同一招的笨蛋。」

腳下。

偵測到壓力、震動、聲響，或是四處布下的鋼索被拉得筆直，引信即刻啟動。

指向性破片地雷爆炸開來。

陷阱接連啟動，無數破片呈扇狀掃射前方五十公尺範圍。

在裝甲步兵搭建的警戒線第一列前方，撒得滿地的大量地雷，在落葉森林裡吹起破片、爆炸火焰與衝擊波的橫颳風暴。配置多種類型摻混而成的破片地雷，主要用途不是擊毀敵機，而是代替警報。

阻電擾亂型的光學迷彩可以扭曲電磁波與可見光，讓「軍團」獲得電子與光學上的透明化，但並不是把龐然大物整個消除掉。踩踏地面的壓力、再高性能的緩衝系統也無法完全抵銷的機甲兵器步行震動與運轉聲、在樹木之間拉起絆住腳尖或車身的鋼索，讓埋伏等候的地雷得知敵人的到來。

爆炸的聲響與火球替踩到地雷的蠢蛋與它們的友機做了一番大肆宣傳。高速破片與衝擊波的風暴一口氣吹散、撕去脆弱的阻電擾亂型。

杜費「軍團」們躲在蝴蝶背後——鐵青色的巨大身影就這樣，在做好萬全準備嚴陣以待的裝甲步兵們眼前難看地現形。

「——不過也只有聯邦才能勉強這樣硬上蠻幹就是了。」

既然已經結束進軍並鋪完了警戒線，偵察部隊就沒事做了，裝甲步兵們說「你們沒裝備在戰場上亂晃反而礙事，退後啦」要求他們躲在警戒線的內側。

一二．七毫米重型突擊步槍的猛烈咆哮，以及每次爆炸又撒下新的一批破片地雷引發的轟然巨響震耳欲聾；這種戰鬥讓以實瑪利看了就煩。該說這些超級大國奢侈浪費，還是魯莽亂來？

指向性破片地雷具有能把人類打成肉醬的威力。因為聯邦的步兵戰力主力是裝甲步兵才能這樣隨手撒滿地，換成以血肉之軀的步兵為主的戰場，可能會搞出一堆友軍誤傷事件。

發出沉重的沙沙腳步聲，裝甲步兵的分隊長跑過來用知覺同步發出警告：

『快趴下，水手，我要確認「內側」！』

分隊的裝甲步兵撲到偵察隊員身上充當肉盾，緊接著到處有人投擲裝甲步兵用的大型手榴彈，在空中爆炸開來。

鮮豔的藍色螢光「顏料」被衝擊波炸開，潑灑得到處都是。

顯然是顧慮到偵察兵安全的非致命性武器。面對睜大眼睛的以實瑪利等人，裝甲步兵似乎在護面罩底下笑了笑。

『這是正在測試的反光學迷彩彈，用來防衛後方運輸路線的。想說現場有你們這些沒裝備的就帶來了，看來這個決定是對的！』

面無表情的護面罩替偵察隊擋破片的同時濺上了霧狀顏料，以實瑪利回看著對方，覺得有點好笑。說得也是。

無論指揮全軍的貴族老爺小姐是怎麼想的，對在前線打仗的士兵們而言，偵察兵是重要的「眼睛」，也是戰友。見死不救會害他們夜裡睡不安穩，誤傷友軍什麼的更是絕對不行。

就算是來自國外的難民——自己這些船團國人也一樣。

「也太不信任我們了吧。我們可不是瞎子，那麼大一隻都能看漏。」

『這就難說了吧。比起你們獵捕的原生海獸，它們不就跟蚜蟲沒兩樣？』

彼此互相開開玩笑，裝甲步兵分隊繼續移動。征海氏族的「弟弟」苦笑著說：

「好吧，『軍團』是很小隻沒錯，但講成蚜蟲也太……」

看來他完全沒想到「哥哥」以實瑪利替電磁砲艦型取名為夜光蟲(浮游生物)的事。

「那些臭鐵罐就是蚜蟲無誤啦。不然就是蚱蜢或蝗蟲。」

同屬偵察隊，但是在聯邦出生長大的士兵不屑地說。他替彈匣重新填入偵察時小型戰鬥消耗的彈藥，發出聲響裝彈上膛。

「不像原生海獸或大海什麼的，沒必要對這些東西付出敬意，就只是害蟲而已。就算要狂撒破片弄得滿身顏料與黏膠也無所謂，反正就是要把這些傢伙打死丟掉啦。」

在征海氏族很少見，但由於陸地相鄰而在船團國群占了不少居民比例的琥珀種的麥穗色雙眸向上仰望。如同被「軍團」奪走的這片大地曾經有過的田園豐收的顏色。

「先是驅除害蟲『軍團』，然後還要尋找迷路的原生海獸小孩——這個我們就生疏了，得請專業的來才行。」

似乎是農村出身的一名偵察兵接著說「不像牛羊還懂一點」，讓以實瑪利苦笑起來。沒想到都來到這種不靠海的土地了，居然還會跟牠們扯上關係……

「說得也是，這就是水手的專業領域了。交給我們吧。」

作戰區的大半地帶都在對機動打擊群來說較少涉足的交戰區域中，處於友軍高射砲的射程範圍內。

依據挺進部隊的交戰情報，於後方洛畿尼亞線展開的高射砲陣地開始射擊。他們以爆炸火焰燒掉上空群集的阻電擾亂型，用爆轟效果磨碎它們以妨礙光學迷彩機做補充。地表的蝶群被吹散又失去補充，漸漸地無法再掩蓋戰車型的身影。

就算能聽見「軍團」悲嘆的機動打擊群死神——八六的戰帝不在也沒影響。

因為北部第二戰線這裡，以前也沒有這個戰帝參戰。

「只要確認過光學迷彩機的存在，再幫大家破解光學迷彩的手法就很夠了。」

裝甲步兵與砲兵早就各自思考、陳述意見並準備好了自己能辦到的對策。

幸好光學迷彩的關鍵是數量一多會非常棘手，但每一隻都極其脆弱的阻電擾亂型。只要在防衛線的基本架構上多少下點功夫，就能讓柔弱翅膀下的臭鐵罐們無所遁形。

活用機甲無法相比的輕便裝備，裝甲步兵們不只待在地表，也攀上大樹布陣，看到任何戰車型、作為增援加入戰場的近距獵兵型與斥候型，就從機甲兵器的上方弱點將其一一射殺。在滿是障礙物的森林裡，採用俯射（Top attack）方式的反戰車飛彈不太有用，但極端沉重的三〇毫米反戰車步槍與以數量彌補命中精度的成堆火箭彈發射器，憑著裝甲強化外骨骼的臂力想搬到樹上都不是問題。

「別小看我們了，臭鐵罐。」

什麼……

英雄、精銳部隊——什麼勇敢果斷的「少年兵」。

我們才不會什麼都依賴小孩子。

「看到沒，你們這些八六（小鬼頭）？」

退路維護大隊的「女武神」也來加入裝甲步兵建構的防衛線。將輕量的斥候型與近距獵兵型交給裝甲步兵對付，它們憑著裝甲步兵沒有的戰車砲火力，專挑被剝除了光學迷彩的戰車型下手。另外還有部分人員推斷出敵機的集結地點，從側面殺向「軍團」增援部隊的進擊路線，將它們撕成碎片。

受到裝甲步兵與「女武神」的攔截減損兵力，友軍的增援又在到達前被驅散。埋伏於卡杜南河道周邊的「軍團」部隊總數確實在減少。

「獨眼巨人」的霰彈砲跟「女武神」的兩挺重機槍對阻電擾亂型都有效。

裝甲步兵的掩護也發揮了重要的效果。反人員的破片地雷，對「女武神」以及裝甲步兵「狼戰士」都沒有影響。戰車型身形巨大，躲不掉注定棄守的土地上毫不客氣地遍撒各處的地雷，華麗的爆炸火焰此起彼落，剝除它們的光學迷彩。裝甲步兵對地雷爆炸或戰車型的砲擊做出反應進行掃射，「女武神」再射穿戰車型暴露在外的側腹部或背後將其擊毀，雙方的聯手行動逐漸有了固定模式。

大量消耗重型突擊步槍的彈匣後，裝甲步兵去「清道夫」那邊再抱回一大堆，說道：

『那個叫「清道夫」的真好用，可以載著一堆地雷與槍彈跟過來。』

要是菲多聽到，一定會做點討喜的反應，遺憾的是這裡的「清道夫」就只是冷冰冰的撿垃圾機器人。總之不管怎樣，西汀笑著說：

「喂，怎麼不是稱讚我們啊。」

裝甲步兵回答了。

雖然講話粗魯而且體格像野馬一樣精悍，但她是女的。她發出高亢清澈的咯咯笑聲說：

『你們到處跑來跑去動作太快了，老實講很礙事。而且外觀跟蜘蛛似的，看了就發毛。』

「太狠了吧。」

西汀邊說邊微幅移動砲口，扣下扳機。靠近的斥候型一次全部拋錨。

在極近距離內遭遇砲擊，裝甲步兵趕緊趴下——八八毫米戰車砲的大音量與衝擊波可是相當強烈——她依然笑著唾罵道：

『更正，簡單一句話就是吵死了。』

「真的很狠耶。」

『諾贊，王子殿下與翠雨捕捉到「軍團」主攻部隊了。目前是我軍單方面殲滅它們，不用擔心被敵軍從背後夾攻嘍。』

「收到。不過說歸說——……」

經由馬塞爾收到第四機甲群急襲成功的消息，辛鬆了一口氣。這樣就不用擔心腹背受敵——被「軍團」主力重機甲部隊突破洛畿尼亞線了，但也不能花太多時間在壓制水壩上。工兵作業也需要時間，況且要是在熱線種身邊戰鬥太久，引發牠出手攻擊就慘不忍睹了。

既然受到壩體保護，後方又有熱線種在，就不能從水壩正面展開砲擊。

極光戰隊與布里希嘉曼戰隊雖已漸漸處理掉以光學迷彩進行伏擊的戰車型，但目前還在戰鬥中。

另一方面，藉由這兩個戰隊與裝甲步兵等等的報告，收集到了不少關於重機工兵型的情報。比方說移動速度、多用途懸臂的靈活度與活動範圍、後退至最遠處時與壩體的距離。

以及揮動起重機與多用途懸臂時，後部副臂的動作。

——投射與針對下方的攻擊，「這樣看來」都有辦法封殺。

「呼叫先鋒戰隊各機。變更作戰，從左右斜坡與『壩體下方』夾擊重機工兵型。第二小隊與極光戰隊會合，第三、第四小隊與布里希嘉曼戰隊會合，拖住重機工兵型的腳步。」

萊登用一種已經連傻眼都免了的口氣說：

『你又要正面砍殺敵機啦？』

「既然後面有熱線種，這樣做最安全吧──可蕾娜，第六小隊與第二小隊移動到懸崖上就定位。馬塞爾……」

『分析重機工兵型的立足處對吧？已經在做了。』

辛得到舉一反三的回應。馬塞爾在蕾娜底下作為管制官支援機動打擊群的戰鬥，已經累積了身為輔助人員的豐富經驗。

『一如軍士長的推斷，水壩湖底有個沉沒的村莊，已經請人員把地圖傳來了。現在正在計算那混帳能夠不讓自己溺水的移動範圍。』

「謝了──從這裡到指揮所的通訊網已經架構完成。計算完畢後，請傳送給全體座機。」

回話的聲音含有一絲笑意。像是理所當然，甚至顯得有些自豪。

『沒問題。』

突然聽見迴盪於頭頂上方的砲聲與接連而來的戰鬥聲，梅勒憋住呼吸望向被樹梢擋住的遠方水壩，疾馳而過的白色閃光映入他的眼簾──那是什麼？

用雙筒望遠鏡確認同一個戰鬥場面的歐托放下望遠鏡，皺起眉頭。

「沒看過那種機甲耶。純白的機身加上四隻腳，好像骷髏喔。」

這句話提醒了他。

之前凱西曾經羨慕地提過那種最新型的機甲。

「是『女武神』，駕駛的是八六。聽說是西方方面軍的精銳部隊。」

「啊啊！」歐托也叫了起來。

「機動打擊群嘛！我也聽說過！就是一群好像很厲害的大英雄！超酷的！」

歐托兩眼發亮，但梅勒無法點頭同意。那些在頭頂上方的遙遠高處疾馳的無頭骷髏……

該怎麼說？與其說他們有多英雄……

與其說有多厲害……

「我倒覺得很可怕……不對，我覺得他們……」

看了就討厭。梅勒產生這種不知從何而來卻十分強烈的感受。

重戰車型那總高度四公尺、重量一百噸的威容……身為陸戰霸主的模樣……

以目前站得起來卻無法行動的狀態來說，就只是廢鐵。

火雨灑落在黎明起濃霧的希阿諾河畔。

背後被希阿諾河阻擋，「軍團」重機甲部隊由於各自體型太大而擠在一起無法動彈，第四機甲群的砲兵大隊用最大火力砲轟它們。由於是給「女武神」的配備，是不比砲兵主力一五五毫米榴彈砲的小口徑八八毫米榴彈，但只要直接擊中裝甲較薄的砲塔頂部，縱然是重戰車型也能擊毀。成群戰車宛如整片鐵青色的鋪石地那樣呆站等著死亡從天而降，砲彈驟雨冷血無情地貫穿它們，將其炸碎燒燬。

接著是「阿爾科諾斯特」的蒼白群體衝過猛烈砲擊的下方。

目標為重機甲部隊最前排。在那唯一能讓重戰車型站起來，前方保有前進空間的位置，像是被抽掉橫線的布料邊緣綻開，鐵青色巨軀一排排起身，發出骨骼摩擦的足音開始向前猛進。

「接受過英雄公主閣下的薰陶後初次上陣，我等『西琳』一個月沒到庭院裡玩耍了——有這麼多獵物可供捕殺，慶幸至極。」

在帶頭衝刺的「海鷗」裡，蕾爾赫舔著嘴唇笑道。

她只會在駕駛艙內露出這種笑臉。身為戰鬥機械，為了鬥爭而存在的她發自本能，用一種野獸般的瞪眼獰笑露出饞涎欲滴的笑臉。

一輛重戰車型的幽藍光學感應器捕捉到蕾爾赫的小隊。先是砲塔，接著是支撐車身的八隻腳轉過來，憑著不用預備動作就能以最高速度飛撲而出的誇張運動性能急速飛馳。一眨眼的工夫，它已經逼近「海鷗」。「阿爾科諾斯特」終究只是湊數的拋棄式武器，跟「軍團」這些決勝王牌自豪的大火力與堅固裝甲自然無法相提並論。

但是……

「這正是測試修練成果的良機——下官是不會說什麼『堂堂正正地來吧』……」

由「海鷗」引開重戰車型的注意，小隊三架機體不須號令就在背後散開。三者各自些微錯開時機，撲向重戰車型。

內部不坐人類的「阿爾科諾斯特」在盡是高機動戰型機甲的機動打擊群當中論速度仍然首屈一指，駕駛的「西琳」反應速度也比人類快。憑藉這種超人高速，「阿爾科諾斯特」盡量引開重戰車型的兩挺迴旋機槍、主砲與同軸副砲，然後進行閃避——她們擅長的那種以損耗友機為前提抱住並壓制敵機，加以擊毀的戰術，如今由於失去了國內補給而不能再用。

但是機械死亡鳥可不只有這點本領。

迴旋機槍就兩挺，「同軸」副砲只能跟主砲瞄準同一個方向。讓重戰車型無法同時應付四架敵機的準星朝向三架友機，最後一架機體穿過它們之間接近目標。敵機將一百噸的重量直接當成凶器一腳踹來，她於最後一刻躲過。巨獸為了勉強迎擊敵人而被迫停下腳步，這時又有另一架「阿爾科諾斯特」繞到背後用瞄準雷射朝向它。迴旋機槍即時反應轉回去，卻又被完全不同方向的火砲式發射器砲彈轟個正著。

從死角針對獵物的要害下手，再由其他個體攻擊獵物抵抗形成的死角。就像狼群的狩獵，輪番進攻直到獵物虛弱得無法動彈。而且憑藉的是狼群與人類駕駛的同種機甲都辦不到，協調精密到不合常理的聯手行動。

「西琳」終究只是「阿爾科諾斯特」的零件，是統一規格以利量產的工業製品。

灌進人造大腦內部以供參考的戰鬥記憶（Combat memory），也都是全體「西琳」使用同一版本——過去的「西琳」完整戰鬥資料儲存於製造工廠，經過分析並計算出最佳戰術，在進行整備或備份作業時會定期更新至現有的「西琳」全機。

全體「西琳」在戰鬥中不是獨立個體，彼此都是相同的存在。

跟自己聯手出擊，不需要言語或信號。

在這種波狀攻擊極度精密，來襲的機體外觀與機動動作卻盡皆相同，無法區分差異的狀況下，重戰車型認知漸漸地受到眩惑。對戰的敵機有幾架，幾架在眼前，又有幾架繞到後方或側面，憑它寒酸的感應器性能終將無法清楚判定。

然後……

「好了，你死棋了。」

眼前，就在火砲的正下方，唯一一架標示出識別標誌的「阿爾科諾斯特」出現。是「海鷗」。「西琳」當中唯一擁有只屬於她的外貌、名字與記憶的蕾爾赫所駕駛的機體。

宛如將短劍刺進鎧甲的縫隙，她從極近距離將火砲式發射器對準了砲塔座圈。那裡為了確保砲塔的旋轉性而不能配備裝甲，是戰車的少數弱點之一。

她毫不遲疑地扣下了扳機。

砲彈從砲口飛出，幾乎於同一時間命中炸開。爆炸火焰噴進砲塔內部，引爆彈藥再次發生爆炸。

重戰車型被炸飛的砲塔高高飛上起霧的黎明天空。

雷卡納克水壩這邊也正在對披著光學迷彩的戰車型進行壓制。

「軍團」雖然拜強大耐用的避震裝置所賜使得行走完全無聲，但四雙腳蹬地時還是會濺起被踢到的泥巴。粗長的一二〇毫米砲與五十噸重的車身每次破風前進，周圍的空氣與被捲入的霧氣都會大幅飄動，撞到裝甲折斷彈開的無數枝葉也會讓周圍其他人知悉它們的位置與路線。

換言之……

「只要多少注意一下——意外地還是看得見呢！」

踢起枯黃的林地雜草與層層重疊的枯葉，穿越紛紛飄落的紅葉驟雨，迦南的「牛身妖瞳」撲向霧氣的搖曳處。

霧氣被撕裂的縫隙形狀，以及貼在身上的落葉斑點都可作為判斷標準。他降落在看出是砲塔部位的頂部，從零距離開火。噴出的爆炸火焰讓戰車型的剪影黑漆漆地浮現，無數銀蝶逃離火舌飛上半空。

藏身於白霧裡升起的銀色光影與紅色落英之間，迦南即刻脫離原位。似乎有另一架光學迷彩機轉動砲口想還擊，但這個動作又讓它被抓出位置與砲塔方向，遭受八八毫米砲的集中射擊。

『泥巴、霧氣、落葉與樹枝。迦南，這些傢伙不只火焰與霰彈，怕的東西還真多啊！』

「是啊。至少在北部第二戰線這裡，都只是沒用的東西。」

然後只要把這次的戰鬥紀錄帶回去分析，即使不是這個滿是霧氣、泥濘與枝葉的秋季北部第二戰線——目前還得靠肉眼辨識的空氣流動、被彈開的樹枝、泥巴與砂礫，只要資料夠多，遲早能夠讓系統學會偵測與判別。

這些臭鐵罐以為自己躲在森林裡就封殺了反光學迷彩的對策，殊不知卻給了他們更多破解的線索，迦南在昏暗的駕駛艙裡冷酷地嗤笑。

『分析結束——傳送給你們！』

透過為了因應作戰，運用有線與短距離中繼機臨時架構的通訊網，馬塞爾分析得出的圖片傳送到各機。畫面上顯示鋼鐵水蜘蛛踩著水壩湖底建物的移動範圍預測結果。

緊接著，往三方向分散的先鋒戰隊同時展開行動。

『好，那就動手吧！』

與第一小隊一同留在壩體下方、歸安琪指揮的第五小隊兩架機體將飛彈莢艙朝向上方，一齊發射。反輕裝甲飛彈先一度上升到正上方然後急速降落，分布於整座河床逕行自爆，灑下無數的子炸彈——一口氣掃蕩惱人地不停投射的自走地雷。

拿爆炸火團當成煙幕，辛讓「送葬者」一躍而出。

前進目標為隱藏重機工兵型巨大身軀，壩高數十公尺的高聳水泥牆。

既然不能從正面開砲，側面砲火又受到限制的話——用冷兵器砍殺，或者欺近從零距離射穿就是了。

火焰散去，重機工兵型的多具光學感應器辨識到有勇無謀地單騎疾馳的「送葬者」。像是要堵住這些光學感應器，安裝在主吊臂前端，以及從壩頂最邊緣露出的本體各部位，無數幽藍鏡頭的所有眼前，出現了一批戰車砲彈。

定時引信啟動，當場自爆。破片與衝擊波不是咬住鏡頭部位，就是用強烈的爆炸火焰再次讓重機工兵型一陣眼花——在反裝甲飛彈的煙幕下，第一小隊的三架友機搶先「送葬者」，射出了這些成形裝藥彈（HEAT）。

為了掩護「送葬者」，下一批人員錯開時機繼續進攻。第五小隊留下一架保留彈藥的機體維持戒備，兩架射光彈藥的機體去更換飛彈莢艙。

「送葬者」趁這段時間抵達了拱壩的正下方。

這裡是自走地雷投射的死角，卻是左右多用途懸臂與主吊臂吊鉤橫掃的攻擊範圍。重機工兵型讓載滿自走地雷的後部副臂斜著伸長到幾乎碰到水面，掛著吊鉤的主吊臂則向前傾，對「送葬者」展開迎擊。它讓旋轉盤呼嘯著一轉，把鋼鐵吊鉤甩向側面上方。

剎那間。

『總算「放下來」了吧，蠢蛋——開火！』

宛若骸骨翅膀的一對後部副臂，前端（伸臂）放低到幾乎要碰到水面——向下發射的砲彈與削下的鋼筋碎塊都是直接往水裡飛去，因此不用擔心傷到重機工兵型以外的任何東西，也不用怕被熱線種反擊；眾人正確掌握這唯一能對重機工兵型放膽開砲的機會，集中射擊目標。沿著布里希嘉曼戰隊清空的路線，進入水壩湖北岸的托爾第三小隊與克勞德第四小隊展開火力齊射。

吊起超大重物的大型起重機會在後部副臂連接配重塊以免機體翻倒。重機工兵型用副臂兼作配重塊，從水壩上方探頭俯視數十公尺下方處，以這種大角度前傾姿勢反覆施展橫掃與突刺時，必須把這副臂向後傾倒到最大可動範圍，往水面伸長放低才能取得平衡。其間不但不能投射自走地雷，而且會提供左右岸邊的敵機瞄準副臂的機會。

遭受八八毫米戰車砲彈與四〇毫米機砲砲彈集中射擊，不具裝甲的鋼筋被打得千瘡百孔。中間部位的關節碎裂，前端的左右兩條臂架都跟著脫落。自走地雷七零八散地抓住被打到只剩一點的副臂底部，避免自己摔落水壩湖。雖說是輕量機體，自走地雷畢竟是金屬製，沉到水裡就浮不起來了。

同時失去兩個支撐前傾姿勢的配重塊，不願意落水的重機工兵型只得中斷攻擊。它恢復成直立姿勢，沿著水底的立足處後退，想做好準備迎擊勢必會從壩頂上跳過來的「送葬者」。

就踏在由水壩湖底村落的建築物群所構成，位置與形狀早已分析完畢的立足處上。

兩個小隊繼續開砲追擊。重機工兵型才剛剛伸腿想移動到別處，向下射擊的砲彈又斜著飛來，刺進前後左右可供移動的所有立足處上的水面。入侵水中的砲彈彈道會偏移，速度也會減慢。儘管不至於能夠炸毀幾乎全沉入水壩深湖的腿部，但重機工兵型的每條腿底部各有一對光學感應器。用以彌補大型重機巨軀死角的多具光學感應器遭受攻擊，迫使重機工兵型只能呆站原地。

『辛，我們擋下它了——痛宰它吧！』

「好，我也快到了。」

支撐弧形水壩兩端的水泥製雙翼，是結構上唯一採用重力壩的部分。「送葬者」沿著以本身重量支撐水壓的厚實壩體斜坡往上衝，終於抵達壩頂。

吊鉤側擊從旁飛來。「送葬者」假裝維持速度往外跳，實際上卻先往後跳開，用鉤爪勾住壩頂吊掛其上躲過大鉤橫掃，等重達數噸的毆打飛過之後，才終於真的騰空躍出。

在高空中，高射砲正在猛射掃蕩阻電擾亂型的銀色雲層。

視野下方，裝甲步兵正在活用各式裝備癱瘓光學迷彩，連戰車型也成了他們的獵物。

看到這些場面，辛重新有所體悟。

選擇了民主制度的聯邦，全體國民都是自己的王。至少眼前這些軍人能夠如此自居，也如此自勉。

他們不會衝著別人大吼「你們為什麼不肯保護我」。

聯邦軍不需要連自己以外的人也想統治、捍衛的英雄（王）。

飛到最遠端的吊鉤，於瞬間減速後準備沿著相同軌道飛回來。重機工兵型藉由轉動旋轉盤的

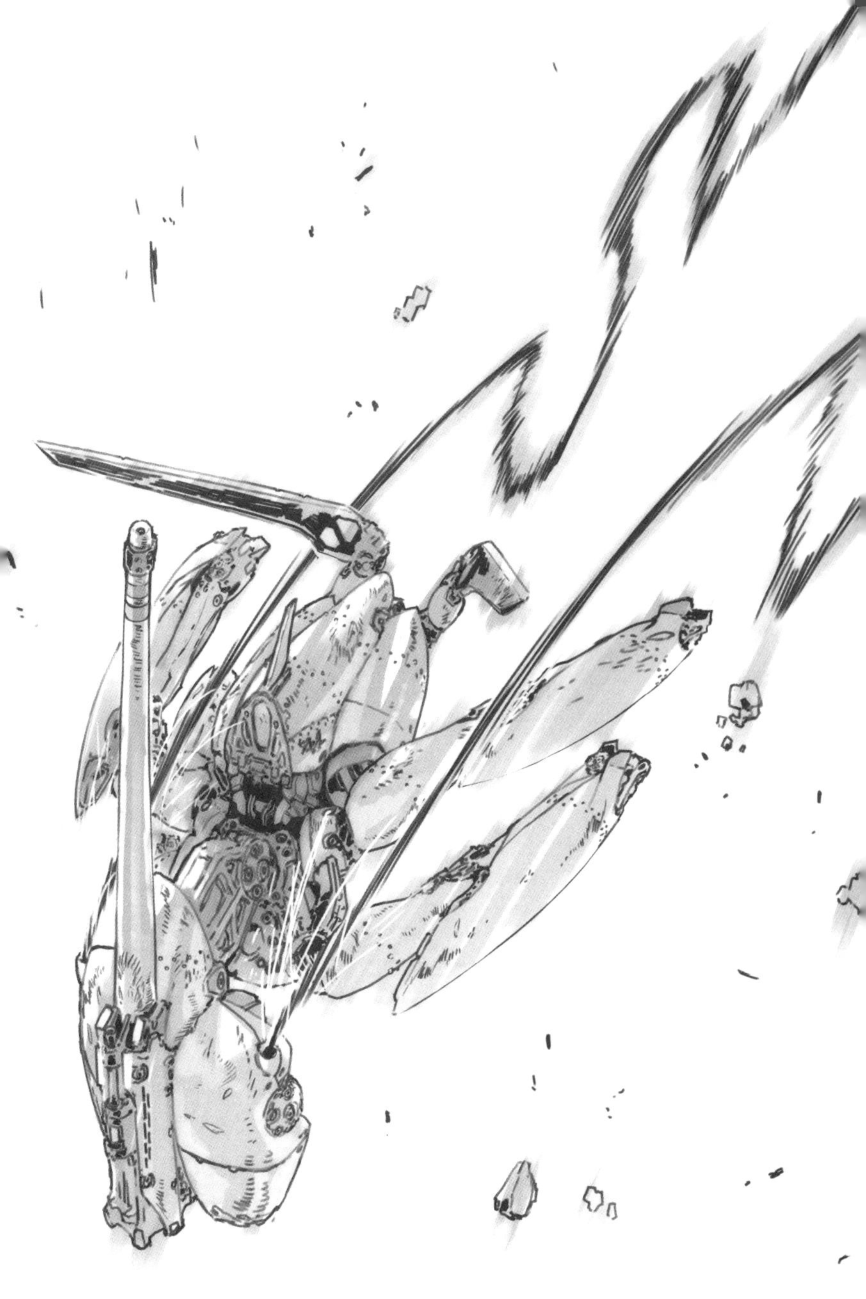

Illustration:I-IV

方式，替重達數噸的金屬巨鉤附加更大的速度與角度，想把它砸到「送葬者」身上。

但就在前一刻……

『──停止之後再飛回來的瞬間動作很慢，當然瞄準得到嘍。』

與第二小隊一同移動，假裝潛藏於水壩湖湖畔，其實早已攀登到南側斜坡接近頂端處的「神槍」進行狙擊。

鋼索被人從中射斷，吊鉤順著慣性墜落到完全無關的方向，弄得塵土飛揚。「送葬者」從不幸離別的鋼索底下鑽過。可能是判斷會被敵機抓住，重機工兵型寧可坐視光學感應器被射傷，把腿伸進牽制射擊的風暴中試著後退。

抓準沉入水中的長腿最後排衝破水面抬起的瞬間，可蕾娜瞄準關節部位再次開砲。支撐超大重量的一條腿被射斷，重機工兵型濺起水花斜著倒下，當場拋錨──就因為做了一點掙扎，重機工兵型這下完全在原地進退維谷了。

把鋼索鉤爪射進旋轉盤延長跳躍距離，「送葬者」抓住了主吊臂。即使可能傷到自機也在所不惜，液壓鉗從左右兩邊戳刺過來。

但是，太慢了。

本身並非戰鬥用兵種而極具重量的重機工兵型，動作已經比自走地雷還遲鈍，反應速度更是慢得可以。「送葬者」收回鋼索鉤爪往下跳，一對液壓鉗在他的頭頂上刺穿了自己的起重機吊臂，停了下來。

以這個自殘動作當成障眼法，它明知會造成接合部破損仍把後部副臂往前用力一甩，剩餘的底部射出最後一批抓住副臂的自走地雷，以及從接合部分離的「整塊副臂殘骸」。

『——嘖，我就知道。』

為了預防重機工兵型可能還隱藏了某種裝備，擔任伏兵的萊登第二小隊開始掃射，把自走地雷一個不剩地打落。

只是為防誤射裝甲輕薄的「送葬者」，用來掃射的不是四〇毫米機槍，而是兩挺重機槍。鋼筋製的沉重構材無法用輕量的重機槍子彈打掉，不過……

辛同樣也想過，敵機可能還藏了一手。

他讓「送葬者」上下翻轉過來，同時擊發四具破甲釘槍。

分離的貫釘被彈到半空中。炸開的裝藥提供「送葬者」往下方的猛烈加速。

不可能具備導引裝置的構材空虛地貫穿空氣飛走，動作與反應都太遲鈍的重機工兵型已經連光學感應器都追不上「送葬者」超乎預料的舉動。

「送葬者」再次翻轉著降落在本體背部，切換選配武裝。八八毫米滑膛砲。彈種選擇為高速穿甲彈。

早已逝去的某人發出的聽不清楚的臨死慘叫震耳欲聾。

悲嘆發自人聲，但已失去人類的人格與意志。是記憶遭到損毀的「軍團」基層士兵「牧羊犬」。看來「軍團」也還不至於連後方的工兵都改造成「牧羊人」。

控制系統——就在眼前。在連裝甲都稱不上的寒酸外殼板底下。

扣下扳機。

一擊就能讓戰車型沉默，自極近距離發射的高速穿甲彈貫穿機身——某個陌生亡靈的悲嘆戛然而止。

極近距離內的戰鬥弄得熱線種神色不悅，但牠似乎還知道自己才是不速之客，始終沒有出手攻擊。

即使如此，定睛注視自己的三顆眼球仍然讓辛感到很不自在，他順著倒下的主吊臂移動到壩頂上。湧出的水嘩啦嘩啦地沖過出水口——大概是在重機工兵型與熱線種翻越時弄壞的——但水勢也漸漸弱了下來。

不一會先是極光戰隊，接著布里希嘉曼戰隊也將戰車型掃蕩清空。兩名戰隊長還順便送來了幾句嚴正抗議。

『搞啥啊，死神弟弟，不是要由我們來獵殺臭蜘蛛嗎？』

『隊長，我知道是因為我們這邊花了點時間，但總該給長輩一點面子吧。』

由於兩人聯合起來跟辛抱怨個不停，辛給了他們追加指示。從旁搶走他們的獵物是不太好意思，那既然兩位還這麼有幹勁……

「橋上不是還有自走地雷嗎？請你們去把那些清一清。別忘了提防熱線種的反擊。」

也就是重機工兵型丟剩的自走地雷。

兩人一邊繼續嘟嘟噥噥，一邊帶著兩個戰隊移動到斜張橋的兩側。在不會進入彼此射擊線的位置，看準洄游的熱線種離開橋邊的瞬間對自走地雷開槍，預測反擊時機即刻脫離原位。所幸熱線種先是有所戒備地潛入水中，當牠露臉環望四周時，布里希嘉曼戰隊與極光戰隊早已退避到森林裡去了。

『嚇死人了……那東西真的很可怕耶。』

『根本找麻煩嘛，可以請牠快點帶著迷路的小孩回家嗎？』

確定熱線種沒有反擊後，戰隊再度前進開槍。小裡小氣地攻擊了一會後，熱線種似乎被弄得很煩而往後退開，他們才大動作掃射，一口氣收拾敵機。

『好……搞定。都結束啦，死神弟弟。』

「收到……壓制完畢。工兵隊，請前進。我們這邊會開始執行周邊警戒任務。」

『好的，交給我們吧！炸毀水壩可不是常常能看到的，攝影機準備好了嗎？』

接在工兵隊長往奇怪的方面發揮幹勁的回答之後，工兵們紛紛順著貓道跑到水壩上面。雖說事前已經根據設計圖確認過炸藥的安裝位置與所需分量，不過看他們實際到場之後幾乎沒有重新確認，不是留下的設計圖正確度極高，就是趁著戰鬥期間待機時先做了某種程度的測量與計算吧。

——不過在引爆之前，就真的得把熱線種請出水壩湖了。

「以實瑪利上校，只要找到幼體，熱線種應該就會移動了吧？」

『應該會。我們現在正在前往威嚇聲的來源位置……』

以沙沙翻動樹叢聲為背景音效的回答傳來。在高處待機的可蕾娜「啊」地叫了一聲。

『辛、上校，我看到了。在水壩以東七〇〇，基準點九八〇附近的湖泊。』

「神槍」的光學感應器影像透過資訊鏈傳送過來，全像視窗跳出顯示。在紅葉樹梢縫隙中，可以看到一隻雪白色人魚在染得通紅的湖泊裡游來游去。

「……即使是幼體也是水棲的原生海獸，所以應該是從卡杜南河道或塔塔梓瓦新河道進來的，但怎麼會待在這種不上不下的地方……」

『根據地圖標記，卡杜南河道好像有一條往東流的支流，匯流而成的就是這個湖泊了。因為是小條支流，幼體過得去，但熱線種過不去而且也沒發現，大概就是這樣彼此才會錯過吧？』

以實瑪利本身不是裝甲步兵裝備，因此沒有全像視窗可以顯示同一段影像，但同行的通訊兵似乎拿資訊裝置給他看了。可以感覺到他點了點頭。

『這隻是音探種的幼體，就是原生海獸的生物聲納。這個大小的話只會發出吵死人的超音波，沒有危險性，不用戒備那一邊。』

「與幼體接觸後請跟我聯絡。至於熱線種……」

如何才能催促熱線種繼續移動？辛突然想到這個問題而噤口不語。以實瑪利猜出他的想法，幫他接著說：

『我想音探種遲早會再發出叫聲的。不然就是音探種發現有人來接牠了，自己到那邊去。如果可以，能不能讓熱線種再靠近水壩一點？』

「這應該是最快的方法了。等工兵結束作業離開壩體後，機甲群會暫時退開。牠似乎也很想過來這邊，這麼做牠應該就會過來了……」

應該說從剛才開始，三隻眼球就一直不帶感情地看著他們，好像在說：「夠了沒有？快滾開別擋路。」實在有夠可怕。

頭頂上方的「女武神」眨眼間就打壞了巨大如怪物的「軍團」，精練勇猛的程度讓梅勒渾身發毛。

這下他知道自己為什麼看他們不順眼了。

那些傢伙，跟自己還有其他人不一樣。跟那些自以為了不起的貴族與長官是同一種人。是一群瞧不起他們的傢伙。一群分明無所不能，卻對他們袖手旁觀的傢伙。

「那些傢伙……」

熱線種似乎很想經由出水口回到卡杜南河道，無奈周邊有「女武神」到處亂晃無法靠近，這顯然弄得牠越來越煩躁。

龐然巨軀貼近水壩湖的岸邊打轉，對著附近的「女武神」潑水應該是一種威嚇行為。辛一邊看著險些被大水沖倒的「潘達斯奈基」急忙後退，一邊說：

「可蕾娜，為了安全起見，妳先下來吧。不用再監視幼體的周邊狀況了。」

『收、收到。』

熱線種似乎把待在高處格外顯眼的「神槍」當成了指揮官機，好幾次目不轉睛地盯著她，現在火氣更是大到隨時可能來個威嚇射擊。可蕾娜聲音有點變調地回答後，「神槍」隨即匆忙離開山頂。

第二大隊以下的河道周邊壓制部隊似乎也都打得差不多了，跟重機甲部隊的戰鬥看來已經結束。翠雨直接與另外三名總隊長連上知覺同步。

『各位隊長，第四機甲群已殲滅敵軍重機甲部隊。運輸水路就在我們眼前，我們會順便開砲把它弄壞，然後就撤退。』

接著梅霖說道：

『第二機甲群，已壓制所有水壩嘍。爆破準備進行中。』

『第三機甲群同上……還有一件事——』

迦南邊說邊把視線與光學感應器的焦點朝向該處。在卡杜南河道的豐沛水量轟轟作響流向陡峻的斜坡，於下方形成希阿諾河的斷崖邊緣，蓋有一座灰色的建築物。從那座名為卡杜南觀測據點的粗樸碉堡走出了幾個人。

陸續現身的人，包括鐵灰色戰鬥服弄得髒兮兮的幾名士兵，以及衣服比他們更髒的孩子們。

「發現疑似脫隊的聯邦軍人與一般民眾，現在進行救援行動。」

就連鐵面死神聽到這個報告，似乎也吃了一驚。可以感覺到他睜大了眼睛。

『一般民眾？——難道是船團國群難民的倖存者？』

「應該是。」

年紀最大也不過十歲出頭的孩子多達大約二十人，以及一位看似教師、剛過中年的男性。顯然不是兄弟的年長孩子牽著特別年幼的孩子們——大概是雖然年紀還小，仍然具有年長者的責任感，就這樣克服了幾乎全是孩童的避難之行吧。

孩童睜圓眼睛，盯著八成是第一次看到的「女武神」。其中一名士兵稍稍踉蹌著走到「牛身妖瞳」跟前。

士兵神色疑惑地仔細端詳「牛身妖瞳」，伸手觸碰無線耳麥。

『讓我確認一下，這是聯邦軍機——對吧？』

「是的，我是第八六獨立機動打擊群的迦南・紐德中尉。」

士兵登時立正站好。

『中、中尉閣下。失禮了，呃，長官。我沒看過這種機體，所以……』

「你們是第二次大規模攻勢來不及逃跑的部隊嗎？」

如果不知道機動打擊群——「女武神」受派來此執行水壩破壞作戰。

『長官是說臭鐵罐們的那場猛烈砲擊，與之後的攻勢對吧？是的，我們的中隊接到撤退命令但太晚逃走，沒能逃到安全地點，於是就躲進這座碉堡……那些孩子是船團國群的難民。好像是跟難民本隊走散了，後來砲擊停止，『軍團』們離開這裡去了南邊，他們就趁情況平靜下來時走到這裡……』

「……能夠保護他們真不簡單。」

也許這座觀測據點裡有儲備糧食，但是如果要讓戰時編制的中隊兩百人固守不出，等待不知何時會來的本隊救援，要把糧食分給無法充當戰力的幼童們想必需要很大的決心。

更何況對方是來自外國的難民，跟他們毫無瓜葛。處於脫離本隊的孤立狀態下，就算把這些人棄而不顧趕出去也不會被任何人怪罪。

就算對他們見死不救——就當時的狀況來說應該也是無可厚非。

士兵微微咬了咬牙。

從那動作可以看出，他帶著悔悟回想起即使只有一瞬間，自己竟曾經有過那種念頭。

『……是陣亡的中隊長叫我們保護他們的。』

就像替曾經猶豫的他們吹散內心的猶豫。

『中隊長幫大家想出固守碉堡的方法，還想好了所有戰術，什麼都指示得很清楚。中隊長明明已經受傷了，知道自己沒有救了，卻因為知道自己不行了，知道光憑我們這些人絕對逃不掉，就叫我們先躲在這裡再說。』

為了讓這些失去可以服從的士官，等到失去中隊長後就全部只剩小兵的部下們可以活下去，所有能教的他都教了，然後還……

『中隊長說一定會有人來救大家，要我們別放棄，直到最後都別放棄，要我們相信他。叫我們只要專心保護那些孩子就好，不用去考慮其他事情……中隊長說：你們是有榮譽心的聯邦軍人，要成為那些孩子的英雄，你們辦得到。他這樣跟我們說……』

保護固守碉堡的我們、能充當堡壘抵擋「軍團」的這座碉堡、我們這些士兵必須保護的柔弱孩童們……

保護好幾次差點受挫的軟弱內心……

保護我們的驕傲……

『中隊長已經死了，但是死了以後，還是繼續保護我們。』

話一說完，士兵就崩潰了。

雖然年輕但也已經成年的一個大人淚流滿面，士兵一再用拳頭擦拭骯髒的臉頰。

『太好了，幸好我們沒有放棄。你們來了，你們真的來了。隊長是對的，幸好我們沒有辜負他。幸好——我們相信他。』

相信中隊長。

相信聯邦軍的同袍會來救援。

相信人的善性，以及可稱為這世間善性的某種事物。

相信自己即使弱小，但仍然想相信他人、守護他人的自身良心。

「…………」

『現在我知道即使是我們這種人，也有能力保護別人——有能力幫助別人。即使是我們這種前農奴(家雞)，也有辦法做點好事或是有點成就。能夠知道這些……』

當著無言以對，只能懷著某種悲傷哀切的心情凝視他的迦南面前。

士兵用哭得一塌糊塗的臉龐，邊哭邊笑了起來。

『真是太好了。』

透過知覺同步，聽見士兵的這番告白……

「——什麼嘛。」

托爾有種擺脫了心魔的感覺。什麼嘛。

「我們還是辦得到的嘛。」

他們這些八六是，聯邦的其他戰線還有部隊也是。

負責的作戰進行得很順利。

其他部隊的士兵也都完全沒有放棄。為了戰鬥到底，為了守護到底，為了奪得勝利，他們都用自己的方式下功夫努力，讓任務成功。

等待救援的聯邦軍同袍與沒來得及逃難的孩子們，也都救出來了。就連給人找麻煩的原生海獸幼體都找到了，沒有把牠害死。

沒有人是無能為力的。

自第二次大規模攻勢的那個流星夜以來，一直尾隨背後不放的虛無、給視界拉下黑幕的迷霧都散去了。一股彷彿憋了很久無法吐出的氣息，總算化作長長的嘆息。

『所以我不是說了嗎，托爾？我說的都不是安慰話。』

「你說得對，克勞德，抱歉……我們……」

自己是如此，同袍們與聯邦軍也是。

雖然被奪走了很多事物。

雖然一度吃下敗仗。

即使如此，就算只能慢慢來，自己跟大家仍然可以一件件要回來。

「並沒有我所想的那麼無能為力。」

托爾那彷彿灑上金沙的翠綠眼瞳蘊藏強烈的火光。

經由彼此意識連接的知覺同步，會同時傳達見面說話程度的情緒反應。辛接到芙蕾德利嘉來自後方指揮所的知覺同步，對她莫名地興致盎然的反應揚起一邊眉毛。

「芙蕾德利嘉，怎麼了嗎？」

『辛耶，那個，能否再更靠近牠一些？就是音探種的……』

看來芙蕾德利嘉是坐進了「卡迪加」，正在探頭看子視窗的分享影像。可以聽到維克在她背後說些什麼——羅森菲爾特，要看可以，但是不要爬到我的腿上。不要直接就坐在我腿上。

安琪似乎是不小心想像了那場面，噗哧一聲之後小聲偷笑，同樣也能聽到拚命憋笑的馬塞爾等管制官連連發出乾咳。

為了給他們所有人最後一擊，辛用一本正經的語氣說：

「這麼年輕就當爸爸了啊，孩子都這麼大了。」

馬塞爾他們爆笑出聲，安琪放聲大笑。維克呻吟著說：

『諾贊你這傢伙，誰當爸爸了？……柴夏，等等，那本筆記本是做什麼用的？為什麼要開始畫素描？不准畫。妳有聽見吧，不准當作沒聽見。快住手，不准再畫了。』

順便連柴夏都開始小造反了。萊登說：

「柴夏少校，那幅素描之後要傳給大家看喔。」

『請叫我羅恰，修迦中尉……當然好了，請一定要讓機動打擊群的所有部隊都傳閱到。』

『夠了，雅……』

『——隊長！』

維克正要喊出柴夏那一長串本名時，瑞圖朝氣十足地插嘴說：

『隊長，我也想看原生海獸！照相槍的紀錄要留下來喔！』

辛正要回應，這次卻連葛蕾蒂也來插嘴。

還有知覺同步那一頭的芙蕾德利嘉「呀」地叫了一聲，似乎是葛蕾蒂從「卡迪加」把她抓出來解救了王子殿下的困境。

『你們幾個，還有殿下與管制官助理也是。有精神是好事，但現在在作戰。晚點再說吧。』

「……抱歉。」『對不住了。』『真對不起。』『等等，連我也挨罵嗎！』

工兵隊長回報，通知炸藥已經設置完成。

「收到。等其他水壩的作業結束，就進入撤退階段。」

辛一面點頭，一面凝神細聽其餘「軍團」的動靜。卡杜南河道周邊的「軍團」大致上已排除完畢，也沒有援軍到來的跡象。與洛織尼亞線本隊對峙的集團似乎也已經中斷攻勢，開始往支配區域後退——也許是看主力重裝攻擊部隊被擊潰，判斷無法突破戰線了吧。

結束掃蕩行動的第四機甲群開始撤退，受到第一機甲群壓制的水壩已全部做好爆破準備，於雷卡納克水壩保護的孩童與士兵正由清空貨艙的「清道夫」載回退路。第二機甲群與第三機甲群的進度也很順利。確認過所有部分後，辛向那個部隊詢問另一件必須知道的問題。

在實行作戰目標破壞水壩之前，必須先完成核燃料的回收作業。

「米亞羅納中校，請問聖母青鳥聯隊的進度如何？」

妮雅姆．米亞羅納中校平靜地回答這個問題。在她的鋼鐵愛馬「破壞之杖」前後雙座式狹窄駕駛艙的砲手（Gunner）兼車長席上，她說：

「一切順利。」

第五章　血腥瑪麗在霧中

用過核燃料放出的輻射，全都能用厚重金屬進行遮蔽。即使無法完全隔絕，也能大幅降低輻射暴露的可能性。

所以萬福瑪莉亞聯隊的鎮壓任務，從之前到現在都是由身披約束型陶瓷與重金屬複合裝甲的「破壞之杖」來執行。

同樣以機甲兵器為假想敵，用一二〇滑膛砲與一二．七毫米重機槍武裝自己，讓戰鬥重量五十噸的超大重物以時速一百公里躍動的聯邦軍陸戰關鍵武力，竟用來鎮壓脆弱無力、盡是無裝備步兵的萬福瑪莉亞聯隊。

在北部第二戰線晚秋季節特有的濃重覆蓋的白色朝霧下，鋼鐵狼群迅速而無情地逐步壓制無人荒村。

兩挺迴旋機槍的掃射，將拔腿就跑的士兵變成噴濺的鮮血。倚靠崩垮石牆的那些人，被戰車砲彈變成一團瓦礫與血肉的混合物。躲在暗處憋住呼吸的集團遭到多用途砲彈在空中炸開散布的霰彈風暴連同遮蔽物一起掃平。進退不得到最後可能是陷入恐慌了，鬼吼鬼叫著空手衝過來的步兵被鋼鐵機械一腳踢開。

萬福瑪莉亞聯隊士兵持有的七・六二毫米突擊步槍，在主力為裝甲步兵的聯邦是提供給後方運輸部隊或工兵攜帶的自衛武器。就連以機甲兵器而論寒酸脆弱得可以的共和國製「破壞神」的裝甲，「區區」七・六二毫米彈的話都擋得下。更別說「破壞之杖」堅不可破的複合裝甲，自然不可能留下大於刮傷的損傷。

別說報一箭之仇，萬福瑪莉亞聯隊就連正常抵抗的手段都沒有。

迅速，而且是極其無情地——屠殺繼續進行。

任何戰場都總是籠罩著迷霧。

無論如何謹慎、細心地收集龐大情資，不確定因素總是永遠存在。敵軍、政治、氣象與地形，甚至是像萬福瑪莉亞聯隊這種自家士兵，其中都可能潛藏著意想不到的事情與現象。作戰計畫受到這些因素干擾，總是很難確實按照計畫進行。

正因為如此，這場戰鬥看在米亞羅納中校眼裡才會顯得特別異常而悽慘。

「……這群蠢材，睡覺都還比動腦有用。」

為了不讓「核武」被運走，她設下了仔細而執拗的包圍網，絕不讓任何一個士兵逃走。而為避免叛軍察覺到追兵接近與包圍網的建構，她要求部下徹底封鎖無線電並善用遮蔽物。

更進一步，為了不讓叛軍在戰鬥中引爆「核武」跟他們同歸於盡，她在戰鬥開始的同時就突襲並壓制了「核武」的保管庫。

這是針對情報進行詳查，派出偵察兵謹慎而迅速地確認過地形與目標位置才展開的突襲。但就算是這樣，接近、包圍、偵察與戰鬥都能如此照計畫走，也實在太過異常。

對方沒有一個人想好抵抗所需的策略或準備，甚至連意志也沒有。一失去當成救命稻草的「核武」就脆弱地土崩瓦解，所有人無不只是抱頭鼠竄。

……對，只會逃避。

從一開始，他們就只是在逃避。眼前這群愚蠢又膽小的家雞，就只有這麼一個動機。

不是出於對國家的忠誠心。他們或許以為這是對故鄉或同胞的愛，但其實也不是，更不帶半點義憤、衷誠或正義。

只不過是被嚇得驚惶失措，承受不住就到處亂竄罷了。這就是這場騷動無聊透頂的真相。為了不讓自己活在恐懼的陰影下，就讓戰線、同胞甚至是祖國陷入危險，不過是丟人現眼的逃避行為罷了。

他們甚至不曾正視自己的德性，弄清楚自己連自己的情緒都處理不來。分明就只是這樣一群愚鈍、無力又怠惰的東西……

「連自己一個人都管不好，還以為你們能救到什麼，能完成什麼大事？一群蠢材。」

「救救我，小姐，救救我！」「我不想死啊，小姐！」「小姐快來保護我們！小姐！」

諾艾兒掩耳不聽周圍士兵接連遇害的慘叫，一邊哭叫著想蓋過這些聲音一邊東逃西竄。

「不是我的錯，不是我的錯！不是這樣的，是因為大家……不是我，是大家……！」

是因為大家都不想辦法，只會依賴我叫我救他們。所以我……我只能一個人拚命硬撐，弄到必須做出這種事來。

我其實根本就不想這樣！

被「破壞之杖」追著到處逃竄的莉蕾眼睛轉向她，滿臉驚恐地向她伸出手來。

「小……」

下個瞬間，聲音就被「破壞之杖」的機械腳踩爛停息了。

所以，她不可能有聽見聲音。不可能還看得見莉蕾的臉。

明明應該不可能，她卻聽見怨恨的聲音，看見譴責的臉孔。

明明是小姐叫我們做的。是小姐命令我們的。

是小姐擅自決定要這麼做，我們只是無故遭殃。

「……不對！」

對，我的確是覺得錯誤必須被糾正。

的確是想保護大家，拯救大家，然後做出了行動。

但也不可能這樣就變成是我得負責。

不可能會是我的錯！

「是大家沒有做好！——不能怪我！」

沒能做出核武，還有部下跟同伴一個個死去，都不能怪我。

因為我又沒做錯，我是對的，這世界不可能沒有為我準備一個全部問題都能迎刃而解的聰明辦法。

世界不可能這麼殘酷無情。

所以沒有找到、做不出來，都不能怪我。

「不能怪我！不是我的錯，我沒有做錯任何事！」

「——就是呀。」

有人抱住了她。回頭一看，寧荷在對她微笑。

「對，妳沒有做錯任何事——已經沒事了，不管有什麼問題，我都會保護妳的。」

她「啊」地倒抽了一口氣。

就在那一瞬間，諾艾兒忘掉了直到前一刻還存在的怨嘆、恐懼與眼淚。

她沒有要諾艾兒幫助她、救她，也沒有尋求保護。

她說「我會保護妳」——妳會保護我？

「妳什麼都不用再煩惱了，什麼決定都不用做了。我會保護妳，不讓它們傷害妳。因為只有我了解妳，小姐這種頭銜太沉重了，對吧？已經沒事了。」

那會是多麼……

如果能就此放掉沉重的負擔、內心深處一直感到沉重的鄉紳女兒的職責、帝國貴族的義務、小姐這種頭銜，這所有要求我承擔的責任，那會是多麼……

多麼地美好啊——……

繼而……

「破壞之杖」的機槍轉過來一陣掃射，把兩個女孩一起打成了碎片。

大多數核武都藏在第一個被壓制的倉庫裡，凱西手裡抱著的水桶是最後一個了。

苦於湧上喉嚨的嘔吐感與渾身虛軟的感覺，凱西搖搖晃晃地走在殺戮場面之間。

裝核武的水桶離奇地重，分明沒有受傷卻覺得渾身沉重無力，但是沸騰的怒火不讓他停下腳步。

根本就找不到原生海獸，同伴也都死光了。

都是聯邦軍害的，都是那些貴族害的。

都是小姐害的。

凱西恨得咬牙切齒。

都怪小姐弄錯，都怪小姐欺騙我們。

「我早就覺得奇怪了。」

聯邦、那些貴族還有小姐都在欺騙我們。都在騙我。

「……我上當了。」

我是被騙的，我是被害者。所以……

「我要討回這筆帳。」

他像隻可悲的老鼠般躲在暗處，逃過「破壞之杖」的目光到處爬行。總之，一定要找到一個可以贏過那架大傢伙的地點。

他心想只要躲進狹窄的地方，那傢伙就追不過來。一回神才發現，自己已經潛入了一棟石造建築物——卻想都沒想到在石壁圍繞的狹窄空間引爆這個炸彈，對於散播放射性物質其實沒有半點幫助。

凱西只能想到引爆懷裡的核武——他到現在還認為是最終王牌的舊水桶，至少能把這個令人絕望的局面全部毀掉也好。

想都沒想過之前以同樣條件引爆時只能炸掉一輛卡車的「核武」威力有多低。以他的那種思維，甚至不曾試著去回想。

總之，他要引爆這玩意兒，把所有一切都毀了。

這是報復。

因為是報復，他生氣是合理的，所以怎麼想都一定會成功。

他撕掉黏住所有空隙的布膠帶，把水桶蓋打開，盡可能把多一點塑膠炸藥塞到莫名其妙令人毛骨悚然的無數金屬顆粒上面。然後插入引信，拉著引爆裝置的引線站起來。一陣反胃感湧升，最後他實在忍不住，哇的一下全吐了出來。

……他們幾個一開始也是像這樣嘔吐。

撬開燃料棒後，引爆第一個核武，失敗之後，同伴們就日漸衰弱，變得不成人形，最後一一死去。

凱西覺得這簡直就像詛咒。

沒有中槍，也沒有碰到火。可是他們卻皮膚腫脹，頭髮脫落、肌膚潰爛，嘔出胃血與內臟一一死去。處理過核燃料之後，碰過的每個人都不例外。

他想那個大概真的是某種詛咒吧。

他沒看到任何感覺不好的東西，沒有聲音也沒有氣味。可是碰到卻會死，所以那就是詛咒。是碰不得的東西。

小姐知道，卻瞞著我們。

帝國知道，卻在我們的村子裡做那種東西。

我要把這玩意兒灑得到處都是。

他擦擦嘴角，站了起來。這時他才終於發現，這裡是一棟禮拜堂。

在祭壇的那一頭，受到黎明霧裡淡淡陽光的透射，簡直宛如天堂光明普照的彩繪玻璃上，溫婉女性的慈愛微笑映入視野。

穿著透明耀眼的美麗藍衣。

領主夫人，瑪莉．勒蘇里亞。就是這女的在村子裡蓋什麼核電廠。妳活該。

一身藍色禮服美麗動人的聖母大人，看著吧。

他轉身就走。

接著他的眼睛對上了鐵灰色全身鎧甲的人影指著他的重型突擊步槍槍口。

「……哈……」

某處傳來銳利的轟然槍響。

能夠聽到這個聲音，是因為「破壞之杖」的激烈砲聲、震耳欲聾的步行聲，以及尖銳刺耳的動力系統低吼聲皆已在不知不覺間消失不見。

米爾哈抱著悠諾，在朝霧昏暗而令人發毛的寂靜中到處爬行。一隻腳被炸掉讓他站不起來，想撥開泥巴前進，右臂前端要斷不斷的手掌又嚴重礙事。

用勉強還算沒事的左臂抱住的悠諾坦白講重得要命，好幾次被血弄得滑掉又得重新抱好，既麻煩又討厭。

既麻煩又討厭，既柔弱又膽小，但就像他的妹妹一樣，再麻煩再討厭也得好好保護，因為既柔弱又膽小，所以他無論如何都想保護好像妹妹一樣的她。

她為什麼從剛才開始就不再像平常那樣害怕地哭泣？

啪滋一下，泥巴濺到骯髒的臉上。

抬頭一看，鐵灰色形影正好在他眼前把鐵樁般的機械腳踩下來——聯邦、帝國的貴族們駕駛的機械魔物。「破壞之杖」。

跟諾艾兒同樣帶有帝國北部邊境貴族口音的女聲，透過外部揚聲器莊嚴冷靜地斷言：

『你是最後一個了，挖地的雞腦袋——那塊破布是你的朋友嗎？無能的廢物，搞不清楚身為蠢材的分寸自作聰明，才會平白無故害死同伴。』

米爾哈一聽頓時肝火上升。

破布？竟敢說悠諾是……

……對，這他早就曉得了。

她從剛才到現在都沒有哭，也沒有說她害怕。不管重新抱好幾次，都不肯自己動一下。

當然了，因為她已經沒有頭了。

嘴巴與眼睛都跟頭一起沒了，當然不可能流眼淚或發出聲音。

會變成這樣是因為……

是你們把悠諾變成這樣的。

是你們這些軍官、長官、聯邦……

「是你們叫我們自己想的啊！」

我們明明沒那麼聰明，你們卻不准我們辦不到。

「我……我們根本就不想要那樣，是你們叫我們做的！我們只是照你們說的自己思考自己行動，結果現在又說我們搞不清楚分寸，叫我們不要自作聰明，是吧！——既然這樣，為什麼不從一開始就告訴我們，你們這些無能的東西什麼都不准做！」

米爾哈說歸說，其實他很明白。家雞的分寸、無能之類的用詞……

這些用詞，在聯邦都說不得。

在自由與平等的國度是說不得的用詞。

……不對，其實也不是。

「……『你們是不想說』。」

因為在自由、平等與正義的國度，講這種話是不對的。

因為這些傢伙不想犯錯。明明知道自己不是對的，卻又不想犯錯，所以……

「你們只是不想當壞人才不講！——卑鄙小人！」

「——你說得對。」

米亞羅納中校說話的同時扣下了扳機。機槍掃射把最後一個叛亂分子轟成碎屑。

低頭看著噴濺的鮮血，米亞羅納中校自言自語。由於受到動力系統的巨大噪音蓋過，在這窄小孤獨的「破壞之杖」砲手兼車長席，即使是同坐駕駛艙的駕駛員也得透過機內無線電才能聽見她說話。

「你說得對，正義的國度總是很卑鄙。」

所謂的「自行思考」不是只要有在動腦就行了。

所謂的「自主行動」，意思不是只要有在行動，做什麼就都不會被怪罪。

對不懂其中區別的人來說，講這些話當然是卑鄙行為了。

同樣地，對於不知道必須為自己的行為付出代價，丟人現眼地哭著到處逃竄的諾艾兒・羅西來說……

對投降判斷做得未免太遲，還拿自己去擋子彈的寧荷・雷加夫來說……

對想在封閉空間引爆輻射彈，什麼都沒學到也不懂得思考的基層士兵來說……

聯邦公民以正義之名硬把承擔不起的自由、平等丟給他們的行徑，無疑是……

「對於得到受教育的機會也不想學，得到多餘時間也不想用腦，得到自由也不想做判斷的羊群，只給予他們權利的結果就是這副慘狀。就是硬要把自由與平等塞給放棄思考交給別人做判斷，除了服從主人之外什麼都不想做的羊群，才會導致這種結果。」

從來不曾考慮過自由與平等嚴酷的一面。

或者只因為自己背負得了，就不負責任地照樣要求別人。

沒錯，對具備統治者資質的人來說——對能替自己作主的人來說，自由與平等的滋味是多麼甜美啊。不用聽命行事也不會受到強迫，享受盡如己意決定自己人生的自由……然後在平等的口號下，不用替別人的人生負責。

具備統治者的鐵腕，卻不願用這雙鐵腕保護連自己的人生都背負不了的弱小羊群。

大言不慚地說在民主制度的自由與平等之下，每個公民都是自己的王。至於那些連自己的事都無法作主的人，一句這也是你們自己的責任就棄之不顧。嘴上說大家都是公民，卻只顧著自己享受想要的自由，絕不為跟自己平等的公民提供他們想要的安樂。

米亞羅納中校覺得這是一種不負責任的行為。

身為過去在齊亞德帝國統治黎民，將思考與判斷這些伴隨統治而來的義務、全體領民的命運視為自身責任的帝國貴族之一，米亞羅納中校抱持這種想法。

這是她對於獨自享受自己的堅強，絲毫不願去體諒柔弱羊群的公民們，抱持的觀感。

「自由或平等……對於那些只想當羊群的人來說，都只是殘酷的要求罷了。」

無論是外部揚聲器或機內無線電，此時都沒有按下開關。

所以，沒有人聽見大領主千金被迫射殺她心愛的愚蠢、弱小的羊群而發出的哀嘆。

『——小姐這種頭銜太沉重了，對吧？已經沒事了。』

對於寧荷的這句話，他沒聽見諾艾兒想回答什麼。

因為沉重狂暴的槍聲把諾艾兒、寧荷與本隊的無線電都直接碾碎了。

「咦……」

無線電對講機發出噪音陷入沉默。梅勒呆站原地。

在機動打擊群的戰鬥完全告終後，他才終於想起自己的任務，正急著想跟小姐回報發現原生海獸時……

回應給他的，卻是存活下來的同伴們與小姐慘遭屠殺的地獄光景。

「怎麼會……怎麼會！」

他重新調頻，但再也連不上任何人。凱西、米爾哈、莉蕾與悠諾都沒有出聲回應。

歐托驚愕地說：

「全軍覆沒？大家……除了我們以外，大家都被殺了嗎……！」

梅勒呆怔地跪倒在地。凱西、米爾哈、莉蕾、悠諾，這麼多的同伴。小姐。

一種哀戚慢慢浮現心頭，隨之湧起的是憤恨。

恨殺了小姐的敵人；恨沒有拯救小姐的原生海獸；然後是恨自己。

其實，他早就察覺到小姐的情意了。

可是，小姐是大戶千金，跟他身分不同。曾為農奴的平民、一無是處的自己配不上那麼美麗的小姐，所以他一直假裝沒發現。

早知道就回應她的感情了。早知如此的話。

在昨晚那最後一段相處的時光，如果能獻給她一個吻就好了。

樹林的狹縫反射出炫目礙眼的陽光。

不知是什麼時候，純白的「女武神」已從水壩下來，光線就是被那裝甲反射的。紅色光學感應器轉過來對著他們。沒有一個人注意到藏身於遠處無數樹木下的梅勒與歐托——呆站原地悲嘆的萬福瑪莉亞聯隊最後生存者，就這樣直接走過。

梅勒不知道駕駛艙裡的處理終端把光學感應器的操作設定為眼動追蹤。

他只把那個動作解釋成駕駛員的漠不關心，既然自己都注意到對方了，對方當然也應該有看到他們，卻漠不關心地調離目光，這個想法讓梅勒霎時感到一種令他渾身毛髮直豎的屈辱與激憤。

我這麼悲痛，我最珍愛的小姐都死了。

你為什麼沒有跟我一起悲痛，一起哀嘆，一起憤慨？

你們為什麼總是無法理解我們的哀傷、痛苦與可悲？

你們，你們，你們……

「你們明明這麼強悍。」

不像我們，你們分明如此強悍。

明明無所不能，強悍到可以做任何選擇與決定，向前邁進。為什麼你們不肯保護我們，幫助我們，引導我們？為什麼不肯拯救小姐？

既然你們如此強悍，強悍到有這個能耐，不是理所當然地應該為我們做這些嗎？

保護我們免於做決定、選擇與思考，那些麻煩、困難、我們不敢做的事情統統都不用讓我們做，引導我們，拯救我們。不管是我們還是小姐，全都由你們來拯救不就好了嗎？

可是你們卻……把小姐……

無能地、不負責任地、怠慢、傲慢而殘忍地……

「都怪你們袖手旁觀——都是你們不好！」

伴隨著酷似受傷野獸的咆哮。

染得通紅的葉叢底下突然衝出一個人影，被可蕾娜第一個看到。

——自走地雷？……不對！

呼應注視而跳出的擴大影像中，那人影身上穿著聯邦的鐵灰色戰鬥服。自走地雷不會有的臉孔看似一名青年，而辛以異能捕捉到的「軍團」悲嘆此時也已遠去。換言之，這個青年不可能是自走地雷。

是人類，是聯邦軍人。看在習慣了聯邦戰場的可蕾娜眼裡，對方乍看之下像是友軍。

但如果是這樣，敵意怎麼會這麼明顯？怎麼會帶著殺機？為什麼帶著這種敵意與殺機，靠近已經通告全軍盡可能避免攻擊的原生海獸幼體？

捧在手裡、手指扣在扳機上的突擊步槍是用來……

「！萬福瑪莉亞！——辛！」

可蕾娜寒毛直豎地大叫。她的位置離那邊太遠，來不及趕上。

「還有人員存活！幼體會被槍擊！」

眼看梅勒吼叫著衝出去，歐托與同伴們都像是受他影響，變得群情激憤。眾人跟著梅勒一起嘶吼，情緒激昂地往前衝。對，沒錯，都怪那些傢伙不好。我們要替同伴報仇，都是那些傢伙害的，所有事情都是那些傢伙不好。

所以，只要殺了原生海獸……

只要殺了原生海獸，另一隻原生海獸就會幫他們摧毀一切。可恨的「軍團」也好，聯邦、長官與那些貴族也好，棄同伴於不顧的這些傢伙也好。原生海獸會幫忙毀掉他們憎恨、厭惡的所有事物。

毀掉算了。

「這都要怪你們！」

梅勒大叫。也有可能是歐托，或者是哪個同伴。他們已經無法區分彼此，用同種色彩的悲憤與激昂互相渲染，更進一步煽動全體人員的激情。

「這都要怪你們，全都是你們不好！」

「我們就是辦不到，辦不到也不是我們的錯啊。都怪你們說我們無能、懶惰，捨棄我們！一次又一次地踐踏我們！」

「我們有多難受，有多痛苦，一直以來有多懊惱多可悲，你們從來都不懂，也不想懂！所以全都是你們的錯！」

「都怪你們從來不肯保護我們、幫助我們！」

他們吼叫、奔跑。憤怒顯露於外，讓嘶吼與怒吼互相唱和。

所有同伴一條心。

所有同伴想著同一件事，懷著同一份心情，喊著同一種言詞，跑向同一個方向，帶來了一種亢奮感。整個群體共享同一份思維、情感、判斷與行動，帶來化身為一頭巨獸的快感。

帶來與大家合而為一的安寧。

這是多麼舒適的感受啊。

這是多麼地讓人安心啊。

梅勒以及和他合為一體的萬福瑪莉亞聯隊最後生存者們，陶醉地徜徉在這種快感當中。什麼自由，什麼正義，什麼意志或個人精神，比起這種歸屬感都毫無價值可言。

啊啊。

這才是他們一直以來想做的事，一直以來想成為的存在。

想進入這種美好的境界，成為強大、偉大——大同的群體。

他們舉起這份強大力量的象徵、體現他們偉大力量的——動動手指就能幫助他們毀掉一切，強大而偉大的暴力化身——槍枝。

對準的是美麗、虛幻，宛如玻璃工藝的人魚。

就連如此美麗的生物，如此尊貴而難以取代的存在，他們都有辦法摧毀。

弱小、愚笨、什麼都不會的他們也摧毀得了。

只要團結，就可以同心協力……

太棒了。

你們活該。

就在這時……

所幸為了催促熱線種移動，辛正好讓「送葬者」走下壩頂，來到下游的河床。

讓專精高機動戰鬥的「女武神」從最大戰速的疾馳動作，猛力踩踏大地進行急速制動，「送葬者」著地時甚至發出了沉重地鳴。就擋在萬福瑪莉亞聯隊的餘黨與音探種之間，位置正好讓他用機身替背後的音探種擋攻擊。

無數的赤紅、朱紅、大紅、火紅……紅葉如雨無聲飄降。森林剛剛迎接早晨。置身於清透陽光與落葉陣雨的正中央，辛與最後一批叛軍對峙。

「女武神」的裝甲不會被突擊步槍的子彈打穿。

就算來些炸彈，如果只是能藏在身上的分量，除非緊接著引爆，否則想必也炸不開裝甲。

但如果他們執意不肯停步——還想繼續靠近，就只能開槍。

「女武神」是機甲兵器，沒有一件武裝能不致人於死地。八八毫米滑膛砲、高周波刀與破甲釘槍，都是用來提供夠大火力破壞戰車的堅固裝甲。一二．七毫米重機槍雖然只對裝甲輕薄的兵種有效，對付人類卻變得威力過剩。就連不算武裝的鋼索鈎爪，甚至只是抬腿一踢，十幾噸的機體重量本身對人體來說就是凶器。

如果他們不肯停步，就只能痛下殺手。

手指已經扣住扳機。系統發射瞄準雷射，戰車砲自動微調位置。

肉眼不可見的雷射溫度，與八八毫米砲黑暗深邃而極具威脅性的砲口，讓士兵們畏縮不前。

辛幾乎是祈禱般地暗自希望他們就這樣停止前進，然而期望落空——所有人的恐懼只維持了一瞬間，然後奇怪的是，整齊劃一地被同等強烈的憤怒蓋過。

明明都長得不一樣，卻是同一副臉孔。

照理來講他們都是獨立個體，不知為何表情卻讓人看不出差異。

辛頓時渾身發毛。他不知道是什麼東西這麼嚇人，卻發自內心感到恐懼。

同時也領悟到，用威嚇手段阻止不了他們。

只能開砲了。

他做好了最壞的決心，斥責僵硬的手指，準備使力。

就在扣下扳機的那一瞬間……

裝甲步兵隊與偵察部隊比他快了那麼一點趕到，用手裡的槍枝掃射。

毫不遲疑地。

裝甲步兵攜帶的一二·七毫米重型突擊步槍，只是藉由強化外骨骼的輔助而能夠勉強讓個人運用，是設計給車輛或航空器搭載運用的口徑，本來並非一個步兵該發揮的火力。

現在從側面被這種重型突擊步槍的全自動射擊彈幕，加上反輕裝甲用的全尺寸七·六二毫米步槍子彈打個正著……

青年與追隨其後的士兵們都在下個瞬間從人世間消失。

他們維持著那副青面獠牙的嘴臉，突然被橫掃而來的衝擊打飛，就此消失在光學螢幕的畫面之外。只有噴濺的鮮血與怒火中燒的憎惡眼神烙印在辛的視網膜，除此之外什麼也沒留在世間，就這樣被炸碎、撕裂而消逝。

一瞬間，辛愣住了。

一切來得太突然。即使他早已看慣了無情而唐突的戰場，這死亡場面仍然顯得太過悲慘而難看。

就連憎惡……

就連死前……實際支配當事人到死亡那一刻的激烈憎惡，都不足以……

什麼都沒有。

他有些愣怔地轉動視線，看到以實瑪利站在前方超然地說了。

肩膀還扛著全自動射擊高溫形成熱霾的七·六二毫米突擊步槍。

「我不是說過了嗎，上尉？就說沒救到的那些人不是你的責任了。」

「……上校。」

「更別說那些傢伙跟你毫無瓜葛，大肆宣揚自己有多白痴的同時一直幹蠢事到現在，憑什麼他們只要自大地一句『你為什麼不救我』，你就得去救他們啊？再怎麼說，依賴心也不能這麼重吧？」

在開著座艙罩的「卡迪加」旁邊看到芙蕾德利嘉渾身抖動了一下，維克瞇起眼睛。那動作就像是在忍受胃的痙攣，不讓別人看出來。

血紅雙眸散發微光顯示她正在發動異能，不用問也知道她看見了什麼。

「——不是叫妳別管他們了嗎？花瓶（吉祥物）。」

她不過是個軟弱無力的花瓶，不用去管那些她救不到的人。

那些人賣弄自私自利的願望卻又被它擺弄，結果自尋死路。那樣的一群蠢材何止不須同情，連目送他們最後一程都不用。

芙蕾德利嘉側眼往上看看他。

「余拒絕。真要說的話，汝這條蝰蛇可沒那權力來命令余。」

芙蕾德利嘉轉向他，眼光直率地抬頭瞪著毒蛇王子。

「沒錯，余無法背叛的是余自身的良心。而余現在還守得住的，也就只有良心了。對，余現在保護不了任何人，救不了任何人。但余若是因此就決定捨棄他人，屆時就連良心也守不住了。既然如此，現在……」

她那色彩宛若新傷流出的鮮血，火紅燃燒的眼瞳炯炯發光。

「正視他們，就是余該做的事。為了余有朝一日像汝或辛耶那樣得到救護他人的力量時不會錯失任何一人，見證他們的墮落模樣與毀滅樣貌就是余現在的戰鬥。余的決定無須汝來置喙。」

維克微微瞇起眼睛。

出於還只是不快程度的一絲厭惡。

「良心，是吧……留著這種東西，只會礙事。」

說起來好聽，實際上卻不具有任何力量，對一個人來說只是枷鎖，不過是空虛的規範罷了。

「余才不管那麼多。」

但是芙蕾德利嘉加以唾棄。

煥赫地燃燒她火焰色彩的雙眸。

「汝曾經說過，就算不能為王，也要表現得像個王侯。汝說汝希望如此自處，即使永不為王也以王侯自居。沒錯——這點余要向你看齊。余憑的不是誰來加冕的王冠，而是將以余的行為舉止與決心，成為余自身的王。」

這番言論讓維克感到有些突兀。成為自身的王。這點跟八六一樣，沒什麼不對。但是……憑的不是「誰來加冕的王冠」？

停了一拍，他才想通。聰明如毒蛇王子，也一瞬間感到錯愕。

眼前的這個女孩，並不是什麼帝國貴族血統的繼承人——……

芙蕾德利嘉定睛注視他，低聲說道：

「原來如此，汝的確不會在臉色或舉動上表現出動搖——這點，余也得向汝看齊。」

「妳——……」

「汝不是對余的隱情不感興趣嗎？」

語氣如揮刀斬斷般銳利。維克輕嘆了一口氣。

「……好吧，確實是如此。」

一個長久以來被當成傀儡擺布、連領地都沒有的遜位女皇帝，就算保護起來也只有毒害而毫無益處。縱然聯合王國是個大國，也並不想與大陸最大的超級大國聯邦正面為敵，更一點也不想被捲入舊帝國大貴族耗時千年還在繼續上演的愚蠢對立。

只不過……

「妳不覺得對『現在的我』來說，不見得能如此斷定嗎？」

有能力命令「軍團」全機停止運作的帝國鷲鷹王室血統——面對能夠破除祖國困境的關鍵之一，身為聯合王國的王族或許會改變想法。

但芙蕾德利嘉聽了，這次不再有所動搖。

「伊迪那洛克的紫晶，沒輕率到會還沒湊齊條件就衝動行事吧。」

維克用鼻子哼了一聲。既然她都明白，這就夠了。

「其他還有誰知道？米利傑……我看不知道吧。諾贊一定知道了？」

「……正是。」

維克決定晚點拿隻毛蟲放到辛的背上。雖說這不是能隨口向外人公開的情報，況且辛向來不張揚別人的私事，這種誠實的性格也很值得信賴，但是……

就是覺得有點不爽。

「既然如此，那就照舊跟他同心協力吧。就像妳說的，我手上的牌不夠多。」

不只是身為命令者的芙蕾德利嘉，還得搜尋並壓制能夠傳送命令的司令據點。維克被困在聯邦這個異國回不了祖國，麾下只有一個聯隊，無論是要搜尋還是壓制都缺乏人力，非得和辛──機動打擊群以及聯邦協同作戰不可。

和他的監護人──聯邦臨時大總統恩斯特聯手。

見芙蕾德利嘉點了點頭，維克回望那雙阿德爾艾德勒皇室的火焰色雙眸告訴她。用他那被趕離王位，但捨棄不了王侯的尊嚴，和她同樣都是當不了王的王族，屬於獨角獸王室的帝王紫瞳。

「妳必須比以往更愛惜自己──就為了妳所說的，什麼保護群眾這個理由。」

如同以實瑪利說過的，熱線種一從壩頂探頭出來的瞬間，音探種立刻發出啾咿啾咿的高音叫聲，返回卡杜南河道的支流。

熱線種也跟著從水壩移動到河道——再次被龐然大物跨越的水泥製出水口殘骸悽慘地全毀，但這就無可奈何——兩隻原生海獸終於在紅葉錦緞般的卡杜南河道會合。

要把這說成感人的重逢場面，被牠們倆搞得七葷八素的辛實在難以苟同。

其他處理終端與裝甲步兵也都有同感，散發出只差沒說「好了拜託你們快回去吧」的氛圍遠遠地圍觀。只有菲多悄悄走到兩隻動物身旁的岸邊，發出友好的嗶嗶電子音效。

兩隻原生海獸半點反應都沒有。

「嗶……」

它似乎有點受傷。

看著菲多無精打采地低垂肩膀（機體前半部分）的背影，辛並不覺得意外。要是這麼短的時間就能讓不同種族之間達成交流，對抗原生海獸千年之久的以實瑪利等征海氏族族人臉都沒地方擺了。

實際上，以實瑪利也真的用一種無話可說的眼神盯著神情哀怨的菲多，而熱線種似乎用眼角餘光掃到了以實瑪利，這次反應很大，猛然轉過頭來。

牠把長脖子竭力壓低狠瞪以實瑪利，只差沒張嘴咬他。要不是這裡是陸上——不是在人類領域內，看牠那樣子大概無須多說，熱射線就飛來了。

「……你這傢伙，該不會是記得我吧？」

記得征海氏族極具特色的刺青、那頭被海水與太陽灼得褪色的金髮，以及沾上散不掉的海潮氣味與之融為一體，至今與自己廝殺過多次的仇敵的氣味。

以實瑪利臉上也同樣浮現一絲凶神惡煞，但又帶點親切感的笑意。

「怎樣？你這混帳少盯著我看。小心我揍扁你啊，你這矮冬瓜。」

搞不懂到底是高興還是在發火。也許兩者皆有。

至於音探種則是漠不關心，順著卡杜南河道往北方低處游。熱線種把長脖子整個扭轉過來瞪著以實瑪利，也跟著游走。

原生海獸要通過河道了，不許出手。壓制河道上系列水壩的各部隊都接到了管制官們的這項指示。

†

北方第二方面軍的叛軍全員死亡，其餘核燃料也已找回。

接到這份北部第二戰線躲過危機的報告，恩斯特長嘆一口氣。

他感到「遺憾」。

恩斯特無法阻止內心某個角落產生這種念頭，也無意阻止。

——您恐怕不是真心想捍衛理想吧？

「……沒錯。」

他自言自語，在大總統官邸無盡空虛的辦公室裡。

「什麼我都不在乎了——因為對我來說，已經沒什麼事情好害怕的了。」

因為，我沒有需要珍惜的人事物。

我已經沒剩下任何一個不想失去、必須守護的人事物。

就連「她」曾經相信卻未能實現的人類該有的理想姿態也是。

但因為這是她相信過的理想，我才捍衛到現在。不捨棄任何人，什麼人都要救，那種充滿溫情與正義的世界。如果它會被玷汙，我發自內心希望這些人、這種國家與世界都毀滅算了。

但是其實，就連這件事我也早已不在乎了。

「因為她——已經不在了。」

†

從希阿諾河撤退而來的第四機甲群與守衛退路的瑞圖等人會合，原先進入最北邊區域的第三機甲群也隨之開始撤退。等殿軍部隊離得夠遠了，雷卡納克水壩才開始進行爆破。

伴隨著轟然巨響，拱壩特有的單薄水泥壩體崩坍了。雷卡納克河被擋住的滾滾河水獲得解放，沖向原本該流入的下游。

接著與之相鄰的米奧奧卡水壩與紐塞水壩，也在確認戰隊撤退已經通過、周邊的壓制部隊也已後退之後進行爆破。他們一邊像是捲線般接回撤退的友軍，一邊以逆著卡杜南河道而行的方式把二十二座水壩全數破壞。

最後在上游阻擋洛籤尼亞河的洛籤尼亞水壩遭到爆破，隨之塔塔梓瓦舊河道與新河道之間的水門進行封閉。形成希阿諾河的所有水流流進洛籤尼亞防衛線抽乾的河床，以及烏米沙姆盆地的圍墾地。

頑強阻擋陸戰霸主「軍團」的大江洛籤尼亞河與泥濘盆地，跨越一百多年的時光重新出現在北方第二方面軍的面前。

†

伴著找回的幼體，熱線種抵達人類稱為軍港均諾里、通往北海的河口。

團在遠處監視牠們的金屬製敵性存在沒有主動攻擊，所以牠也沒放在心上。比起它們，牠將意識轉向在洋面上等著牠們的同族群體的歌聲。

幼體音探種一到這裡，立刻滑入冰冷的海水。牠將水吸進長長拖曳的外套膜與鱗甲之間，以噴射方式進行高速移動回到群體之中。

熱線種尾隨其後，也讓身子沉入海中游向那方。游向群體身邊，游向牠習慣待著的遙遠北方沁寒的海洋。

在琉璃色的黑暗中，一段記憶無意間閃過熱線種的腦海。

在接回幼體的水灘裡，牠看到一群弱不禁風的二足步行生物。在那個不失他們凶暴本性，二足步行生物自相殘殺的場面中……

有個個體用從沒聽過，而且也聽不清楚——但的確能傳達給牠們的聲音發出叫聲，不知道那是怎麼回事。

†

隸屬於聯邦軍多座訓練基地之一、銀髮銀瞳的亨利．諾圖中尉是志願成為義勇兵加入聯邦軍的前共和國軍人，簡單來說就是共和國人。

他以共和國人來說罕見的認真執勤態度獲得讚賞，維持原有的尉官階級。雖然受到召集、一同受訓的預備役聯邦軍人都與他保持距離，但想到共和國對八六做過的事就覺得是理所當然，所以他沒放在心上。除了偶爾會聽到閒言閒語之外也沒有人故意惡整他，讓他甚至覺得聯邦軍真是紀律嚴明。

然而現在看到一名同袍在公共空間的電話亭前面對他招手，亨利疑惑地指指自己。

軍方准許人員從這個電話亭撥打私人電話，但亨利沒有這個需求。他在志願成為義勇兵時已經跟父親好好惜別過，現在也才過了一個多月，沒什麼要聊的。

可是同袍卻對他說：

「對，中尉。亨利．諾圖中尉。有你的電話，說是你弟。」

「咦！」

他跑過去，發現同袍的表情跟之前不一樣，好像略顯尷尬。

就好像覺得過意不去似的。

「原來中尉有個八六的弟弟啊。」

亨利心裡一驚，變得渾身僵硬。難道是要譴責他拋棄家人嗎？

雖然亨利的確是拋棄了繼母與弟弟——拋棄了克勞德沒錯。

「……是啊。」

「這樣啊。那你……心裡一定很不好受吧。」

始料未及的一句話，讓亨利不由得抬頭看著這個身形高大的同袍。

這個預備役的同袍大概跟亨利同年齡或是比他大個一兩歲，還很年輕。

「以中尉這個年紀的話，強制收容開始時大概也才十七歲吧。那個年紀都會以為自己無所不能，但其實還有很多事情無能為力。我只是覺得……你那時候一定不好受吧。」

「…………」

「所以你不用覺得沒臉見你弟，就別躲著他了吧。都打電話給你了，當然就是想跟你講講話。既然如此，你可別剝奪人家的機會啊。」

「……謝謝。」

應該說就是因為剝奪過一次，克勞德才會那麼生氣吧。

氣歸氣，還是再給了他一次說話的機會，既然這樣……

『……老哥？』

「是你啊，克勞德。」

語氣聽起來就像不知該如何拿捏彼此的距離。

只把亨利當成自己部隊的指揮管制官時，都還沒有這麼客氣。但一知道對方是哥哥就變成這樣，讓亨利痛切感受到時間與關係出現的隔閡。

——哥哥。

克勞德一定不會再像以前那樣叫他了。

『聽說你受訓就快結束了，想趁那之前，打個電話……』

「嗯……謝謝你。」

等到分發到前線之後，恐怕就不能這麼輕鬆地接電話了。

「你現在在做什麼？」

亨利努力讓自己語氣平靜。聽說克勞德所屬的機動打擊群也去了某地的戰線，不過既然能打電話過來，應該是回到總部基地了。

『嗯，在看月亮。』

「月亮？」

『聽說有這種節日。辛……呃，就是我們的戰隊長，說在第八十六區沒辦，兩年後的現在想來過個節。我們擺了些怪怪的草做裝飾，然後吃了從來沒看過的點心。』

亨利望向電話亭對面的窗外，那輪正好升上夜空的月亮。

跟克勞德現在看著的月亮是同一個月亮。

「這樣啊……那不錯啊。」

印象中好像是賞月必備，因此大家從軍械庫基地的演習場周遭拔了些結著長穗的草，綁成幾束插在餐廳各處，辛跟還在療養院的蕾娜連上知覺同步，一起看同一個月亮。

至於被稱為月餅的點心，由滿陽帶大家做出了類似的東西。辛聽說可以用稱為糰子的水煮小麵團（Dumpling）當供品，於是託人準備了麵粉團。然後又有一些極東黑種的隊員表示還有一種說法是供奉蒸薯，但不知道是馬鈴薯還是甘薯，總之就兩種都準備了。

應該有些地方搞錯了，說不定根本全部錯得離譜，但管他的，感覺有到就好。

萊登想起兩年前在第八十六區，起頭說要賞月的庫丘講過月亮上有兔子什麼的，於是開始拿蘋果切成兔子，最後竟然在餐桌角落開辦起蘋果兔子切法教室。

食勤班抗議說兩種薯類光是蒸熟沒意思，硬是放上奶油一起烤或是做成了薯泥塔。有人把奶油烤薯傳過來，於是辛拿了一塊，才剛把叉子插進去就發現烤薯切成了半月形，引他望向形狀相同的月亮。

聊天話題很遺憾地毫無風流韻味，是關於北部第二戰線的那場騷動。

雖然講起來很無聊，但蕾娜就是想聽作戰內容，也沒辦法。她對核武胡鬧的製造過程困惑不已，對萬福瑪莉亞聯隊每件事都看著辦的行動方式大皺眉頭，使用放射性散布炸彈讓她連話都說不出來，原生海獸誤闖戰場的烏龍事件讓她聽到頭痛，最後蕾娜擠出的一句話是：

『只能說……大家出了好多狀況呢……』

「作戰本來沒這麼困難的。」

總之就是四周冒出一堆跟作戰本身無關的混亂狀況，整個失去了方向性。

辛把最後一塊奶油烤薯放進嘴裡，嚥下去之後才接著說：

「不過，也不是完全沒有發生好事……這次作戰讓軍方得知，回收運輸型的設定除了會回收拋錨機體或砲彈破片，也會清除占領地區的放射汙染。所以引爆髒彈造成的影響，聽說會控制在最小程度。」

蕾娜安心地呼了口氣。

『那就——即使只有這一件好事，也很足夠了。』

「是啊……然後，還有一點需要反省的小問題。」

『？什麼問題？』

「據說雖然一開始是萬福瑪莉亞聯隊的首腦煽動隊員的，但後來是因為隊員的要求越來越過火，可以說她是為了回應隊員的期待，才會造成整件事一發不可收拾。」

辛聽說寧荷作證時是這樣說的。

據說叛變首腦出身於在帝國時期擁有一座都市領土的鄉紳門第，那個城市出身的士兵都視她為主人，當成公主一樣崇拜。

她本身大概也自詡為領民之主，要求自己成為一位正己守道的女君，並且用實際行動來證明——才會走上那種末路。

「底下的人不能只會一味求助，或是聽命行事。必須決心支持領導者才行。否則領導者只會被一路追趕到高處，然後步入毀滅。我在想……」

對我們八六的女王陛下……

「我們——會不會也給蕾娜造成了負擔？」

管理員聽說了賞月的事後，教蕾娜怎麼做奶油地瓜燒。不同於窗外的月亮，蕾娜把地瓜燒做成圓形，當成晚餐後的甜點跟其他接受療養的人一起吃，聽到這話覺得有點好笑。

誰想得到會是辛來說這句話？

東部戰線的無頭死神。

豈止是個君王，一直是救世之神的你，居然會……

「你不用擔心……你們並不是追隨我，而是在支持我。不是在向我求助，而是信任我。」

女王陛下。

這個稱呼帶有敬意，帶著信賴，但並不是崇拜，更不是強迫。

「再說如果都沒人要依賴我，我反而會難過喔。你又不是不知道，我會再哭給你看喔。」

辛露出了苦笑。

他似乎也想起在聯合王國與蕾娜的那一番爭執。

『……我都忘了。』

「對吧。」

蕾娜微笑著告訴他。嘴角不自覺地綻開滿足而自豪的笑意。

「不用放在心上，你至今已經給了我很多支持。你甚至可以再多跟我撒嬌一下也沒關係的，就像上次想我我想到不行的時候。」

『是嗎？我可以當妳一言既出，駟馬難追嗎？』

辛半開玩笑地回答，就像一個準備惡作劇的孩子要對方為自己說過的話負責。

然後語氣頓時一變，真誠地說了：

真誠地，甚至是有些急切地，讓聲調變得滾燙。

『我需要妳。我想早點看到妳，想待在妳身邊。』

蕾娜呵呵笑了起來。

她已經獲得了充分的休息，所以……

經過休息，原先塞滿大腦的虛無感、罪惡感以及找不到出口的懊惱都得到了釋放。本來應該為了將來的夢想、明天令人期待的預定計畫，或是知覺同步另一頭的戀人預留的心靈空間都空出來了，所以……

「嗯。我也是，我好想你。」

克勞德打完電話回來，遠遠看著他那側臉的安琪無意間問了：

「達斯汀，你有打電話給你媽媽嗎？她一定很擔心你。」

「是沒錯，不過……」

像他這個年紀的少年，總是不太想讓母親整天噓寒問暖。

只是……

「安琪，謝謝妳跟我說可以犯規一下……給了我很大的幫助。」

否則他的母親是帝國出身，在共和國又不是什麼權貴，也許會來不及避難。

也許會救不到她。

安琪笑了起來。

「這哪有什麼。」

然後她稍微想了想，從達斯汀身上移開目光，接著說了：

「……就當作是為了我，稍微讓自己奸詐一點吧。」

嗯？達斯汀轉回來看她，但那天空色的雙眸並沒有看著他。

「我知道達斯汀你有道德潔癖，不喜歡耍詐。所以就當作是為了我，稍微讓自己奸詐一點吧。在走得太遠回不來之前，要記得停下來，回到我身邊喔。」

低垂的眸子微微震顫，回憶一個曾經丟下她，再也沒回來的人。

回憶那個盼著回來，卻沒回來的摯愛。

他絕不想讓安琪再次背負相同的傷痛，所以……

「……我會的，保持在不會被妳討厭的程度。」

我不會變成讓妳厭惡的卑鄙小人，但為了不讓妳再次背負傷痛……

「還有，既然要這麼說，那安琪妳也得奸詐一點，就當作是我害的就好。妳也不可以一去不返喔。」

「哎呀，我倒覺得我已經夠奸詐了喲。你說我可以撒嬌，我不就照做了嗎？」

「撒嬌不算耍詐吧。」

安琪淘氣地笑著把小巧的腦袋輕靠到他肩膀上，他把安琪摟向自己。一個月沒聽到的甜蜜竊笑聲搔動耳朵，讓達斯汀也自然洋溢幸福的笑容。

芙蕾德利嘉下定決心，即使孑然一身也要成為君王，做自己的王。

身為君王，不該垮著一張臉。

連自己的事情都顧不好，遑論去幫助他人。

因此……

「余得先慰勞余自己才行。」

她堅定有力地喃喃自語……

「讓你們這群小蘿蔔頭久等啦！剛出爐的南瓜派上桌！」

「嗯，等好久了！也給余來一塊吧！」

擔任食勤班長的中尉才剛把一大盤派放到桌上，正值食慾旺盛期的少年少女們立刻一擁而上，芙蕾德利嘉也勇敢地衝進他們之中。

離別之際，米亞羅納中校帶著滿面笑容，青年部下則是對這樣的中校面露苦笑，把堆積如山的核能發電還有核子武器的相關書籍遞出去。

「我是一點都看不懂。」

內容是還好，只是不懂美在哪裡。

不過好吧，反正是米亞羅納中校建議她每種風味都嘗嘗看，只是很遺憾地，不怎麼合西汀的胃口罷了。

但只要最終能從中發掘任何樂趣，那位中校大概就會很高興了。

她把這些資料放在自習室，結果大家頻繁地跑來傳閱，聽說後來有一兩個人全部看完之後請教職員提供更多資料，這下中校的辛苦就沒白費了。

「美感啊……」

只是這兩個字，似乎隱約觸動了她的心弦。

她也沒多想，就朝著隱藏在薄雲之後，也因此將周圍浮雲掩映得光潔可愛的月亮伸出手。

維克雖然是大國王子，身邊大小事大多能自己處理，也都是自理。

這萊登早就知道了，只是沒想到維克連蘋果皮都能薄削成均勻的緞帶狀，而且還想切切看兔子蘋果，萊登側眼看著維克靈巧地雕刻出兔子耳朵。

還有萬萬沒想到，雖說前線兵員大抵都會自備，他竟然也隨身帶著工具、小刀等整理成一件的萬用刀。

「蕾爾赫不做做看兔子蘋果嗎？」

「噢，這個，瑞圖閣下，製作果雕對下官來說就實在有點難了……」

「我沒把她們做得那麼靈巧。就像你們也不會叫那邊那架『清道夫』削蘋果吧？」

在敞開的窗外附庸風雅地仰望月亮的菲多，開開心心地靠過來。

滿陽覺得好玩就拿了把水果刀給它……結果縱然是靈巧得從搬運「破壞神」到剷雪都難不倒的菲多，也還是有能力不及之事。它一次次試著把水果刀夾起來，但總是拿不住就弄掉了。

菲多沮喪地頹然垂肩，蕾爾赫把手放在它的光學感應器旁邊表示同情，萊登看著他們說：

「『維克』，我已經知道你會了，不要一顆顆削個不停。那麼多誰吃啊？」

一雙帝王紫眸忽然轉過來看他，顯得很意外。

「幹嘛？」

「沒有，只是，雖然是我說可以這樣叫我的……還是覺得你會這樣叫我很稀奇。」

萊登一面沙沙有聲地削蘋果一面說：

「該怎麼說呢？只是覺得你可能會有壓力，如果我們叫你王子殿下。」

所有人都得拯救，救不到就得負起責任。只是因為身為王子才下定決心，實際上卻是沉重不堪的責任。

他對芙蕾德利嘉也說過同樣的話。

而共和國的那些民眾、萬福瑪莉亞聯隊的存活者，則是高喊著你們必須幫助我們，保護我們，拯救我們。羊群死命抱緊靠山、不斷要求，追隨主人但也在追逼主人，把帶領他們的領主女兒推上懸崖，大家一起墜入萬丈深淵。

做他們的王，會是多麼……

不是做自己一個人的主宰。而是帶領著那眾多、無數追隨身後卻也在追逼不休的羊群，會是多麼……

「我不是你的朝臣……只是在想，也許你會覺得我們不該叫你王子殿下跟著你走，沒道理被我們王子王子地叫來叫去。」

即使其中不含有忠誠與崇拜，只是一種代替綽號的稱呼。

維克稍稍偏了偏頭。

「我從來沒覺得有多沉重，不過……」

所謂的身分就與生俱來這點而論，跟手腳或眼耳並無不同。

如同一個人不會覺得手腳沉重，維克也不曾覺得王侯的身分有多沉重。

雖然不曾這麼想，不過……

「呵。」維克笑了笑，像是覺得很有意思。

「……說得對，你不是我的朝臣。反正你也沒多尊敬我，我寧可你直呼我的名字。」

聽到這段對話，在場的其他人你看我我看你。可蕾娜第一個點了點頭。

「那我們以後也叫你維克嘍。」

「請多指教了，就是這樣，維克。」
「是說維克，那你以後也別說什麼爾等了。也該叫我們的名字了吧。」
「聽我說！維克太長了，以後就叫你『維』怎麼樣！」
托爾得寸進尺地舉手發言。維克優雅地微笑了。
「你這傢伙，想被我物理性砍頭嗎？」

「……快住手，七歲小孩。我是開玩笑的。」
「是，下官也只是開開玩笑。真的只是開玩笑，所以請莫空龍閣下別這麼害怕。」

睽違了一個月造訪瑟琳的納骨堂，亞特萊揚起眉毛。
「太慘了吧，瑟琳·比爾肯鮑姆。」
身為「軍團」的瑟琳，「疑似」具備無關乎她本身意志、防止洩密的屏蔽設定，這點聯邦軍情報部隊與亞特萊都已經掌握到了。
也知道這所謂的屏蔽設定，無從確認是否只是她在自導自演。
所以亞特萊才會命令情報部人員讓她「全部」說出來。瑟琳想說的一切，以及聯邦想確認的一切，全部都變成問句讓她回答。

如果瑟琳表示無法回答，那也是一項情報。「軍團」把哪些資訊設定為禁止回答？臭鐵罐們想隱瞞什麼？涓滴累積起來，一樣能變成線索。

不過當然，連日連夜強迫瑟琳用「軍團」本身功能無法運用的人類語言進行對話，對她造成了相當大的負擔。

在拘禁貨櫃裡，瑟琳已經連一句諷刺也說不出來。電子語音懶洋洋地問：

『有什麼事？』

「沒什麼，來給妳一點獎賞。細節不能詳述，不過關於妳所說的禁規有多難突破，我們得到了一項旁證。辛苦沒白費，妳的信用恢復了一顆沙粒程度的大小，我就是來跟妳講這個的。」

經過北部第二戰線的騷動，只得到了這項推測結果。

「軍團」沒有積極地試著搶奪核燃料——約束「軍團」的禁規，最起碼關於核能的使用規定，似乎還算嚴格周密而難以違抗。

核武不用說，輻射彈也受到禁止，僅另外破例准許使用核子反應爐、貧化鈾彈芯與貧鈾裝甲。就像因為擔心自動機械失控而近乎偏執地嚴格定義生化武器，搞得它們無法與擁皇派士兵協同作戰的那個笑話一樣，其嚴密性可見一斑。

「軍團」是用來代替基層士兵、士官與下級軍官的存在，軍方不會給這些小兵戰略武器。由此推測除了核能之外，彈道飛彈等戰略武器的禁令應該也是同等嚴格。

「另外一件事──噢，這個只是出於我的好奇心，妳不想回答就不用回答無所謂。」

在拘禁貨櫃上不知道是誰做的，一道視線從紙箱畫張臉孔做成的人偶之中朝向他。亞特萊平靜地回望如今瑟琳唯一能當成眼睛窺見外界的廉價鏡頭，問道：

「妳的『王座』設置在通往熔岩湖的通道上。」

瑟琳的──「軍團」指揮官機「無情女王」的王座，設置在聯合王國龍牙大山據點的最深處。那個空間以指揮官機的常駐地點來說並不自然，加上從那裡延伸出去的通道……

「刻意打造一條通往地底，無法作為逃生路線的走道──是為了自盡吧？假如高機動型沒被任何人打倒，沒有人去見妳的時候，這就是妳的打算。」

當人類沒能獲得「軍團」停止運作的關鍵，走向通往敗戰的未來時。

亞特萊略為歪了歪頭。身為千年以來守護帝國、支配帝國的武人血統繼承者之一，他對著同為將門之出，未能安詳永眠的亡靈說：

「雖然現在還不行，不過如果妳不想繼續活著丟人現眼，我可以把妳處理掉。帝國將門比爾肯鮑姆的──最後一個女兒。」

對一個未能死得其所，如今仍深陷恥辱之中的武人血統繼承者──施予一點小小的仁慈。

對於這句詢問，瑟琳語氣堅強地作答了。

『——不了。』

亞特萊初次聽到瑟琳作為人類的說話語氣而揚起單眉，瑟琳注視著他的此種反應繼續說下去。沒錯，她在失去希望時是有考慮過一死百了。雖說她如今不過是個機械亡靈，死亡確是她理應迎接的結局，但是……

『不了，我還不能死。還不能選擇一死——辛耶．諾贊、維克特．伊迪那洛克……只要那兩個孩子還沒死心……』

只要他們此時此刻還在某個地方奮戰，只要他們的作戰、勝利有任何一點可能需要她握有的情報……

在見證他們戰鬥的結局之前……

『那麼我也一樣，還不能死。』

她申請外出許可，結果雖然獲准了但條件是必須穿著便服，而且讓兩名憲兵陪同。

好吧，誰叫我是共和國軍人呢？阿涅塔本來以為是這樣，結果不是，對方說是基於安全考量。

她順從地換上便服來到聖耶德爾市區，看到街頭的新聞節目才知道原因。

「……上新聞了。」

「竊聽器」的相關消息，終於上新聞了。

這次竊聽是「軍團」獲知人類軍情的來源。同樣由於可能遭到「軍團」竊聽，軍方在檢舉之後也不會傻到任由新聞節目據實報導。所以新聞播出得比實際上的檢舉行動晚了很多，相關日期也巧妙地隱瞞不報，但內容毫無虛假。新聞提到共和國利用了八六兒童，並對聯邦做出了背信棄義的行為。

「原來是這樣啊，難怪……」

阿涅塔心想，難怪從剛才旁人的視線就好像帶刺似的。聯邦是多民族國家，也有很多白系種的居民。穿便服的阿涅塔應該不會被認出是共和國軍人，這也就表示不需要是共和國人，白系種整體給人的印象都變差了。

「真討厭，是白毛頭(Weißhaarig)。」侮辱白系種銀髮的詞語從街角人叢十分刻意地傳來，憲兵悄悄移動位置阻擋這些視線與言詞。

「真對不起。少校提供我們幫助，同胞卻這樣……」

「該不會不只是街上，白系種的士兵也被大家這樣使白眼？」

如果連基本上在軍事基地內生活的軍人們都知道對白系種的這種眼光……

憲兵露出了極其苦澀的神情。

「說來丟臉，的確是這樣。」

「不只是對同胞，甚至連來自共和國的義勇兵都被直接當成叛徒……」

新聞報導使用大肆抨擊共和國的論調，路上群眾的聲音也被影響，開始帶有譴責的口吻。白毛頭就是這樣。沒種的白系種。共和國受人幫助與拯救，還恩將仇報。

所以才會被八六小孩報復。

甚至還有這樣的聲音，而且沒有人出言規勸。他們說孩子們是為了向共和國報仇才會跟「軍團」通敵，可見共和國的那些王八蛋一定對他們做了相當過分的事。某人義憤填膺的議論聲混入路上行人之中逐漸遠去。

雖然我也覺得共和國是王八蛋，可是……

阿涅塔如此心想，輕嘆了口氣。

她忽然很想再喝一次在紙杯上畫了可愛貓咪的焦糖咖啡。

「賽歐，你不會也是『竊聽器』吧？比方說被植入了擬似神經結晶體之類的。」

「已經沒了，來聯邦時摘掉了。要看疤痕嗎？」

「啊……抱歉。我沒想到你真的被植入過……」

聽到同儕跟他說這個難笑的笑話，雖然不好笑但也沒什麼好生氣的，賽歐滿不在乎地回答，結果引來一副歉疚不已的表情。

被他誠懇地低頭道歉，賽歐搖搖頭說沒關係，然後把講話時拿開的攜帶式終端機放回耳邊。

從事作戰期間基於機密保護的觀點不建議使用攜帶式終端機，不過現在是自由時間，這座基地又是後方的教育部隊基地。儘管需要稍微留意對話內容，講個電話不至於被警告。

『……大哥哥？』

「噢，抱歉，沒什麼……密爾，你過得還好嗎？那邊生活習不習慣？」

他詢問的小男孩來自聖耶德爾遠方的西部邊境屬地，住在共和國人的避難地點之一，是賽歐以前一位戰隊長的遺孤，名叫密爾·魯納爾。

對，就是狐狸（魯納爾）。

現在賽歐才聽出來，難怪戰隊長的識別標誌是狐狸。順便一提，戰隊長的名字叫希爾凡，連在一起就是森林裡的狐狸（希爾凡·魯納爾），兒子則是蜂蜜色的狐狸（密爾·魯納爾），看來家族對狐狸有著某種特殊情感。

『在那些大人物居住的街區好像發生了一些事情，但我這條街都沒事。院長還有其他的聯邦阿兵哥也都對我很好。還有……』

「嗯？」

『飯菜都好好吃……』

小男孩密爾深有所感地嘆了口氣。

『原來真正的肉還有魚這麼好吃啊。還有雞蛋、牛奶、果醬跟蛋糕也是。』

賽歐自然地露出笑容。那就好。

「等一些事情平靜下來，我帶你去釣魚什麼的。還可以一起做蛋糕或果醬。」

『嗯！』

聲音聽起來活力充沛，可以想像他在電話另一頭興致勃勃地點頭的模樣。

忽然間，密爾壓低了聲音。

『那個……大哥哥那邊還好嗎？』

「我嗎？怎麼這麼問？」

『不是來了很多可怕的人嗎？忘記叫什麼了……就是一些名字很長很奇怪的人。』

誰啊？

『他們說上次的大規模攻勢，共和國會輸全都要怪大哥哥你們……都怪八六不好。還聚在一起叫罵，說都怪八六不好好戰鬥。』

「……噢。」

原來是洗衣精。

賽歐也不記得他們的正式名稱。因為他們高喊著什麼恢復純白的口號，辛斷章取義開始叫他們洗衣精，然後就變成通稱了。

「那些傢伙只會待在那邊……跟共和國人待在一起，所以首都這邊都沒事。」

『啊，對喔。』

「話說，他們人數變多了嗎？」

不是聽說在第二次大規模攻勢時失去國民支持，勢力大幅衰退了嗎？

『一開始那樣起頭的一些大人物好像沒有回來。應該說，大家還在說他們的壞話。可是有越來越多人說都怪八六不肯戰鬥，共和國才會淪陷，所以這次一定要讓八六代替他們去打仗。』

所以那些人把無法爭回八六、解救共和國的領導者直接當成廢物撇到一邊，但自私自利地照用原本的說詞，把敗戰責任與從軍負擔繼續推到八六頭上。

就在無人統率與控制的狀態下，只有底層不斷膨脹。

『來到聯邦之後，有很多大人去當兵，他們的家人還有不想去當兵的人，好像很不喜歡這種做法……每天都有人在到處吵鬧。』

來到聯邦避難的共和國人，被分散安置在西部邊境的生產屬地莫尼托茲爾特將當地居民疏散空出的幾個城鎮，政府運作基地則設置在避寒勝地拉卡．米法卡市。

市區中心最大的飯店安排作為政府機構，其餘飯店與郊外的度假屋分配給高官、將官與前貴族的白系種。他們的住處以避難地點來說可謂優雅閒適，但自從「竊聽器」相關人士遭到檢舉以來，這些地方便有種難以言喻的緊張感。

這是因為不僅僅是運用「竊聽器」的基層下級軍人，就連下指示的高官也成了聯邦的檢舉對象。之後每當又有誰被視為相關人士，聯邦的憲兵就會登門拜訪，習慣了安適優雅生活的上流階級覺得心情很受打擾。

洗衣精的首腦普呂貝爾女士，也是時刻提防憲兵到來的人之一。

普呂貝爾雖未曾與「竊聽器」的運用扯上關係，但引發一連串檢舉的中校與她是同志。失勢的她被分配到的這棟小小度假屋，遲早也會有憲兵登門拜訪。

「……你說什麼？」

但是在這一天，普呂貝爾臉色發青並不是因為憲兵來訪。

在拉卡．米法卡市這裡，也能收看聯邦的新聞節目。同志看了新聞之後將一項消息帶給她。失蹤的八六少女臉部照片，每一張都是……

「你說『小鹿（Actaeon）』還活著……而且逃走了……？」

聯邦軍當中特別是基層士兵，還是有很多人只受過最低限度的教育，他們對核子武器並不具備相關的詳細知識。北部第二戰線第三七機甲師團戰區發生的騷動，變成撲朔迷離的傳聞在整個北部戰線進一步以訛傳訛，甚至擴及其他戰線。

北部第二戰線差點就被一種叫作核武的危險物品毀滅掉，是機動打擊群阻止了災難發生。

船團國人喚來了叫作原生海獸的怪獸，保護北部戰線免受核武轟炸。

用核武本來可以打倒「軍團」，一些叛徒卻把它藏了起來。

一種稱為核武的超強武器本來能讓聯邦軍打勝仗，偏偏原生海獸跑來壞事。

帶著核武勾結「軍團」的叛徒，被機動打擊群打倒了。

搞不懂到底是怎麼回事，總之機動打擊群——八六果然是精銳部隊，夠英雄；這些過度糾結複雜到幾乎不留原形的奇談怪論，士兵們都只是隨便聽聽就算了。

「——如果說他們是英雄……」

面對洛纖尼亞河的濁流與對岸一整片的泥濘地，裝甲步兵維約夫．加圖震愕地喃喃自語。

北部第二戰線的戰場雖說經過後撤，但仍然在過去的戰鬥屬地以內。對於許多前屬地居民出身的基層士兵與士官來說，並不算是故鄉。即使如此，機動打擊群帶來的這種結局，對士兵們仍是一大打擊。

這樣的一片泥海，種不了麥子，也養不了牛羊或豬。

屬地居民很多是農民出身。因此這片被水與泥巴破壞殆盡，不知得花上多少年月才能恢復原狀的耕地，看在他們眼裡顯得格外悽愴。

維約夫咬牙切齒。這哪裡是什麼解決之道，既不是成功也不是勝利。

自己所期盼的未來與救濟，絕不會是這種下場！

「機動打擊群都在幹什麼啊。」

他們明明是英雄，明明是精兵強將。本來應該要拯救北部第二戰線，拯救維約夫的！

「根本什麼忙都沒幫到——身為英雄本來就該救人不是嗎！這群廢物！」

突如其來地。

死在眼前的、年紀只比他稍大的那群青年的嘴臉與吼叫，不知為何像泡沫般浮現腦海，讓辛悄然屏息。

那些人事物重回腦海。記憶猶新、對辛來說完全不可理喻，卻又痛切震撼內心的吶喊。那群青年被槍彈射得粉碎時，當下瞬間的場面。

每個人都是同一張臉。

明明應該長得不像，明明是獨立的個體，當時他們所有人卻露出無法分辨差異的同一張臉。就好像各自是不同人卻索性放棄那種差異，甚至放棄身為個體的框架，好像彼此同化了一樣，染上同一種言論、思維與情感的那一群相同的臉孔。

當時，他覺得很可怕。

那些人無法成為自己的王，連一點恐懼也背負不了。

但即使是如此軟弱無力之人，也能去譴責他人。

嘴上承認自己辦不到、做不了決定，卻還能把這些轉化成別人的責任。

能夠去踐踏一些人事物。

那跟化為「牧羊人」的八六又有所不同。儘管他們軟弱無力到憑著心頭之恨都無法實現任何願望，卻照樣可以……

不知道為什麼，辛覺得——這令他相當害怕。

靈敏地感覺出辛忽地沉入自己的思緒，蕾娜眨眨眼睛。

「辛？你怎麼了？」

『咦？』

「你想起令你在意的事了，對吧？」

『噢……』

辛想了想，結果好像還是搖了搖頭。

『沒什麼，妳不用在意。我自己也還沒弄懂。』

「那就好……」

會是什麼事呢？蕾娜雖這麼想，但還是繼續剛才的話題。雖然剛才的沉默讓她放心不下，有點像是某種不安或恐懼，然而一再追問辛自己都還沒理清的感受也沒有幫助。

況且她知道辛現在不會再迴避自己無法理解的事物，也不會一個人悶在心裡。

「說到萬聖節，今年我沒參加到很寂寞，所以明年一定要再辦喔。你也得陪我。」

『這……好吧，是可以。今年一大堆的床單鬼，很多人都說想辦得更正式一點。』

代替北部第二戰線壯行會晚了幾天舉辦的萬聖節派對，在這戰況下運輸線沒有餘力從遠方運送一個旅團所需的裝扮服，大家不得不用便服與手邊的材料發揮巧思。具體來說就是床單鬼、只在臉上畫了縫線疤痕的怪物、手帕耳朵的狼人與就只是化妝比平常濃的魔女大量出現。

蕾娜稍微想了一下。床單鬼先不論扮得有沒有誠意，既然不能開洞……

「那樣看得見前面嗎？」

『好像是看不見，所以很快就轉職成怪物、狼人或魔女了。』

據辛所說，不費工卻能引人注目的例子，要屬滿陽他們極東黑種在額頭上貼著紙符咒扮成極東的什麼屍靈，顯得特別聰明有創意。再來就是只在額頭上寫著「幽靈」兩個字就敢一臉認真地到處亂晃的強者馬塞爾。

「辛扮的是什麼？」

『……他們拿眼罩遮住我一邊眼睛，要我拿著一支拖把當長槍。』

似乎是把他比作某個神話的主神、戰神兼死者之神了。

「聽起來很帥！」

『想出這個造型的瑞圖、萊登、安琪跟可蕾娜都取笑我就是了……在臉上直接畫南瓜的瑞圖還有迷彩膏殭屍的萊登也就算了，安琪就只是化偏藍色的妝說是冰雪女王，可蕾娜則是塗紅色口紅叫作吸血姬。這樣取笑別人的奇怪裝扮不覺得很奸詐嗎？』

辛有氣無力地發牢騷。看來是真的被笑到煩了。

「你說得沒錯，不過難得有這種機會，總是會想扮得比較可愛嘛。」

『蕾娜想穿什麼扮裝？我是說明年。』

「嗯——」蕾娜想了想。蕾娜也不願意扮成什麼床單鬼，所以……

「……芙蕾德利嘉喜歡的魔法少女之類？」

『那種的也算嗎？怎麼覺得那不是在扮鬼怪，就只是普通的角色扮演？』

「粗略分類的話也是魔女，所以應該算數吧？」

『原來那個不是妖精啊……』

蕾娜覺得是哪個都沒差。

比起這個……

「辛，你明年扮成狼人怎麼樣？不要用手帕，戴上更逼真的獸耳。」

『……那是萊登擔當吧？他本來就是狼人(Werwolf)了。』

「我想看你戴狗耳朵的樣子嘛。然後我想搓揉你的毛茸茸狗耳朵，還有尾巴。」

順便再來個像狄比那樣的黑貓耳朵與尾巴感覺也很搭，如果狼人有萊登扮，賽歐也可以戴上狐狸耳朵與尾巴。然後全部都想揉揉看。

蕾娜興致勃勃地提議，很遺憾地得到了極其排斥的聲音做回應。

『別鬧了……』

聽到戀人這種連在第八十六區都沒聽過、發自內心的排斥語氣，蕾娜忍不住噴笑了出來。

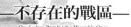

終章　歡迎來到瑪麗・珍的惡夢，親愛的獵鹿人

根據從共和國殘存勢力竊聽到的情報，機動打擊群本來應該會再次部署於西部戰線此地。

然而實際上，機動打擊群卻出現在遙遠的北部第二戰線，無貌者這下才知道它們接收到的是假情報。它們竊聽的共和國人通訊網是從何時被聯邦軍調包盜用，至今依然不明。不得不承認這些敵人還真有點手段。

只不過……

……若是如此，就表示聯邦內部多出了一個禍端。

無貌者冷靜透徹地如此思考。

通訊網並不是被毀，而是遭到聯邦軍盜用。既然如此，可以肯定聯邦必然發現了共和國的背叛。

這正是一個禍端。

不具情感與生命的「軍團」不會疲倦、厭膩，也不會恐懼。不受戰火、死亡或任何事物影響。

但是人類懷有不能自制的情感以及注定一死的生命，可就……

†

千鳥的靴子與身上之所以這麼髒，似乎是因為她幾乎是從她家所在的屬地一路走到首都的這裡來。儘管她手上有養父母至今給她當作零用錢的不少現金，而且鐵路、長途巴士都有開到首都，她除了溜進貨物列車以離開居住的城鎮之外，幾乎所有路程都是徒步。

她不能搭乘大眾運輸工具。可以的話，甚至想盡量避開它們趕路。

避開人潮聚集的場所——有人在的地方。

聽到她這麼做的原因……

尤德放棄了自己應盡的義務，決定不向聯邦軍報告此事。

「這件事」，實在報告不得。

他知道其實應該報告……但那樣會讓她落入聯邦軍的手裡。然後，恐怕再也別想走到外面一步。

但她已經沒有時間了。

尤德做好了最壞的決心。即使從來不曾並肩作戰卻也是同胞，他難以克制感同身受的心情，硬要他選邊站的話，少女才是他真心不願背叛的八六同胞，他為了她只得決意背叛聯邦軍。

決意陪同她與她的同伴，一起踏上旅途。

「尤德，你真的願意嗎？我們『小鹿』——……」

「我知道……你們想盡可能躲著人群，對吧？那麼至少在離開聯邦之前，會需要有人幫你們弄到食物。之後如果要在『軍團』支配區域內前進，也需要有人帶路。」

他只跟安瑪莉說明了原委。她堅持要跟他們一起去，但尤德勸退了她。總得有個人留下來向聯邦軍報告。為了向聯邦做最低限度的報答，這件事非做不可。他請安瑪莉算準他們差不多離開聖耶德爾了，再去通知上級。

尤德假稱外出離開病房大樓，買了厚大衣外套、好走的鞋子等所有最起碼要有的物資，前往千鳥與她其他同伴的藏身處。軍服大衣品質很好，但是太過顯眼。入伍時辦的信用卡會被追蹤，接下來的旅途也不能用了。

即使如此，有自己手邊的現金與安瑪莉的資助就夠了。無論是冬季露營還是徒步行軍，在第八十六區都已習以為常。

走在身旁的千鳥縮起肩膀，顯得很卑微。

「對不起，把你牽扯進來。」

「沒關係……像這樣的願望我已經聽過很多次了，只是從來沒能幫他們實現。」

過去，尤德在眾多八六受到囚禁的第八十六區戰場上已經聽過了。在五年之後注定死路一條，很多同袍甚至等不到五年就接連死去的那個地獄般的戰場。

很多人在死前如此希望——但他從來沒能幫助他們實現這小小的心願。

他回想起來。千鳥等「小鹿」們的心願也是一樣。

「想請你告訴我們回家的路。回到共和國——我們出生的故鄉。」

然後還有一件事。千鳥問到了一個名字。

「還有，只是想說你會不會正好知道。在共和國人的存活者當中……」

「該不會正好有一個男生，叫達斯汀・葉格吧？」

後記

謝謝各位一直以來的支持。大家好，我是安里アサト。讓大家久等了！為各位獻上《86—不存在的戰區—》第十二集〈—Holy blue bullet—〉。

上一集第十一集最後一次共事後，責任編輯清瀨氏、土屋氏離開公司了。

從《86》第一集開始的這五年來，兩位責編教了我很多創作上的知識，為了創作出能讓兩位後悔不該離職——遺憾自己沒能參與的強大作品，今後我會繼續努力精進的。看著吧！

真的很謝謝兩位責編。

照慣例來點註釋。

・萬福瑪莉亞

美式足球當中孤注一擲的長傳。美式足球超好看的，推薦大家一起入坑。

・原生海獸再登場

自己寫說不會再出場，結果又讓原生海獸來客串了。

其實在寫完第八集之後，土屋責編告訴我：「Ｉ－Ⅳ氏讀過後記知道原生海獸不會再出場，說覺得很可惜。」那就再讓牠登場吧！於是我就抱著輕鬆的心態把牠追加進第十二集的情節了（到了寫原稿的時候才來頭痛）。

關於牠們的起源我稍微提到了一下，但是不會再多寫了。這次是說真的。因為那會變成跟正篇無關的故事嘛。

最後是謝詞。

首先是責任編輯田端氏。看到記錄了《86》成書以來最多頁數的初稿，臉色一起變得鐵青的那一天真是一點也不令人懷念（對不起）。現在看到第二章多出預定一倍以上的傲人頁數，還是會覺得不寒而慄……

從本集開始的新責編西村氏，抱歉突然把您捲進地獄級的頁數刪減大會……下一集我一定會讓您發出美妙的尖叫。

しらび老師，您畫的辛、萊登與賽歐的萬聖節插畫實在太棒了，所以我在正篇裡也硬是加入了萬聖節情節！

Ｉ－Ⅳ老師，那就為您獻上第十二集的新．原生海獸（人魚風格，但是全長三公尺）了。做成生魚片應該很好吃。

吉原老師、山﨑老師，謝謝兩位老師對漫畫版的付出。請一定要保重身體。

染宮老師，特典小說《魔法少女レジーナ☆レーナ》我到現在都還會把封面拿出來邊看邊偷笑。特別是一口亮白牙齒的雷哥哥跟被煩死的辛……！

シンジョウ老師，《フラグメンタル・ネオテニー》正式完結，謝謝您。好高興看到追加了伊斯卡的插曲！

石井監督，動畫版辛苦您了。能夠讓監督負責動畫製作，為我帶來了相當美好的體驗。另外，我以您的名字為典故替作品裡的一個城市命名。雖然是滿久以前的事了，謝謝您爽快答應！

最後，感謝這次再度陪伴我們的各位讀者。

下一集的標題已經決定了。達斯汀的名字設定就是從這裡來的，終於要講到他的故事了。所以，敬請期待第十三集〈Deer hunter〉！

啊，還有之前我說過《86》會在第十三集完結，不好意思，十三集不夠把故事講完！還會有續集！

那麼，願本書能暫時將您帶往紅葉驟雨飄落的迷霧戰場，那令人畏懼又美麗的藍色引發的爭奪戰。

後記執筆中BGM：神々の詩（姫神）

©Carlo Zen 2020 / KADOKAWA CORPORATION

幼女戰記 1~12 待續

Kadokawa Fantastic Novels

作者：カルロ·ゼン　插畫：篠月しのぶ

世界啊，刮目相看吧！膽顫心驚吧！
我──正是萬惡淵藪。

歷經愛國心的潰壞，以及殘酷現實的擁抱，傑圖亞正試圖架構一個成為「世界公敵」的舞台。比起語言、比起理性，單純地帶給世界衝擊。身為連逃奔死亡也做不到的參謀本部負責人，傑圖亞所圖的，是「最好的敗北」……

各 **NT$260~360/HK$78~110**

©Takemachi, Tomari 2023 / KADOKAWA CORPORATION

間諜教室 1～9 待續

Kadokawa Fantastic Novels

作者：竹町　插畫：トマリ

即使本小姐變得愈來愈壞，
大哥還是願意喜歡我嗎？

結束在芬德聯邦的激戰之後，克勞斯對在離島享受假期的少女們下達「在假期結束的前一天之前，全員不得集合」的神祕指令。當再次集合的日子來臨——安妮特卻沒有現身。拼湊分散行動的這十三天來的記憶，少女們動身尋找消失同伴的下落……

各 **NT$220~250/HK$73~83**

國家圖書館出版品預行編目資料

86-不存在的戰區. Ep.12, Holy blue bullet/安里アサト作；可倫譯. -- 初版. -- 臺北市：臺灣角川股份有限公司, 2023.11

面；　公分. -- (Kadokawa fantastic novels)

譯自：86—エイティシックス. Ep.12, ホーリィ.ブルー.ブレット

ISBN 978-626-378-159-7(平裝)

861.57　　　　112015440

Kadokawa
Fantastic
Novels

86—不存在的戰區—Ep.12

—Holy blue bullet—

（原著名：86—エイティシックス—Ep.12—ホーリィ・ブルー・ブレット—）

2023年11月17日　初版第1刷發行

作　　者：安里アサト
插　　畫：しらび
機械設計：I-IV
日版設計：AFTERGLOW
譯　　者：可倫

發 行 人：岩崎剛人
總 編 輯：蔡佩芬
編　　輯：孫千棻
美術設計：莊捷寧
印　　務：李明修（主任）、張加恩（主任）、張凱棋

發 行 所：台灣角川股份有限公司
地　　址：104台北市中山區松江路223號3樓
電　　話：（02）2515-3000
傳　　真：（02）2515-0033
網　　址：www.kadokawa.com.tw
劃撥帳戶：台灣角川股份有限公司
劃撥帳號：19487412
法律顧問：有澤法律事務所
製　　版：巨茂科技印刷有限公司
ISBN：978-626-378-159-7

※版權所有，未經許可，不許轉載。
※本書如有破損、裝訂錯誤，請持購買憑證回原購買處或連同憑證寄回出版社更換。

86—EIGHTY SIX— Ep.12 —Holy Blue Bullet—
©Asato Asato 2023
Edited by 電撃文庫
First published in Japan in 2023 by KADOKAWA CORPORATION, Tokyo.
Complex Chinese translation rights arranged with KADOKAWA CORPORATION, Tokyo.